——【記憶魔法】、最大解放
極大『記録』消去魔法

{シーメル}
シャーロットの"親友"
で伯爵家の令嬢。
{シャーロット}
第一王子の婚約者で
侯爵家の令嬢。【記憶
魔法】の保持者。学院
生徒の模範となる完璧
な淑女だったが——

クロード
ハロルド王子の側近で次期宰相候補。
ゼンク
ハロルド王子の側近で近衛騎士候補。
ハロルド
レノク王国の第一王子。シャーロットの婚約者。
マリーア
元平民の男爵令嬢。ハロルドのことが好き。

「はい。私、シャーロットは、
パトリック・ディミルトン様を心より愛し、
そして生涯、この愛を彼だけに
捧げる事を誓います」

貴方達には後悔さえもさせません！
You won't even regret it!
〜可愛げのない悪女と言われたので【記憶魔法】を行使します〜
【著】
川崎 悠
【絵】
天領寺セナ

Contents

You won't even regret it!

As it was said the evil woman who is not pretty, I use [memory magic]

プロローグ

私は賢《さか》しい子供だったと思う。

「シャーロット。貴方《あなた》はもう私の言う言葉が理解できるのね」

「はい。シェリルお母様」

お母様は侯爵夫人だ。シェリル・グウィンズ侯爵夫人。私と同じ黒髪と紫の瞳をしている。

五歳を越えた辺りで私はもう、きちんと大人との会話が成立し始めていた。

だから、穏やかで優しいお母様とは、よくお話をするようになる。

その日もお母様の部屋へ呼ばれて、私はお母様の話を聞いていた。

「シャーロット。貴方にはね。『魔法の力』があるの」

首を傾《かし》げる私。魔法という言葉の意味を理解できなくはないのは……。

おそらく幼児向けの『物語』を読むような教育もまた、私が受けていたからだろう。

「だけど貴方は、その魔法を使ってはいけないわ」

「え？　どうしてですか？」

自分に魔法の力がある。そう言われて使わないなんて選択肢はない、と思った。

私は柄にもなく、ワクワクしていた。

「貴方の魔法はね、簡単には使えないモノなの。それは代わりに『失うモノ』があるからよ」

お母様は、いつもの様子とは少し違い、とても真剣に私に語って聞かせた。

このレノク王国には、とても少ないけれど魔法を使える人間が存在するらしい。

使う事の出来る魔法は、その人ごとに決まっていて、一人が多彩な魔法を覚える事は出来ないそうだ。つまり魔法は生まれつきの才能であり、万能の力ではない。あくまで『固定・固有の能力』なのだと。そして魔法を使える力は、概《おおむ》ね『血』によって継がれていくのだとか。

ただし親が魔法を使えるからといって、必ずしもその子供が魔法を使えるワケではない、と。

現に私が魔法を使えても、お母様は使えないと聞いた。

では、ダリオお父様はどうなのかと問えば、お母様は首を横に振る。

「貴方が魔法を使えるのは私の家系のせいね。ダリオ様は使えないもの」

どうやら『魔法を使える事』と、身体《からだ》に宿っている『魔力』は別らしい。

魔法は、特定の何かを起こす『現象』で、魔力はそのエネルギーとなる力、なのだと。

お母様と私には魔力が多くあり、それを感知する事は魔力持ちのお母様にも出来るそうだ。

魔法を使えるかの判別方法をお母様は知っていて、それで私のことも分かっていたのだと。

私はソファに座っているお母様に甘えるように寄り添い、お母様の話に聞き入っていた。

「つまり、魔法は使えないけれど、お母様は沢山の魔力を持っているのですね」

また『魔力持ち』同士は惹《ひ》かれ合うと言われているそうだ。互いの魔力を感じ合うのだと。

「では、ダリオお父様も魔力持ちで、シェリルお母様と惹かれ合ったのですか？」

「いいえ。そうではないの。ただ、先代の侯爵様……貴方のおじい様には、もしかしたら魔力量の多い私をダリオ様の妻に望む理由があったのかもしれないわね」

「では、お父様は、お母様とは……」

お父様は、あまり私とは顔を合わせない。お母様ともだ。つまり、二人の関係は……。

「ふふ。心配しないで。シャーロット。私とダリオ様は政略で結ばれた関係だけれど、夫婦となってから育まれる親愛だってあるのよ」

「夫婦となってから……」

「ええ。だからシャーロットも、きっと。ね？」

お母様は私を抱き寄せ、優しく頭を撫《な》でてくれる。私は、その温かさが好きだった。

「シャーロットには、この本を贈るわ。私の実家、メイリィズ家から受け継いだ、シャーロットが使えるはずの魔法について記《しる》した本よ」

シェリルお母様は、私に一冊の本を見せる。黒革で金の装飾が施された本だった。

お母様の家系に継がれる魔法について記録した本なのだと。魔導書、でいいのだろうか？

「あ……これは。確かに、何か……感じます」

その魔導書を手渡された時、確かに感じる『何か』があった。これが『魔力』……？

「この本は、魔力を持つ者だけが開ける魔導書らしいわ。そして、この魔導書には魔力が込められているの。中に書かれている内容は、あくまで記録や研究なのだそうだけど」

「この魔導書を持っていれば魔法が使える、というワケではないのですね？」

「ええ。そうよ。それはあくまで魔法を使える者に渡す研究記録だから」

研究記録？　どうしてそんなものがあるのだろう。

「シャーロット。私の実家であるメイリィズ伯爵家の魔法を使える貴方には言って聞かせなければいけない事があるの。これから私が……何度も、何度も貴方に言わなければいけない言葉よ」

いつになく真剣に。お母様は私を見つめて告げた。

「楽な道ばかりを選んではいけない。魔法に溺れてはいけないわ」

「……楽な道ばかりを」

「賢い貴方ならきっと分かるはずよ。その魔法に溺れれば、きっと貴方は身を滅ぼしてしまうと。楽な道を選ぶ事にばかり慣れては……シャーロット。きっと貴方は魔法に溺れて、やがて、いつか自分自身を失ってしまうわ。だから私の言葉を忘れないでね。シャーロット」

「……はい。シェリルお母様」

お母様は、そうして幼い私に何度もその言葉を言い聞かせた。

楽な道を選ぶ事に慣れてはいけない。魔法に溺れてしまってはいけない。

だけど時には、その力が私自身や誰かを救う事を恐れないで、と。

貴族の矜持《きょうじ》や義務について学ぶよりも先に、私は、お母様から魔法使いとしての覚悟を教わる。

そして、それはシェリルお母様からの……『愛』だった。何故《なぜ》ならば。

――私が継いだ魔法は【記憶魔法】だったから。

【記憶魔法】とは、自らの記憶を薪《たきぎ》にして事象を引き起こす魔法だ。

お母様の家系の人々が残した研究記録に触れ、その魔法について私は知識を深めていった。

幼い私がそうして学ぶ時、いつも隣にはお母様が居てくれた。
きっと危険な魔法に触れる私を心配してくださっていたのだろう。
私は令嬢としての教育を受ける傍《かたわ》らで、魔法にも向き合って生きてきた。
それは決して孤独な日々ではなかった。
侯爵令嬢としての貴族の教育は家庭教師《ガヴァネス》から習うもの。
だけど【記憶魔法】については、お母様からしか教わる事が出来ない。
それに魔法は、お母様と私だけの秘密だったから。
お母様から魔法のことは秘密にしておきなさい、と言われていて。
きっと私の魔法を他の誰かに利用されないためなのだと、私には分かる。
二人だけの秘密だから、と。私はお母様と過ごす時間が増えて嬉《うれ》しかった。
「シェリルお母様。私、魔法を学ぶ時間が大好きですっ」
「まぁ。ふふ、シャーロット。私もそうよ」
「……えへへ」
お母様の前なら、賢しい私でも……ありのままの私で居られた。
子供の私のままでも許される時間。とても、とても大切な、時間と記憶。
私はお母様の愛を確信し、まっすぐに立つ事が出来ていた。
たとえ私を愛してくれたお母様が……病で亡くなったとしても。
私、シャーロット・グウィンズは、確かにお母様からの『愛』を知っていたのだ。

1 貴方は彼女を愛したかしら？

その日、一人の令嬢が婚約破棄を突きつけられた。

学期末を迎えた王立学園主催のパーティーが行われており、そのパーティー会場での出来事だ。

突きつけたのはレノク王国の第一王子ハロルド・レノックス。

相手は彼の婚約者であり、希代の悪女、シャーロット・グウィンズだ。

腰まで伸びた漆黒の髪に紫水晶《アメジスト》の瞳をした、十七歳の侯爵令嬢。

彼女と王子の婚約期間は、その時点で七年にものぼるものだった。

だが、その婚約が続いていたのも先刻までの話。

パーティーに参加していた多くの貴族子女たちの前で、王子からの婚約破棄を突きつけられたことにより、シャーロットは第一王子、つまり次期王太子の婚約者としての立場を失った。

「……ふふふ」

「何がおかしい！　シャーロット！　貴様の悪事の数々を反省しているのか！」

悪事。そう言われても、それらはシャーロットの与《あず》り知らぬことばかりだった。

王立学園に入学して二年は何事もなく、王子と彼女の関係は深くなくとも問題はなかった。

しかし一人の少女が現れた事で二人の関係は崩れ始める。

今もハロルドに庇《かば》われるように立つ女性、マリーア・レント男爵令嬢。

灰色の髪に庇護欲《ひごよく》をそそるような見た目をした令嬢が、二人の関係が崩れた原因だった。

マリーアは今、怯《おび》えたような表情を浮かべている。まるで本当の被害者かのように。

男爵家の庶子であったマリーアは、ほとんどの人生を平民として過ごしてきた。

成長してから男爵家に迎えられ、王立学園へは三学年に中途入学している。

けれど急ごしらえの知識だけで学園生活を送ろうとしていた彼女は、上手《うま》く学園に馴染《なじ》むことが出来ず、浮いた存在となり孤立していた。

そんなマリーアに手を差し伸べたのは他ならぬシャーロットだった。

マリーアにとって学園で初めての『友人』となったのがシャーロットだ。

シャーロットがマリーアの近くで過ごしていた事で、彼女の婚約者であるハロルドとマリーアが関わる機会が増え、あっという間にハロルドとマリーアの距離は縮まっていった。

ハロルドが必要以上にマリーアに親密な態度で接する時間が増えていき、シャーロットは、いつしかマリーアへの嫉妬にかられて虐《いじ》めをした『悪女』にさせられていた。

その噂《うわさ》を誰が言い出したのか、誰にも分からない。

だが、マリーアの態度を見るに、彼女が言い出した事ではないのだろう。

しかし彼女が、その噂を積極的に否定してこなかったことをシャーロットは知っていた。

その理由はマリーアが純粋にハロルドの事を異性として好きになっていたからだと。

学園で行われたとされる虐めの犯人だとシャーロットは噂され、シャーロットの嫉妬の対象で、被害者がマリーアであるとされ、シャーロットの悪評が広まった時。

マリーアは、その当事者であるにも拘《かか》わらず、その噂の否定を避けた。

消極的にシャーロットがハロルドの婚約者でなくなる事を願ったのだ。

シャーロットが居なければ自分がハロルドと結ばれるのではないか、と。

「いえね。王子殿下。ひとつお伺いしたいのですけれど」

シャーロットは微笑《ほほえ》みを崩さぬままハロルドに向き合う。

マリーアを庇うように立つ、己の『元』婚約者、ハロルド・レノックス。

ハロルドの側近の二人、『騎士』のゼンクと『宰相候補』のクロードもまた険しい表情を浮かべて事態を見守っていたが……彼らもまた、この場でシャーロットを庇う気はないようだ。

『可愛《かわい》げのない悪女』だと罵られて婚約破棄をされたシャーロットをこの場の誰も庇わなかった。

悪女シャーロットは微笑みを浮かべながらハロルド王子に問いかける。

「私がいなくても、貴方《あなた》は彼女を愛したかしら？」

「……なに？」

婚約破棄への問いでも、悪事への言い訳でもなく。彼女はそんな事をハロルドに問いかけた。

ハロルドは一線こそ越えてはいないが、確かにもうマリーアに愛情を抱いている。

その事を問い詰めようとでも言うのだろうか。

「希代の悪女シャーロット。最近ではそんな噂で皆様、大層盛り上がっていましたわね」

「当たり前だろう！　お前はそれだけの、」

「つまり、それだけ貴方たちの話題は、私の事ばかりだったの。お分かりかしら？」

「……は？」

シャーロットが指摘したのは真実だ。ハロルドたちの仲がいくら深まっても『マリーアが優れている』という話題は、ついぞなかった。

学園の生徒たちも、ハロルドたちでさえも、マリーアのことでは盛り上がらず。

彼らの話題は、いつも『悪女シャーロットを許せない』『シャーロット様はこんなにも酷《ひど》いのよ』というものばかり。彼ら彼女らは、シャーロットを貶《おとし》めることにしか熱を上げていなかったのだ。

「彼女が愛らしく見えている理由は、悪女シャーロットが居たから。そうでございましょう？」

「……何が言いたい！」

「ふふ。そうであれば……私が居なければ、貴方は彼女を愛したかしら、ね？」

「な、なにを」

マリーア・レントは『悪女』が居てこそ輝く花。自力で輝く星ではない、と。

悪女シャーロットのように『比べる者』が居なければ、そもそも彼女など誰にも。

「高貴な女が落ちぶれる様《さま》が、皆様の退屈凌《しの》ぎに良かったのでしょう。悪漢からではなく悪女から可憐《かれん》な乙女を守る事こそ男の本懐と酔いしれる美酒になったのでしょう」

ニィ、と。シャーロットは、それこそ本物の悪女のように歪《ゆが》んだ微笑みを見せる。

「!?」

ハロルドはシャーロットの表情を見て息を呑《の》む。彼女のそんな表情を彼は見た事がなかった。

噂に聞いた悪女ならば当然の表情とも言えたかもしれないが、その時、彼は初めて見たのだ。

「シャーロット！　貴様はやはり悪辣な！」

「あら。表情ひとつで悪か否かを語るのですか？　浅はかなこと。貴方の快・不快は、罪も悪も定めるものではありませんわ、殿下。勿論《もちろん》、顔の造作もね？」

そうしてシャーロットは彼を、彼らすべてを、馬鹿にしたように呆《あき》れて見せた。

ハロルドは、彼女の態度にカッとなり、頭に血を上らせる。

「シャーロット、お前っ」

剣呑《けんのん》な空気を纏《まと》うハロルド。そして尚《なお》も口を噤《つぐ》み、彼女に虐められた事実などないと否定しないマリーア。ここまで来て黙っているのだから、たとえ積極的に悪評を立てなかったのだとしても、それはもう悪意と変わらない。そんなマリーアの事もシャーロットは冷ややかに見つめた。

「私には【記憶魔法】がありますわ、殿下」

「なんだと？」

確認するように、淡々と。シャーロットはハロルドに告げる。

「王家にも伝えておりますし、もちろん殿下もご存じですわね？」

「……ああ」

【記憶魔法】は、自身の記憶を『代償』に消費し、特定の事象を引き起こす彼女固有の魔法だ。

限定的な記憶喪失と引き換えに何か特別な事態を引き起こす魔法だとハロルドは聞いている。

「それがどうした。まさか、その魔法のせいで、己の犯した悪事の記憶がない、とでも言い訳するつもりなのか？」

「いいえ？　もちろん違いますわ、殿下」

代償にするのはシャーロット自身の記憶だ。その記憶が多いほど、価値が重いほど、強力な事象を引き起こす事が出来る。だが当然、その代償はシャーロットにとって重過ぎるものとなる。

王子妃教育を受けているシャーロットが軽々しくその記憶を手放せるワケもない。

だからこそ彼女の魔法はそこまで警戒されてはいなかったのだ。今までは。

「これから私は二つ、この【記憶魔法】を使って見せますわ」

「お前、抵抗する気か!?」

「抵抗などと。そうではありません。せっかちですわね、殿下は」

重過ぎる代償のため、シャーロットがその魔法を使う事は今までなかった。

だが、自暴自棄になった彼女が自らの罪から逃れるために暴走するのなら？

（暴れる事も問題だが、もしかしたらシャーロットが抜け殻のようになってしまうかもしれない）

ハロルドの頭の隅にそんな考えが浮かぶ。マリーアのために感じていた怒りが冷めていった。

もしもシャーロットが記憶を失って、そのようになってしまったなら。そう考え、ハロルドは胸が痛むように感じた。脳裏に浮かぶのは、これまでシャーロットと交わした言葉の数々だ。

流石《さすが》にそれは寝覚めが悪い。だから胸が痛むのだと、ハロルドは自分に言い聞かせる。何故《なぜ》なら己の愛は今、マリーアにあるはずなのだから、と。

「まず私がこれまで受けてきた『王子妃教育』についての記憶。それも王家に入る場合のみ、必要だったはずの記憶を代償にして『断絶の結界』を張りますわね？」

「……は？」

その言葉をハロルドが理解する前にあっさりとシャーロットは【記憶魔法】を発動した。

魔法陣が浮かび上がり、彼女の目の前の空間に『黄金の天秤《てんびん》』が形成され、浮かび上がる。

そして天秤の片方の秤《はかり》の上にシャーロットの額から出現した『光』が乗せられた。

【記憶魔法】の要となる黄金の天秤は、彼女をより美しく魅せている。

「これが私の王子妃教育を受けた記憶。ハロルド・レノックス第一王子の妃《きさき》となるためには覚えておかなければならない記憶、ですわね？　ふふふ」

「まっ、待て！」

ハロルドはシャーロットを悪女として断罪しながら、彼女からその記憶が失われる事が致命的な何かに繋《つな》がるような嫌な予感がして止めようとした。だが当然、シャーロットは止まらない。

「――【記憶魔法】」

『我が叡智《えいち》を手放し、かの者らを拒絶せり』

カッ！　と。黄金の天秤から光が迸《ほとばし》り、シャーロットの身体《からだ》を包み込む。

「あ……ああ……」

取り返しのつかない事が起きたとハロルドはそう感じる。

シャーロット・グウィンズは七年掛けて身に付けてきた『王子妃教育』の記憶を捨てた。

仮に彼女の罪が許されたとしても、彼女がハロルドの『妃』になる道はもう閉ざされたのだ。

（なんて事を！　なんて事を……！）

シャーロットの言葉が本当かどうかはまだ判断できない。だが。

「今、魔法によって私の身体に結界が張られました。ハロルド・レノックス第一王子。ゼンク・ロセル。クロード・シェルベルク。マリーア・レント。今言った者たちが私に触れる事の出来なくなる『断絶の結界』です。これでもう貴方たちは私に近付く事は出来ません」

「な……」

「えっ!?」

シャーロットの婚約者だった『王子』ハロルド・レノックス。

不遇の状況に手を差し伸べた『友人』だったマリーア・レント。

長年、シャーロットとも交友を重ねていたはずの『王子の護衛騎士』ゼンク・ロセル。

何度も政務の手助けをしてきたはずの『宰相の部下』クロード・シェルベルク。

シャーロットは、かつては近しい関係だったはずの彼らを拒絶した。

七年分の王子妃教育の記憶と引き換えにシャーロットが得たのは、彼らを拒む断絶の結界。

王子妃教育の記憶を失い、近付く事、触れる事さえも出来なくなれば、シャーロットがハロルドの妃に返り咲く事はありえなくなる。正妃どころか側妃になる事さえもだ。

「お試しになりますか、殿下。ふふ。七年分の記憶ですから。効果時間も強度も、素晴らしい結界になりましたわ」

「シャーロット！　お前、なんて事を！」

ハロルドは、苦し気な表情を浮かべてシャーロットに向かって声を荒らげた。

「あら。婚約破棄をされた身ですもの。であれば王子妃教育の記憶など不要です。それにこの結界は『私の方からも貴方たちに近寄れない』ので、互いに良い事尽くしではありませんか？」

そう言いながらシャーロットは一歩、ハロルドたちに近寄って見せる。すると。

バチィ！

「きゃっ!?」

「うっ！」

ハロルドとマリーアが衝撃に声を上げる。

シャーロットとハロルドたち双方に軽い衝撃が発生し、弾《はじ》かれたのだ。

「上手く出来たようですわね？　ふふ」

「シャーロット！」

すぐ近くに立っているのに。ハロルドはもうシャーロットに触れる事も近付く事さえも出来なくなっていた。心での拒絶では済まず、もう物理的に触れられなくなっていたのだ。

（七年分の記憶の代償ならば、それだけの年月の……？　ああ、なんて事を、なんて事を！）

ハロルドの胸の奥に痛みが走る。たしかにハロルドは彼女のことを疎んでもいた。

自分よりも優秀なシャーロットに劣等感を抱いていて。

だが、いつからそんな気持ちだったのか。ハロルドの奥底に渦巻いている本心は。

『本当は彼女のことを』と。未練とも、執着とも言える感情があったのだ。

（まだだ。シャーロットに、この結界を解かせれば、まだ……！）

「ふふ。私の魔法が如何様《いかよう》なものかを皆様に知っていただいたところで。それでは二つ目の魔法を使わせていただきますわ。こちらが本命ですわね」

「二つ目だと？　これ以上、何をするつもりだ、シャーロット！」

これ以上の記憶を失う事はシャーロットにだって負担のはずだ。

記憶が欠落した今の彼女の内心がどう変わっているのかも分からない。これ以上、危険な真似《まね》はさせられなかった。『彼女のために』止めなければならない、と。ハロルドは焦燥する。

「二つ目の魔法の代償に捧《ささ》げるのは『私自身』でございます」

改めてカーテシーをして見せる悪女シャーロット・グウィンズ。その姿は見る者がゾッとする程に美しく。『悪女』と呼ばれたのは、この美しさ故かもしれないとそこに居た人々は感じた。

「……シャーロット自身、だと？」

「私の【記憶魔法】の根幹は、私自身の記憶を天秤に捧げ、それに釣り合うだけの事象を引き起こす事でございます。他人から奪うのではなく、私が身を削る事によるもの。つまり代償となるものが『私』であれば良いのです。他者の想《おも》いや、記憶は天秤には乗せられない。けれど」

それが【記憶魔法】の性質。けれど。

「『逆』の秤であれば他者の記憶も乗せられますのよ？」

「……逆の？」

シャーロットのペースに乗せられてしまった彼らは、ただ説明に聞き入るしかなかった。

「人々から。この国から。『私に関する記憶』を消し去る事が可能なのでございます」

「……は？」

シャーロットに関する記憶を消し去る。国から、人々から。その記憶を。

「『いなかった事』に致しましょう。シャーロット・グウィンズという女そのものを。この国から私の痕跡を消し去る事を代償にして私の存在そのものを消去する。両方の天秤に乗るものが、すべて『私』なのです。ふふふ。私の【記憶魔法】最大最強の出力を誇る、自滅の業《わざ》にございます」

妖艶に微笑んで見せる希代の悪女シャーロット・グウィンズ。

誰もがその言葉に魅入られるように聞き入り、口を挟めない。

（シャーロットの存在を、消す？　彼女のことを私たちが忘れる？　居なかったことに、なる？）

そんな事をすれば。そんな事をすれば、一体どうなるのか。

「ハロルド・レノックス第一王子殿下。今一度、尋ねましょう。私という『悪女』が居なくても、……貴方は彼女を愛したかしら？」

「なっ……」

ゾクッとハロルドの背筋が震えた。悪女シャーロットに迫害を受けていたはずのマリーア。

虐める者がいなければマリーア・レントは『被害者』でも、『守るべき者』でもなくなる。

『悪女』と比較されてきたからこその、マリーアの清廉さだったはず、なのに。

庇護対象ではないマリーアに、果たしてハロルドは惹《ひ》かれただろうか？

「あの女に比べれば。あの女よりも。あの悪女よりも彼女の方が相応《ふさわ》しい。そう言って盛り上がった皆々様。どうかこの悪女が居なくなろうとも、彼女の可憐さを愛してあげてくださいましね？」

その言葉はハロルドたちだけではない、この場に揃《そろ》った貴族子女のすべてにも向けられていた。

彼ら彼女らは今日までシャーロット・グウィンズの凋落《ちょうらく》を見て来た者たちだ。

高みに居た高貴な淑女が落ちぶれていく様を、どこか他人事《ひとごと》のように楽しんできた者たち。

希代の悪女と罵られ、とうとう婚約破棄を突きつけられて。更に落ちぶれるだろう、かつてあれほどに輝いていたグウィンズ侯爵令嬢の凋落の姿を、さらに楽しもうと考えていた者たち。

シャーロットが何もしないままで居れば更なる悪評が立てられていただろう。

悪女を退けて結ばれた元平民のマリーアとハロルド王子の恋物語はシャーロットを悪女に仕立てあげて、さらに広まったかもしれない。

瑕疵《かし》のついた高貴なる侯爵令嬢に下世話な令息たちが言い寄って弄ぼうとしたかもしれない。

或《あ》いは内心で彼女の落ちぶれる様を心待ちにしていた誰かが、その結果を見て陰で嘲笑《あざわら》ったかもしれない。……そういった人々の、これまでと、これからのすべての『悪意』を。

シャーロット・グウィンズは許さなかった。許しはしなかったのだ。

「ま、待って！　シャーロット！　私、貴方のこと忘れたくないの！　だからやめて！　そんな事！」

誰よりも先に未来の事に思い至った一人の令嬢が飛び出し、彼女に呼び掛けようとする。

けれど先程は名を挙げられなかったはずの彼女もまた、断絶の結界によりシャーロットに近寄れない様子だった。

結界に阻まれた距離から声を上げる彼女の姿を見て、シャーロットは冷たい微笑を浮かべる。

「シーメル。ふふ。その言葉は嬉《うれ》しく思うわ」

シーメル・クトゥン伯爵令嬢はシャーロットの『親友』として長く一緒に過ごしてきた女だ。

「じゃ、じゃあ、やめて？　貴方の事を忘れるなんて私、イヤ！　それにどんなに辛《つら》くたって、皆からも貴方が忘れられるなんて、あってはならない事だわ！」

泣きそうな顔をして訴えるシーメル。だがシャーロットはそんな彼女を冷ややかに見つめた。

その表情の冷たさにビクッと固まるシーメルをよそに、シャーロットは言葉を続ける。

「そんなに私が大事なら。どうして貴方は先程まで私を庇おうとしなかったのかしらね？」

「えっ」

王子からの婚約破棄。そして冤罪《えんざい》を突きつける言葉。それらには口を噤んだ彼ら、彼女ら。

シャーロットを信じ、悪意から庇おうとした者は、この場には居なかったのだ。

それにも拘わらず、シャーロットが最後に使おうとする魔法だけは止めに掛かる。

まるで婚約破棄や彼女の悪評は止める必要がなかったとでも言うかのように。

もしもシーメルが先程の騒ぎの段階でシャーロットを庇っていたならば。

きっと、こんな魔法の行使は出来なかっただろう。出来るワケがなかった。だけれど現実は。

それだけでシャーロットのシーメルへの評価は地に落ちていた。

「――【記憶魔法】、最大解放。極大『記録』消去魔法……」

「シャ、シャーロット！　だめ！　やめて！　やめなさい！」

シーメルの呼びかけなど、もうシャーロットの心には届かない。

『天よ。我が名と栄誉を捧げます』

黄金の天秤の秤は、どちらにも傾かず。

ただ両方の秤の上に大きな光が乗せられ、光の奔流となってパーティー会場を包んだ。

その光はパーティー会場だけに止《とど》まらない。

壁をすり抜け、王都を包み、王国の端の領地にまで届いた。

【記憶魔法】という力しか持たなかったシャーロットだったが……。

その魔力量は王国の誰よりも抜きん出たものだった。

かつて王国全土を覆う結界を張って見せた聖女と同等とも言える魔力量。

それ程の魔力によって行使された【記憶魔法】は、人々からシャーロット・グウィンズという女の記憶をすべて消し去ってしまった。

そして消えたのは記憶だけではない。

シャーロット・グウィンズが居たという『記録』さえもすべて書き換えられ、抹消されていく。

彼女の魔力出力と代償にしたものの重さが、王国のほぼすべてに影響を及ぼすに至ったのだ。

そして光の奔流が収まった時、パーティー会場からシャーロットの姿は消えていた。

人々の記憶からも、あらゆる記録からも、希代の悪女シャーロットの名は消えた。

その日、彼女に関わるすべての記憶と記録が……レノク王国から失われたのだ。

シャーロットが、どうしてそこまでの事をしたのか。

それを誰も知ることはなく。

そして、もうその真実を求める者すらも居なくなったのだった。

2 『母との記憶』――シャーロット・グウィンズ

私が五歳の頃。もうすぐ六歳になるかというぐらいの時期。

領地の屋敷にある自分の部屋で、自身に宿るという【記憶魔法】について私は考えていた。

「……使い方次第、だと思うのよね」

お母様が懸念されていた事も理解できる。記憶を失うなんて、とても恐ろしい事だから。

魔導書に書かれていた、過去の【記憶魔法】の使用例を見てみれば、それは分かった。

(この重たい魔導書の中身。歴代の魔法使いたちの『失敗談』だったのよね……)

私は眉尻を下げながら苦笑いを浮かべる。

この魔法に溺れれば、いつか私は記憶のすべてを失い、燃え尽きたような状態になってしまう。

魔法に溺れるな、とお母様は言ってくれた。至極、その通りなのだろう。

「だけど、それでも。何が出来るかは把握しておかなければいけないと思う！」

これは貴族の義務のひとつ、なんてね。単に好奇心に突き動かされているだけなのだけど。

「シャーロット様。勉強を疎《おろそ》かにしてはなりませんよ」

「……はーい」

幼い私は家庭教師《ガヴァネス》に見守られながら思考を中断し、机に向き直るのだった。

私の家、グウィンズ侯爵家は王国でも随一の権力を持つ筆頭侯爵家だ。

領地は広大で、だからこそ管理は難しい。そんな家門。

私とお母様は主に領地の屋敷で暮らしている。お父様は領地と王都にある邸宅を行き来し、侯爵としての様々な仕事をこなしている様子で、私たちと過ごす時間をあまり作らない人だった。

領主の仕事だけでなく、王都での仕事も抱えているらしいから、とても忙しいのだろう。

そしてシェリルお母様は、家の管理をする屋敷の女主人だった。

……お母様が病に倒れられてからは、執事長や侍女長たちが屋敷を取り仕切っている。

「シェリルお母様のご病気なんて、私の【記憶魔法】で治してみせます！」

お母様が病に倒れた時、私はすぐにそう宣言した。

子供心に少しだけ、これを機会に『魔法を使ってみたい』なんて考えてもいて。

人を助けるためになら魔法を使っても許されるのではないかと。そう思ったのだ。

もちろん何よりもシェリルお母様が心配なことが第一の理由だった。

「シャーロット。病はお医者様が治すものよ」

「でも、シェリルお母様」

貴族令嬢は『乳母』を中心とした使用人たちに育てられるものらしい。

だけどシェリルお母様は、手ずから、よく私の世話をしてくれていた。

以前、お母様と使用人たちが私の世話について話しているのを聞いた事がある。

『奥様。シャーロットお嬢様のお世話ならば、私どもが致しますので。どうかお任せください』

『ありがとう。貴方《あなた》たちの仕事を奪うつもりではないのよ。でもね。シャーロットは少し特別な子なの。だから私ね。あの子には沢山、思い出を作って欲しいのよ』

『思い出ですか？　特別とは……』

『もちろん娘として愛している、という意味でも特別よ。でも、そうじゃなくてね。事情があって、私は積極的にあの子と関わっているの。いつか、この記憶が、あの子のためになるはずだから』

私が、お母様の言葉の意味を真に理解できるようになったのは、ずっと後のこと。

だけど、お母様のその想《おも》いは、私の心の中にとても温かなものを残してくれた。

後になってから『ああ、お母様は私の【記憶魔法】について考えていてくれたのだ』と。

気付いたのだけれど、まだこの時は、ただお母様が大好きな気持ちだけでいっぱいだった。

私にとって、とても大切な家族。だからこそお母様を救えるのならば、私は。

「私の魔法で、お母様を治して見せます……！」

とにかく私は。お母様のことがとても大切で。心配で。だから。

自分の内側にある魔力を形にして見せた。そうしたら。

パァアッと、光が部屋に溢《あふ》れ出し、ベッドの上で私を見ていたお母様を驚かせる。

キラキラとした綺麗《きれい》な、黄金の天秤《てんびん》。光を纏《まと》った天秤が私の前に現れたのだ。

（これが……魔法！）

「……すごい。本当に、魔法が。お母様！　凄《すご》いです！　私、本当に魔法を使えました！」

「シャーロット、貴方……」

私は自分が魔法を使えたことが嬉《うれ》しくて、驚きでいっぱいで。

そのことをお母様にも伝えたくて、笑って。

(これなら。この凄い力なら、お母様の病を治すことだって出来るわ！)

そう思って。でも、すぐにお母様がベッドから降りてきて、私をふわりと抱き締める。

「シャーロット。だめよ。お願い。魔法を使わないで」

「え……。で、でも」

「シャーロット。お願い。ね？　貴方なら分かるでしょう？」

お母様の声は優しかった。でも同時に強張《こわば》ってもいた。慎重に、私に言い聞かせようとしているのが私には分かってしまった。私は『いけない事をした』のだと、理解してしまった……。

「……ごめん、なさい。お母様」

私は黄金の天秤に魔力を注ぐのを止《や》める。そうすると天秤は光の粒になって消えていった。

「……ふふ。大丈夫よ。大丈夫。とても凄かったわね、シャーロット。それに凄く綺麗だったわ。見せてくれてありがとう」

私はお母様に抱き締められ、その温かさを感じながら。

いけない事をした罪悪感と、それでも包み込んで許してくれる温《ぬく》もりに満たされていた。

「心配しなくていいのよ、シャーロット。私は大丈夫。大丈夫だから。ね？」

本当に？　とても心配で仕方ない。だってお母様の顔色は、とても悪いのだ。

「シャーロット。何か苦しいところはない？」

「ありません……」

「そう。私のことは分かる？　覚えているわね……？」

「はい。シェリルお母様。……その。魔法の行使は、まだしていないので」

「そう。良かった。貴方の記憶を守れて」

幼い私は、いくら賢くても、まだまだで。この時もお母様に守っていただいた。

とても大切にされているのだと感じたのだ。本当に。

「シャーロット。貴方を愛しているわ」

「……はい。シェリルお母様。私も……お母様のことが、とても大好きです」

「ふふ。ありがとう、シャーロット。貴方も……貴方自身を、ちゃんと大事にするのよ？」

「はい！」

私のお父様は、特に家族関係の冷淡さが顕著な方だと侍女に聞いたことがある。

けれど、たとえ父親が冷たくとも、私には沢山の愛情を注いでくれるお母様が居た。

お母様が居れば大丈夫だって、幼心に安心して過ごす事が出来ていたのだ。

だからこそ、お母様が体調を崩している事がとても心配で。

そして、その心配は現実のものとなっていった。

お母様の病状は、日を追うごとにどんどん悪くなっていく……。

(ダメよ、ダメダメ。これぱっかりは。大切な事に使うのだから。どれだけ失う記憶が多くても。

ここで魔法を使わなかったら、きっと私は後悔する……！)

私は、お母様を救うために自分の記憶を差し出す事を決める。それは七歳の時だった。

それなりに勉強は詰め込まれてきたのだ。だから今の私ならば、きっと！

「シャーロット……。よく聞いて」

いよいよお母様の容態が悪くなって。誰が見たって危ないと思える様子で。

そんな状態のお母様が、決意を胸にした私に告げる。

「……貴方の魔法を、私に使ってはいけないわ」

「え」

何を言っていらっしゃるの？　だってお医者様が治せない、今や死に向かっている病なのに！

こんな時に魔法を使わないでどうするの！

「聞いて。シャーロット。……貴方の魔法は、私の家の者が継いできた魔法。だから……そういう記録も残っていたわ。その本だけじゃなく、ね。私はそれを知っている……」

「は、はい」

「長く、少なくとも私の祖父母の世代も魔法を使える者は居なかったわ。……でも、その前の世代には貴方と同じ魔法使いが居たの。……だから、その事は、ちゃんと記録に残っている」

たしかに残っている。その人についての記録が。その、『失敗談』が。

「シャーロット。あの本を読んだ貴方なら。私の言いたいこと、分かるわよね……？」

「…………失敗、されたのですよね。先代の魔法使い様は」

先代の【記憶魔法】使いは、今のお母様と同じように重い病に倒れた妻を助けようとした。

だけど、その結果は失敗と言えるものだった。

「……妻は助かった。それと引き換えに先代の魔法使い様は抜け殻のようになってしまった。自身の大事な記憶をすべて失ってしまったから……」

人一人の命を救う事の代価。ならば、その人の人生を懸けてこそ成立するもの、なのか。

かの人物の妻は、魔法がなければ治せない、つまり確実な死の病だった。

だから、その代価はとても重くて。代償に失う記憶も、それだけにとてつもなくて。

「シャーロット」

お母様の真剣な目が私を見つめる。幼い私は、ぎゅっと自分の服を摑《つか》んで握り締めて。

何の助けにもなれない自分が悔しくて仕方なかった。

「貴方の記憶をすべて失っても……私を治す事は、きっと出来ないわ。だって……シャーロット。貴方はまだ……七歳《さい》なんですもの。貴方の記憶は、私の病に釣り合わない……」

「……っ！　でも！」

（やってみなくては！　分からないじゃない！）

「聞いて。お願い、シャーロット。七歳の貴方が記憶のすべてを失っては、きっと取り返しがつかなくなる。それで私を治せるとも思えない……。私が死んでしまうのに……貴方が私の事を覚えていない、なんて。……私、その方がずっと嫌よ」

「シェリルお母様……」

そうだ。私が魔法を使えば、きっとお母様の事を忘れてしまうだろう。

だって今の私にある記憶は、勉強で得た知識と、お母様との事ぐらいしかないのだから。

……それで、もしお母様を治せなかったら？

病に倒れるお母様の事を、私は何の興味もない目で見つめるの？

掛けられた言葉さえ忘れて？　お母様に掛ける言葉もなく？　そんなのは……いやだ。

「ね。シャーロット。……お願い。私の事を忘れないで。貴方自身を大切にして。……世の中には仕方のない事だってあるの。失うモノをすべて取り零《こぼ》さないようにするなんて、無理……なのよ。たとえ、それが魔法の力であっても。……ね？」

「………はい。お母様」

「いい子ね、シャーロット。本当に。だからどうか。魔法に頼らないで。私の思い出を貴方の中で生きさせてちょうだい……」

使えない。病のお母様に私の【記憶魔法】は使えなかった。なんて無力。なんて無意味な力。

魔法と銘打たれているというのに、大切な人一人も死の淵《ふち》から救えない！

（……記憶を失えば、私はどうなるの？）

これは心の問題であり。そして『リスク』という打算の問題だった。

魔法を使ってもお母様は治せないかもしれない。だけど確実に私はすべてを失った人形になる。

（それでも万が一、助けられるかもしれない、のに……）

歯を食いしばりながら、毎日、毎日、その選択肢と私は向き合った。

シェリルお母様との思い出を大切に過ごしながら。

（……この思い出を手放せば、お母様の命を救えるのなら）

だけど、日に日にやつれていくお母様の姿を見て、私は……理解してしまった。

『ああ、足りない』と。たかが七歳に過ぎない私の思い出は、記憶は。

お母様を死の運命から救い出すには、あまりにも、ちっぽけで。

……私は賢《さか》しい子供だった。無駄に賢くて。

だからこそ引き起こした後のリスクまで考えて、踏み止《とど》まって。

出来ない事の理由を計算して、思い止まったのだ。

子供らしく、愚かに、お母様を救いたくて必死になって、がむしゃらになればいいというのに。

たかが七歳の私は現実なんてふざけたものを見て、冷酷に、魔法を使うのを踏み止まったのだ。

（ごめんなさい。ごめんなさい、お母様……）

救えない。私には救う力があるかもしれないのに。

私は大好きなお母様を、大切なお母様を……見殺しに、してしまうのだ。

自分を捨てられないから。記憶のすべてを失わないために。己が大事、だから……。

無意味に、無価値に、賢しくて。未来の自分の破滅を理解してしまうから。

お母様のために自身のすべてを投げ捨てればいい。たった、それだけなのに。

「お母様。お母様……」

「シャー、ロット……。貴方を、愛しています、からね……」

「お母様っ。私も、私も貴方を……愛しています……お母様、お母様っ！」

そうして。天秤の秤《はかり》をどちらにも傾けず。

私は……シェリルお母様が、天に昇るのを見送った……。


……私は、お母様の大切な『記憶』になれただろうか。

(救えたかもしれない、のに)

すべてを投げ出せば。私のすべてを差し出せば。

大好きだったお母様を私は救う事が出来たはずだった。

(お母様を救えなかった、魔法)

何が魔法だと言うのだろう。あまりにも無価値な力だった。

お母様の病が重くなければ救えただろうか。医療が発展していれば、もっと軽い病で済んだのだろうか。私の記憶に、もっと『価値』があれば大切な人を救えただろうか。

……これから私は自分の力にどう向き合っていけばいい？

身の程を知っていればいいのか。魔法などと言っても万能には程遠い、と。

所詮は人間の力に過ぎないのだと。……死にたい程の絶望感が私の心を埋め尽くす。

無力だった。そして自分が救えたかもしれない事実は、重く私にのしかかり続けた。

(それでも……お母様は、私を愛してくれたの)

だから私は簡単に死ぬ事は出来ない。悲嘆して、己の人生を投げ捨てることはできなかった。

楽な道ばかりを選んではいけない。魔法に溺れてもいけない。

魔法を決して使うな、という事ではなく。見極めなければならなかった。

やがて、お母様が亡くなってから一年が過ぎ、二年が過ぎ。もうすぐ私が十歳になる頃。

私は再び自身の【記憶魔法】と向き合っていた。

侯爵令嬢として学びながら、魔法の研究記録を取り寄せ、自身で理論を構築して。

何が出来て、何が出来ないのか。それを把握しておくために。

一生この【記憶魔法】を使わない選択肢もある。多くの人にとって魔法は縁がないものだ。

だから私もそれに倣い、ただ一人の人間として歩いていく選択肢はあるのだろう。

(だけど。この魔法に向き合わなければ、私は……前に進めない)

あの日、本当に私はお母様を救う事が出来なかったのか。

この【記憶魔法】が、ちっぽけなものだと知れたなら……救いはある。

無理だった。どうしても叶《かな》わなかったのだ、と。魔法という言葉に踊らされ、勝手に期待を膨らませていただけで。お母様の病を治す事なんて、そもそも無理だったのだと知れたなら。

(だけど、もしもこの魔法が万能の力を持っていたのなら)

お母様を見殺しにしたのは……私だ。

……魔力を込めると、天秤が私の前に現れる。

お母様の前で見せた時と何も変わらない輝きをした、黄金の天秤。

「…………」

私は、あの時とは違い、無感動にその天秤を見ていた。

片方の秤に乗せるのは私の記憶。些細《ささい》な、記憶。

記録を取る。これから私が失う記憶について。乗せる記憶は、ほんの些細なもの。

私にとって無価値に等しい日常のエピソード。

(友人、知人、交流を持つ人間の記憶を失うのはリスクが高いわ)

それは貴族子女として致命傷になりかねない。侍女など周りの人間との思い出も同じだろう。

生活に支障をきたしかねない記憶は避ける。だから天秤に焚《く》べる記憶は。

「……お父様との思い出、ね」

家に帰っても来ないお父様。お母様の死を看取《みと》ろうともしなかったお父様。

恨みさえ抱いている、お父様。……貴方との思い出を、魔法の『実験』に使わせていただきます。

そうして消費される程度の価値。それが私の、貴方との記憶だから。

大切なお母様との記憶を失《な》くさないようにだけ意識を傾け、慎重に取り扱う。

お父様との些細な記憶を片方の秤に乗せた。

私は、この記憶を二度と思い出さなくなるのだろう。それでもいい。私には不要なものだから。

──カタリ、と。黄金の天秤が傾く。小さく、小さく。

なんて小さな記憶だろう。量の問題ではない。これはたぶん『質』の問題だ。

試すつもりさえないけれど、お母様との記憶だったら、きっと、もっと。

記憶の価値は私自身にとっての価値なのか。つまり大切な記憶ほど、より大きな事が出来る。

過去の記録からしてもその傾向は散見された。

逆に『量』がまったくの無関係かと言えば、そうでもない。様々な要素が絡み合う魔法。

「――【記憶魔法】」

『夜に灯《あか》りを』

自然と私の口を突いて出たのは魔法の進む方向性だ。

軽い喪失感と共に机の端に小さな灯りが灯《とも》る。

お父様との思い出は、夜中に部屋を照らす程度の『価値』として消費されたのだ。

お母様の前で魔法を見せた、あの時から使えなかった、使わなかった、魔法。

それを使ってみて一つ、肩の荷を下ろしたような、そんな気分になれた。

お母様の死から、もう三年近くが過ぎての事だった。

（お母様の事を思い出す事は出来る。直近で覚えた令嬢としてのマナーも問題ないわ）

では、お父様との記憶は？　何を失くしたのかが分からず、思い至らない。

果たして、それは記憶を失っているからか。それとも実は最初から持っていないのか。

お父様との何かの記憶が消えたとしても、どうやら私に大した影響はないらしい。

「はぁ……」

深く息を吐いて安堵《あんど》する。乗り越えた。いいえ。一歩だけ前へと進んだ。

そして証明した事は、確かに私が【記憶魔法】を使えるという事。だけど。

……お母様の命を天秤にかけてしまった、あの日の傷が癒える事はない。

「あはは……」

（それはそうよ。だってそれを証明するには『大きな事』をしてみせなくちゃ）

その時の私はすべてを失ってしまう。何もかもを捧《ささ》げて『大きな事』をしてみようとして。

そうして、ようやく。あの時の自分の決断に向き合えるのだから。

「……そんなの出来るワケ、ないのにね」

すべてを失う選択肢なんて選べるワケがないのだ。

だって、お母様は私が生きていく事を願ってくれた。そう願って愛してくれた。

ならば私は、あの頃の自分を慰めるためなんかではなく。

前を向いて、生きていかなくてはいけないのだろう。そう、望まれたのだから。

「楽な道を選んではいけない。魔法に溺れてはいけない」

お母様が掛けてくれた大切な言葉を声に出す。それは魔法についての心構え。

同時にそれは侯爵令嬢としての心構えでもある。そう、学んだ今の私は知っている。

グウィンズ侯爵家は王国内で最も力ある家門。私はその一人娘なのだから。

だから辛《つら》く苦しい未来が待とうとも『貴族の義務』を果たさなければならない。

一つ、小さな記憶を手放して。いつまで光るかも分からない、小さな灯りを手に入れて。

私は前へと進んだ。

お母様の死から止まっていた、私の心の中の何かを、一歩だけ踏み越えて。

そうして十歳になった私には、最初の果たすべき『義務』が与えられる。

それは、この国の第一王子殿下との……婚約だ。
出会う前からお父様と王家で取り決められ、覆せない決定として与えられた政略の道。
令嬢としての教育に加えて、妃《きさき》となるための王子妃教育も加わると聞いた。
(……今日までに魔法についての研究や実験を済ませておいて良かったわ)
きっと私の時間はこれから、どんどん削られていくだろう。
そうして初めて会う、将来結ばれる相手とのお茶会。
王と王妃、父の監視の下で行われる顔合わせ。
(結婚……。男性と)
不安がないとは言わない。その現実に迷いが生まれていないとも言わない。
けれど、そのすべてを押し殺して一切、顔に出さないように。
にこやかに穏やかな表情で。優雅なカーテシーを私は披露した。
「はじめまして、ハロルド殿下。私はシャーロット・グウィンズと申します」
……どうか、これから。
私が貴族の義務を果たせますように。
シェリルお母様に恥じない娘でいられますように。
そんな決意と、願いを胸の内に秘めながら。
私は、ハロルド殿下に向けて、淑女の微笑《ほほえ》みを浮かべるのだった。

3 『後悔さえも』――ハロルド・レノックス

あるパーティーの日に起きた謎の光がレノク王国全土を覆った事件。通称『光事件』。

その日から既に三週間が過ぎていた。

人々は国を覆う光によって多少の混乱はしたものの、特に体調を崩す事もなく過ごしている。

そんな光事件のことを、レノク王国に住む人々は疑問に思いつつも忘れていった。

「ハロルド殿下。また新しい『釣書』が来たそうですよ」

「そうか。私の婚約者、か。どうなるのだろうな」

レノク王国、第一王子。ハロルド・レノックス。

立太子はまだだが第二王子とは年齢差があり、順当に行けば彼が王太子となり、いずれ王となるのだろう。当然、そんなハロルドの伴侶になりたがる令嬢は多くいる。

王子の婚約者を決めるのは国王だが、ハロルドがもうすぐ成人し、学園を卒業する年齢になってもまだ、国王はハロルドの婚約者を決めていなかった。

第一王子の執務室で、王子に割り当てられた政務をこなしながら、側近であるゼンクとクロードと共に他愛の無い会話を続けるハロルド。

「それはそうと、このところ私に割り当てられる仕事が増えていないか？」

「……そうですね。以前の倍はある気がします」

「国内で何か大きな動きでもあっただろうか?」

「いえ。あの光事件以外は特に目立ったものはないはずです」

「そうか? 上がってくる報告を見ても、別に例の光事件とは関わりのない通常のものだな。ただ私の苦手とする分野の仕事が増えたような気がするのだが……」

ハロルドが執務室に詰めているのは、王子としてこなすべき政務の量が捌《さば》き切れなくなったせいだった。ほんの数週間前までは、そんな事は起きなかったはずなのに。

むしろ、ハロルドはそつなく政務をこなし、学園生活と両立してきた有能な王子として知られているぐらいだ。しかし最近になって、それらが上手《うま》く回らなくなっている。

「ふぅ……」

これまで出来ていたはずの事が出来ない。ハロルドは音を上げそうになり、溜息《ためいき》を吐《つ》いた。

父である国王に政務の量を減らして欲しいと願えば楽になるだろうか、と。

だが、それはハロルドのプライドが許さなかった。これまでこなせてきた事なのだから、と。

王子として受ける勉強を済ませ、割り振られる政務をすべてこなしつつも、学園では余裕のある生活を送ることが出来ていた。だからマリーアと逢瀬《おうせ》を重ねる時間もたっぷりと持てていたのだ。

それなのに最近は彼女と会う事すら難しい。どころか学園に通う時間さえ足りなくなっている。

マリーアと会ったのだって、あのパーティーの日が最後になるぐらいだ。

「……それにだ。また新たに王子教育が追加されたのは何故《なぜ》だと思う?」

ハロルドが余裕のある生活を送れなくなった理由はまだある。

それは王子教育の時間と内容が増えた事が原因だった。

今までハロルドは王子教育と学園生活、さらには第一王子としての政務も、すべて余裕を持ってこなしながら、その上でマリーアと共に時間を過ごし、逢瀬を何度も重ねてきた。

だが今では、それらをどうやって成立させてきたのかさえ分からなくなっている。

王子としての政務の量は倍に……いや、三倍にまで膨れ上がっていた。

これはハロルドの思い込みなどではなく、文字通り、三倍の量の仕事が最近になってハロルドにのしかかってきているのだ。増えた仕事量はハロルドが三人は居なければ賄えないほどある。

そして王子教育も問題だった。今までは、余裕のあるスケジュールでそつなくこなしてきたはずの王子教育が、最近になって詰め込まれるようになってきていたのだ。

それもタチの悪い事に増えた教育内容は、どれもこれもハロルドの苦手とする分野ばかり。

隣国で使われる言語学に、外交に関わるもの。国内の微細な問題から、各領地の特産・特色についてなど。また現在の派閥関係の推移、把握なども……。

ただでさえ政務の量が増えているというのに、苦手な類の勉強が詰め込まれ、ハロルドは最悪な気分だった。苦手と言えば増えた仕事の内容だって、ハロルドが苦手とするものばかりだ。

(どうして、こんな事を私がしなければならないんだ？　こんな仕事は……誰かに)

他人に任せられるワケもないのに『誰か』に丸投げしたくなる欲求に駆られる。

(……おかしい。今までこんなはずじゃなかった。私は優秀な王子のはずなのに)

苦手とする分野だって、こうも自分でこなさずとも今までどうにかなっていたはずだったのに。

「やはりハロルド殿下に国王陛下や王妃様は期待なさっているのではないですか？」

「期待しているからと仕事と勉強の時間を増やされるのでは、たまったものではないのだがな」

学園に通う年齢の今ぐらい、もっと時間に余裕を持って過ごしたいとハロルドは思っていた。

今まではそれが出来ていたし、許されていたはずなのに。

（そうだ。最近、私に課せられる教育は以前、私が『無理だ』と投げたものじゃないか？）

もう昔の話。こんな難しい事は分からないと投げ、そして免除されたはずの教育内容だった。

それを今になって改めてハロルドに覚え込ませようとしている？

「なぜ、こんな事を。今になって」

「殿下が学年の首席を取った事が陛下たちの耳に入り、期待が膨らんだのではないですか？」

「それが理由なのか……」

ストレスの溜《た》まるばかりの最近のハロルドの状況だったが、嬉《うれ》しい事もあった。

今まで上位には入れども一度も『学年首席』を取った事のなかったハロルド。

だが卒業を前にして、彼は、ようやく学年首席を取る事が出来たのだ。

それはこの忙しく最悪な三週間で、ハロルドにとって一番喜ばしい出来事だった。

（私の能力なのだから当然だ。むしろ今まで首席を取れなかった事の方がおかしい）

国王がその点を評価し、期待した事で最近になってハロルドに課す政務や、王子教育を厳しく詰めてきた、と。それはハロルドにも納得の出来る話ではあった。

この変化は、つまり学園卒業と同時にハロルドの立太子の可能性を示しているのだ。

その事は嬉しい。ようやく両親である国王夫妻にハロルドが認められた証《あかし》なのだから。

（……だが、急に色々と詰め込み過ぎだろう。これでは身体《からだ》がいくらあっても足りないぞ）

スケジュールは詰め込まれ、今のハロルドには学園生活を謳歌《おうか》していた頃の余裕がまるでない。

マリーアと会う余裕すらもなくなった。過密スケジュールに対するストレスもそうだが、まず、愛する恋人と会えない事もハロルドのストレスだった。

「……マリーアに会いたい。はぁ……」

溜息を吐き、耐え難いストレスを感じつつも何とか日々をこなしていくハロルド。

そんな日々が続いていたある日。ハロルドは国王に呼び出された。

「ハロルドよ。お前の婚約者をそろそろ決めねばなるまい」

父の言葉を聞き、やはり自身の立太子は間近なのだろうとハロルドは考える。

今まで第一王子の婚約者の座を空席にしていた国王の考えは掴《つか》めないが。

そこは、おそらく国内外の情勢を見極めていたのだろう、と。

国王と王妃の揃《そろ》った執務室でハロルドの婚約者についての話が始まった。

「もう相手は、お決めになっているのですか？」

「そうねぇ。有力な後ろ盾になる家門の令嬢が望ましいのだけれど」

（……ならば、家格は侯爵家が望ましいな）

現在のレノク王国に公爵家はない。侯爵家が王家を除いて最も位の高い貴族となる。

「グウィンズ侯爵に娘が居れば良かったのにねぇ」

「……グウィンズ侯ですか」

グウィンズ侯爵家とは筆頭侯爵となる家門だ。

諸侯の中でも頭一つ抜けた家門であり、後ろ盾とするならば確かに最も望ましいだろう。

しかし、グウィンズ侯爵に『娘はいない』。

侯爵夫人がとうの昔に他界されていて、二人の間に子供が出来なかったせいだ。

侯爵本人もあまり自らの子を残す事に積極的ではないのか、既に縁戚から特別養子縁組で義理の息子を迎えており、その子に爵位を継がせる予定を立てていた。ハロルドも会った事が勿論《もちろん》あり、あまり情に厚い人間とは言えない男なのだが……あれで亡くなった妻を愛していたのだろう。

侯爵が後妻も迎えず、自分の子を作る事に執着しないなど正直に言って意外の一言に尽きた。

彼が妻を愛している姿などハロルドには思い描けなかったのだ。

「グウィンズ侯に娘が居れば推して来ただろうな。その場合は侯爵本人が国政に絡まんとする目的だろうが。彼に娘がおらず、幸いと言えばいいかどうか」

筆頭侯爵たるグウィンズ家に令嬢が居ないならば残る家門に大差はない。

下手な選択をすれば国内が荒れかねないぐらいだ。それに問題がまだある。

それは長く王子の婚約者を『不在』にしていた弊害だった。

「侯爵家で婚約者の決まっていない、歳《とし》の近い令嬢は、もう居ないのではないですか?」

「……そうね。めぼしい令嬢は既に相手を決めているの。それに割り込むのは王家と言えど心証が悪過ぎるし、成立するかも分からないわ」

第一王子の婚約者が未定だというのに。諸侯は、その席を空けて待つような事はせず、さっさと令嬢たちの嫁ぎ先を決めていた。

（……普通は、もっと待つのではないか？　王子の婚約者となれるかもしれないのに）

伯爵家以下の家門からは最近になって釣書が多く届くようになっている。

だが、各侯爵家は、この状況にあってもハロルドの後ろ盾として立つ動きを見せない。

ハロルドは諸侯のその態度に苛立《いらだ》ちを覚えていた。

まるで娘をハロルドの伴侶にはしたくないとでも言いたげで、許し難かったのだ。

（……だが、この状況は、チャンスでもあるのではないだろうか？）

侯爵家の令嬢がダメであれば次は伯爵家の令嬢。

しかし、そこまで家格を落とせば令嬢の身分差などあってないようなもの。となれば或《あるい》いは。

「父上、母上。家格を気にせず、私の気に入る令嬢を選んでも構わないでしょうか？　もちろん、貴族令嬢からです」

マリーア・レントは元平民ではあるが、今は、れっきとした男爵家の令嬢だ。

辛うじてだが貴族でもあるのだ。ならば問題もないだろう。ハロルドはそう思ったのだが。

「それは最近、貴方《あなた》が執心している男爵令嬢のことを言っているのかしら？　たしか、レント家の庶子だったわね」

「ご存じでしたか。はい。その娘です。母上」

「ハッ！」

「!?」

王妃は、ハロルドの言葉を鼻で笑った。その態度にハロルドは愕然《がくぜん》とする。

「調べたけれど。とても王子妃が務まる女ではないわ。側妃も無理ね。愛妾《あいしょう》が良いところ、としか言えない娘よ。今、話し合っているのは『王子妃』を誰にするか。愛妾を決める話ではないわ」

「なっ……！」

王妃にマリーアを蔑まれ、頭に血が上るハロルド。

「何てことをおっしゃるのですか！　母上にマリーアの何が分かると！」

「分かるに決まっているでしょう。あの娘の動向は把握しています。その為人《ひととなり》、能力も。せいぜい平民受けを狙えるかどうかという程度の相手。それなら、その女でなくても構わない程度の女よ」

「な……」

口をパクパクと開き、絶句するハロルド。

「ハロルドよ。お前の感情がどうあれ、正妃が務まる女ではないとの報告を私も受けている。アレをお前が選ぶとしても正妃の立場には据えられん。王妃が言うように今、決めるべきなのは王子の『正妃』、未来の王妃となるべき令嬢だ」

「そ、そんな事を誰が言ったのですか!?　まさか、」

「……まさか？　なんだ」

「だから、それはマリーアを妬み、彼女の評価を貶《おとし》めるような輩《やから》が何か嘘《うそ》、を……」

ハロルドは言葉を続けようとして混乱する。『誰か』の名前が浮かんでこなかったのだ。

「どこにそんな者が居るのだ。妬むも何もない。これは我々、王家が調べた客観的な評価だ」

「い、いや、しかし、そんな……」

（なぜだ。マリーアを不当に評価するなんて、きっと何者かの策謀に違いない、のに。だって、そうでなければ、彼女はもっと認められていたはずで……）

『都合の悪いことは、すべて、誰かのせいだ』と。だが、そんな都合のいい者は存在しない。

「……はぁ」

王妃はハロルドの様子に呆《あき》れたように溜息を吐く。その様子が彼を余計に打ちのめした。

「王子妃には滞っている貴方の政務も行って貰《もら》わなければならないの。せめて学園でも上位の成績を残している令嬢でなければ困るのは貴方なのよ？　あの女に貴方の補佐が出来ると思って？」

「う……、そ、それは」

最近のハロルドが政務を滞らせている事は、国王たちにも知られていた。

（だが、なぜ。最近、何もかも上手くいかなくなった……。学年首席にもなったというのに）

王子としての評価が最近になって下がり始めているとハロルドは感じていた。

日々の政務の支えは、たしかにハロルドだって欲している。

今までそこに確かにあったはずの何かが唐突になくなってしまったような苦しさを感じていた。

政務と王子教育に追い立てられる今の環境では、せっかく手にした学年首席の座もすぐに手放す事になるかもしれない。

ハロルドには、誰か、彼を支えるだけの実力を持った令嬢が必要だった。

少なくとも元の生活を取り戻すためには、ハロルドよりも更に優秀な者がいなければ。

本当に何故、今まで自分の生活が成立していたのか。彼には分からなくなる。

(こんなはずではない。こんなはずでは……なかったのに)

上手く事が運ばないストレスを誰かにぶつけたい衝動に駆られた。

蔑み、仕事を押し付け、怒鳴りつけても構わないような。

それでいて優秀な令嬢が……あって初めて、元のハロルドを取り戻せる、と。彼は渇望する。

(足りない……何かが足りない)

それはマリーアなのだろうか？　最近、彼女に会えていないから自分は上手くいかない？

ハロルドの婚約者を決める密談は、この席では答えが出ないまま解散となった。

後日。ハロルドは政務や王子教育を無理矢理に中断させ、王宮にマリーアを招く事にした。

側近であるゼンクたちの計らいでもある。今のハロルドには癒しが必要だったから。

「ハロルド様！」

花のように微笑《ほほえ》みかけてくる灰色の髪の令嬢が王宮の庭に現れた。

それは何度も逢瀬を重ねた相手である、愛するマリーアだ。

(……あれ？)

しかし愛《いと》しいはずの彼女を見て、何故かハロルドは違和感を覚えた。

「お久しぶりです！　会えて嬉しい！　呼んでくださってありがとうございます！」

「あ、ああ……。久しぶりだな、マリーア。座ってくれ」

「はい！」

何度も逢瀬を重ねてきた女性。隠れるようにして彼女に会う時、彼は胸を高鳴らせていた。

（……『何』から隠れるように？）

元平民らしい仕草も可愛《かわい》らしいとハロルドは思っていた。誰かと比べて。

可愛げのない『誰か』と比べて、彼女の方が可愛らしい、と。そう思っていたはずだった。

（なのに。……『誰』と比べて、だ？）

いつも口うるさい令嬢？　そんな令嬢は存在しない。ハロルドは学園でも王宮でも令嬢に詰め寄られた事はない。勉強しろ、仕事をしろ、そういう風に言ってくるのは、せいぜい彼の両親だけ。

最近では教育係についた者たちがそう言ってはくるけれど、令嬢に言われた事はなかった。

「ハロルド様」

自分の事を愛《いと》おしそうに見つめてくるマリーアを見つめ返すハロルド。

その瞳に宿る思慕の念を見て『こういう目を私に向けて欲しい』と彼は考えた事があった。

（なんだ？　マリーアにそんな目で見られて、感じていたはずの気持ちを、今は……感じない）

マリーアがそばに居る事で感じていた感情が、ハロルドにはあったはずだった。

四阿《あずまや》で揃ってお茶を飲む時。マリーアばかりを構う意図が彼にはあった。

彼女を可愛がるほど感じる優越感や掻《か》き立てられるような何か。それを今、彼は感じていない。

（何も感じない……。何故、私はマリーアをあんなにも可愛がっていたのだ？）

「ハロルド様？」

今までと変わらない愛らしさを向けてくるマリーア。

彼女のハロルドに対する気持ちは何も変わっていない。だがハロルドの方は違っていた。

「あ、うん……。いや」

いつも会話が弾んでいたはず。彼女を持ち上げるような言葉がスラスラと浮かんだ。

そう、彼女こそ自分の婚約者に相応《ふさわ》しいというような、何か決まった台詞《せりふ》があったのに。

ハロルドはその決まり文句を思い出せない。

「その、マリーア。私たちは、いつもどんな話をしていただろうか？」

（マリーアと交わした一番多い話題は何だっただろう？　そうだ。たしかマリーアには『憧れている女性』が居るのだと聞いたはず……）

『彼女のようになりたい』『彼女みたいであれば私のこともハロルド様は見てくれますか』と。

いじらしいマリーアの言葉にいつもハロルドはこう返すのだ。

『彼女よりも君の方が素敵だよ』『君の方が僕の婚約者に相応しい』。

そんな会話の応酬で、彼らは互いの想《おも》いを確認し合っていた。そうして、だから。

（……何故なんだ？　マリーアに求めていた何かが……分からない）

こんなモヤモヤとした何かは側近のゼンクやクロードたちとの会話でも最近よくあった。

いつも一緒になって盛り上がっていた話題があったのに。そういうものがなくなったのだ。

では、マリーアの可憐《かれん》さについて話し合っていたかというとそうでもない。

グラグラと色々なものが揺らぐ。何かが足りない。なぜ。何が。何を、と。

「その。ハロルド様」

「な、なんだい。マリーア」

あまりの違和感にハロルドは気分が悪くなってくるが、そんな姿を彼女には見せられなかった。

「実は……最近。シ、シ、シーメル様が冷たいんです」

「……うん？　シーメル？　と言うと、シーメル・クトゥン伯爵令嬢？」

「はい……。以前までは何度か『二人で』お会いしたはずなんですが。今はもうお誘いしても受けていただけなくて。前までは、もっと会話も弾んでいたように思うんです。そう、一緒になって……沢山、話を聞いていただけて。でもシーメル様はもう私の話を聞いてくれなくて。私、誰にお話を聞いて貰えば良いか分からなくなって。ハロルド様も最近は姿を見せてくださいませんし……」

（クトゥン伯爵令嬢とマリーアの仲が良い？　いや、そんな事はなかったはずだが……）

むしろ二人が会話を交わしている姿などハロルドは見た事がない。

「それに、あの。最近、皆さんが優しくないんです……」

「……優しくない？」

「はい……。いつもは皆さん、優しくしてくださって、色々と助けてくださっていたのに。まるで学園に通い始めるようになったばかりの頃のように、余所余所《よそよそ》しい態度ばかりで」

「そう、か……」

（だから。だから、何だと……言うのだろう？）

ハロルドは、かつて盛り上がったはずのマリーアへの感情を見失い、混乱したままだ。

ハロルドは、マリーアに対する燃え上がるような感情を喪失したままだった。

ほんの数週間前までは確かに感じていたはずの感情が今はない。

また、よく考えれば以前の自分にはある種の計算、打算があった、と気付く。

それは、大して優秀というワケではない、貴族とはいえ末席の男爵家の令嬢マリーア・レントを妃《きさき》に据えても、自分が王太子に選ばれ、そして政務も問題なくこなせるという未来の展望だ。

しかし今になって考え直してみると、その計画には何の根拠もなかったと気付いてしまった。

(何故だ。すべてが上手くいくはず、だったのに……)

愛しいマリーアを妃に迎え、余裕を持って政務をこなし、誰からも尊敬される王になる。

その確信が自分にはあったはずなのに、と。ハロルドは苦悩する。

(……どうして、こう何もかも上手くいかない?)

苦手な政務、苦手な勉強に時間を取られ、マリーアと言葉を交わす余裕もない。

いざ無理矢理にマリーアと会っても、以前のように燃え上がる情熱がなかった。

時間が経《た》つほど彼の中からマリーアへの燃え上がるような恋心がなくなっていく……。

(……何なのだ。一体、私はどうしてこうなってしまった?)

以前までの生活を取り戻したい。もっと楽をしたい。満たされたい。

出来ていたはずだった。すべて、すべて。

苦手な分野の政務や王子教育を避け、得意なモノだけを選び、こなし。

今、課せられている政務の量の三分の一程度を片付けるだけで自分は解放され。学園では自由時間を謳歌し、マリーアと逢瀬を重ね、デートを楽しむ。そんな日々。

（……出来ていた。出来ていたんだ、今までは）

それは満たされた日々だった。ハロルドは、あの日々を取り戻したくて仕方なかった。

（なぜ、なぜ、何故なんだ。私は……。『僕』は……。あの頃から。ずっと昔から）

足りない。なくなった。欲しかったもの。手に取りたかった、何か。だから、と。

簡単にその日々を取り戻すための『手』を打とうとして。はた、と彼は気付く。

（……どうすればいいんだ？）

簡単なはずだった。満たされた時間を取り戻す手段は、とても簡単なはずで。

パッと思いつくような手段がある。そして当然、成功するはずで。

そういう確信だけはあるのに、その手段がハロルドには思い浮かばない。思い至れない。

『ああすれば良かった』や『こうすれば良かった』という感覚だけが残る。

しかし、それに該当する『何か』がハロルドには全く思い浮かばないのだ。

ハロルドは、ただ、今あるモノだけで、この状況を乗り越えていかなければいけなかった。

それがひどく苦痛で耐え難いストレスを感じていようとも。彼には逃げる場所がもうなかった。

（苦しい。切ない。イライラする。手が届かない。……取り戻せない、ない）

そんな気持ちが胸の中に渦巻くのに。その原因が彼にはまるで分からない。

……ハロルドは、後悔さえも出来なかった。

そして、政務と王子教育に追われたハロルドは結局、学年首席の座を明け渡してしまった。

一瞬だけの栄華。順位発表の掲示にある、首席ではなくなった自分の名を見ながら。

『ずっと自分こそが首席を取れていたはずだったのに』と。彼は悔しく思い、歯噛《はが》みする。

「くっ……」

「殿下。仕方がありませんよ。最近の殿下は、よく頑張っていらっしゃいました。勉強する時間もなかったのですから」

「それは分かっているのだが……」

この結果を、ひどく、ひどく屈辱的に感じてしまうのだ。

『三倍に増えた政務』と『王子教育』を『こなしながら』、『学年首席』を『取り続ける』。

どうしてか、それらが出来ない事にハロルドは屈辱を感じた。

『どうして自分には出来ないんだ』と。認めたくなかった。

側近だってこうして労《ねぎら》ってくれるし、理解してくれるというのに。

誰も自分以上に頑張っている人間など居ない。それは自他共に認める事のはずだ、と。

だから学年首席を逃したって誰も自分を見下してなどいないはずなのに。

ハロルドは何故か劣等感に苛《さいな》まれてしまう。

(くそっ……。頑張っている。頑張っているんだ、僕だって。なぜ上手く出来ない。なぜ……)

しかし以前のような周りの目はなくなったとも彼は思う。一度は実力で首席を取ったからか。

『どうしてそんな事も出来ない？　[redacted]と比べて』と。そういう視線を感じる事がなくなった。

「ハロルド様っ」

そこへ、マリーアが嬉しそうな顔をして足早にハロルドに近付いてくる。

今までハロルドが劣等感に苛まれている時は、マリーアとの逢瀬が彼の癒しになっていた。

彼女は上手くいかないハロルドの気持ちに共感してくれ、慰めてくれていたから。

『誰もが[redacted]様のように出来るワケありません。王子様だって一人の人間なんですから』と言われて。『そうだ。こんな事をこなせる方がどうかしているんだ』と彼が返す。

だが、そんなやり取りを思い出して、ハロルドは、どこか虚《むな》しいと感じてしまった。

「お久しぶりですっ。最近、中々お会い出来ない事ばかりでっ……」

「そうだな。忙しいんだ、色々と」

「は、はい。それは分かっていますけど。以前はお忙しくても、もっとお会い出来ましたのに」

「……そうだね」

以前はもっとマリーアと会えていた。だが今はそれも出来ない。

前まで顔を見せた事もなかったような政務官までがハロルドの下へ来て、彼に仕事を任せていくからだ。今ではハロルドの仕事が遅れるせいで各部署の不満が溜まっている。

『以前までこんな事はなかったのに』と。そんな不満の声はハロルドの耳にも入っていた。

そうした日々の仕事内容にさえ、この成績掲示と同じような劣等感を彼は抱いてしまう。

（出来ないのが当たり前だ。普通なんだ。『出来る者』の方が、おかしいんだ……）

そう言い訳を頭の中でする度に、彼の胸の中の虚しさが増していった。

(出来ない？　本当に？　『出来る者』が居たのでは？……居るワケがない。そんな誰かには、会った事もない。僕には出来ない、それが、なのに……)

ハロルドは、マリーアに向けて優しい表情を作り、微笑んだ。

「マリーア」

「は、はいっ！　ハロルド様」

「君の成績順位は、どこなんだい？」

「え？」

「上位には居ないようだね」

「あ、は、はい。上位の成績なんて私にはとても。ハロルド様はやっぱり凄《すご》いです！」

「……うん」

(どうしてだ。マリーアが僕をこうして褒めてくれる事に、慰められてきたのに)

今では、そんな彼女の言葉もどこか空々しいものに感じてしまう。

「あ、でも」

「うん？」

「私も以前より順位が上がったんですよ！」

「……本当かい？　どこまで？」

「えへへ、こっちです！」

ハロルドは、マリーアに手を引かれて移動する。第一王子の身体に軽々しく触れる彼女。

それは当然、不敬な行為だ。しかし今までハロルドが許してきた行為でもある。

ただ、そんな些細《ささい》な事さえも、今までとは違うとハロルドは感じた。

(もっと……何か、なかっただろうか。マリーアとこうして触れ合い、仲良くする事で。誰かが、僕を意識し、そうして僕が……何か、優越感？　に浸れるような、仄暗《ほのぐら》い充足感が)

『もっと可愛げがあればいいんだ』と言いたくなる、そんな感情を。

(可愛げがあれば……、それなら僕は、もっと……それで良かった……？　何に、『誰』に)

けれどマリーアに触れられてハロルドが感じたものは、あまりにも虚しい喪失感だけだった。

(だが僕は何も失ってなどいない……)

失っていないのに感じる喪失感に、解決する術《すべ》などなかった。

「ほら！」

得意気に自身の成績順を示してくるマリーア。順位で言えば中の下ぐらいの成績だ。

人によっては『よくもこの成績で誇れたものだ』と言いたくなるような順位。

だがマリーアよりも下の成績の者が居るし、彼女はこれで元平民の庶子。

それがここまでになったのだから、そこには当然、彼女の努力があったのだろう。

どんなに努力をしても、けっしてハロルドよりは優秀になれないマリーア。

(それを可愛らしく感じていた。だけど、どうして？　僕より劣っている令嬢なんて、もっと沢山いるはずじゃないか。では、マリーアと他の令嬢との違いは何なんだ？)

ただ近くに居たから？　どうして自分は彼女の面倒を見るようになったのだろう。

マリーア・レントに近付く、構うだけの理由が自分にはあったはず。

しかしハロルドには思い浮かばない。どうして彼女を構う事に喜びを見出《みいだ》していたのか。

「……よく頑張ったね、マリーア」

「はい！　ハロルド様っ。えへへ、頑張りました」

可愛らしく微笑むマリーア。その表情を見ながら、ハロルドは。

『この成績では、確かに僕の妃には迎えられないな』と。

国王と王妃に告げられていた言葉を思い浮かべていた。

……そうして、数日後。ハロルドの婚約者候補を決めるお茶会が開かれる事になった。

侯爵家以上の家格を持つ令嬢たちは全員に既に婚約者がおり、手が出せない。

だから、この日に集められたのは伯爵家の令嬢ばかりだった。

それもハロルドと同じ程度の年齢で、まだ婚約者を決めていない令嬢たちばかりだ。

第一王子に婚約者が居なかったのだから、ある意味でその家の判断は正しい。

だが残った令嬢たちはどうしても物足りないか、問題がありそうな者ばかりでもある。

当然、この席に呼ぶのは、その中でも『問題のなかった令嬢』となる。

だから、目立った優秀さのない、地味な伯爵令嬢たちが揃ってしまった。

素朴な良さがあると言えばあるし、貴族令嬢の多くは彼女たちのような者と言えばそうだ。

（ただ、王子に相応しい伴侶が彼女たちの内の誰かだとは、どうしても思えないな……）

集まった令嬢たちの情報を確認しながら、どこか投げやりな気持ちを抱くハロルド。

そんなハロルドの下へ、側近のクロードが困惑した表情を浮かべながらやって来た。

「ハロルド殿下。その」

「クロード。どうした？」

「レント男爵令嬢が訪ねて来たそうなのですが」

「は？　マリーアが？　この王宮へ、先触れもなしに？」

「はい。……どうされますか？」

「どう、って。そんなもの……」

今日はハロルドの婚約者候補を決めるためのお茶会だ。そこにマリーアは呼んでいない。

国王と王妃が言ったようにマリーアでは『妃』にはなれないからだ。

（彼女の成績がもっと優秀だったなら話は変わっていたかもしれないが、あの有様だった。あれでは『側妃』も難しく、ならば『愛妾』しかないだろう。だから……今日は邪魔でしかない）

「私が話を聞く。令嬢たちには失礼のないようもてなしていてくれ、クロード。すぐに戻る」

「承知致しました、殿下」

ハロルドはクロードにそう言い残して、マリーアに会いに行く事にする。

マリーアが王宮に無断で来ても捕まえるような対応をされないのは、二人の関係が既に周知されていたからだ。だが、それでもマリーアはハロルドの婚約者というワケではない。

王子の婚約者候補を決める茶会を邪魔する権利などないのだが。

(……マリーアは、その事をきちんと分かっているのか？　迷惑だな)

「ハロルド様っ」

「マリーア。今日はどうしたんだい？　あまり王宮に気軽に来るものじゃないよ。私は怒らないが良い事でもないからね」

「は、はい！　で、ですが……その！　今日は居ても立っても居られなくて！」

「うん？　何かあったの？」

「何かって。だってハロルド様の婚約者を決めるお茶会が開かれるって聞きました！」

「……ああ」

(流石《さすが》に彼女の耳にも入るか。誰が教えたかを聞いても仕方ないな。別に隠してもいない事だ)

「そうだけど、それが？」

「それが!?」

何故かマリーアはショックを受けたような表情を浮かべた。

「だ、だって！　婚約者を決めるのでしょう!?」

「そうだが？」

「な、何故！　それなのに何故、……私を呼んでくださらないのですか!?」

「はぁ……？」

(マリーアを、このお茶会に呼ぶ？　何故だ？)

ハロルドにはマリーアの訴えることが理解できなかった。

（だって……僕たちは、もうそういうのじゃ、ないだろう？　そう。マリーアを『妃』に据える事は無理なんだ。だから彼女は僕を癒すための愛妾か、頑張っても側妃になるしかなくて。ならば、僕の婚約者……『未来の王妃』になるための茶会に呼ぶワケがないじゃないか？）

「マリーア。君は何を言っているんだ？」

「な、何をって」

「今日の茶会は、私の婚約者を決めるためのものだ」

「は、はい！　でしたら私が」

「……マリーアは私の『妃』にはなれない」

「え？」

「男爵令嬢というのもそうだし。君の成績では誰も納得しないだろう。父上……国王陛下や王妃様だって納得しない。だからマリーアが私の妃、少なくとも『正妃』に据えられる事はないんだよ？　今日の茶会は正妃となる者を選ぶための茶会だ。だから君を呼ばないのは当たり前なんだ」

「え、え……？」

（彼女は何にショックを受けているのだろう。だってマリーアを選んで誰が納得するんだ？）

以前までなら。そう。前までは根拠もなく、マリーアを妃に据えられると彼は考えていた。

少なくとも学園に通う貴族子女たちを納得させられるだけの理由があると思っていたけれど。

よく考えれば、そんな事は無理なのだとハロルドは理解した。

誰がマリーアを素晴らしいと認めている？　僕も彼女を認めていないのに。

（もちろん、僕は彼女を可愛いとは思っているけれど。それとこれとは別の問題だ）

マリーア・レントは大多数にとって『関心を持たれない、ただの男爵令嬢』だった。

第一王子が彼女を構っているのだから、まったく注目されていないワケではなかったけれど。

それだって結局は『婚約者を決めるまでの遊びのようなモノ』だと見做《みな》されていた。

今、ハロルドに必要な相手は、政務を共に担える人材だから、という面もある。

『王子妃』『王妃』とは職業だ。ただの王子が愛した女性という立場ではない。

王子が愛しているだけの女性ならば、それはやはり『愛妾』か。『側妃』の立場に収めるのが当然だった。妃には妃の仕事があるのだから。

国王や王子に任せ辛《づら》くとも妃ならば、と考える者も居るだろう。

それをこなせる者を妃に迎えなければ、ハロルドの立場さえ危うくなってしまうのだ。

「そ、そんな……ひどい！　どうして、ハロルド様！」

「何が酷《ひど》いって言うんだい？」

「だって！　だって私を妃にしてくださるって言ったではありませんか！」

「……言ったかな？」

「言いました！　その、あの……だ、誰かを妃にするぐらいなら私がいい、って……」

「誰かって、誰だい？」

「それは……、その、えっと」

ハロルドはマリーアの事を呆れて見ていた。

一体、誰と比べればマリーアがいいと言うのだろう。彼女はそこまで優れていないのに、と。

「誤解しないでくれ。別にマリーアの事が嫌いという話じゃないよ。でも私は王子なんだ。立太子はまだだが、王になる可能性も高い。十分にあると考えている。だから、私は『正妃』となる者を愛情だとかで選べる立場ではない。だが『愛妾』や『側妃』にならマリーアを据えられると思う。だから、これからもマリーアには、その立場で私を癒して欲しいと思っているんだよ」

「!? なっ……はっ!?」

マリーアの目が驚愕に見開かれる。

「わ、私に『愛人』になれって言うんですか!? ハロルド様!」

(愛人? 『愛妾』とは意味合いが変わってくるように思うが……。誤解があるな)

「呼び方が誤解を招くのかな? 公妾と言うべきだろうか。ちゃんと公式にその立場の女性の生活や活動の費用が出るんだよ。社交界にも出られなくはない。公妾の政務への参画権は与えられないのがレノク王国の制度だが……マリーアには必要ないだろう? ただ、この私を癒してくれる存在であればいいんだ」

「だ、だから……それが愛人って言うんでしょう!?」

「……何を言っているんだ」

(少し頭が痛くなってきた。彼女はこんなにも我儘《わがまま》だったろうか?)

ハロルドは頭を抱えてしまった。

しかし平民の感覚が抜けていないマリーアにとって『妻』とはたった一人の存在を意味する。

だから『側妃』や『愛妾』という言葉では、思い描くのは『愛人』という意味だけだった。

「信じられない……。どうして？　ハロルド様」

「何がどうしてだか分からないよ、マリーア……」

（何か勘違いをしているようだが。今日は止《や》めて欲しい。僕の将来にとって重要な日なんだ）

「ゼンク。マリーアをお願い出来るかい？　彼女の話を聞いてやってくれ。私には仕事がある」

「はい、分かりました。……マリーア、行こう」

自身の後ろに控えていた護衛騎士のゼンクに任せ、ハロルドは彼女を追い払った。

「ゼンク様！　おかしいわ、おかしいのよ、こんなの。だって、だって前は……！」

「分かっている。話は聞くから。な？　マリーア」

その姿を見ながらハロルドは思い出す。

（ゼンクもそう言えばマリーアに惹《ひ》かれていたのだったな……）

今までマリーアはハロルドの癒しだった。だから愛妾に据えようとしたのだが。

なんだか前と同じ情熱を、もう感じていないのも事実だ。

（……それならいっそ、ゼンクに彼女を任せるのも良いのではないだろうか？）

マリーアの存在は、これから決めなければならない婚約者にとって邪魔な存在だろう。

ただでさえ侯爵家の令嬢もおらず、伯爵令嬢に絞られた婚約者候補たち。

マリーアを侍《はべ》らせての縁談はハロルドにとって、かなり不利な話になる。

今の彼には、そんなに多く選択肢があるワケではない。

最低限の優秀さを備えていなければハロルドの立場が揺らいでしまう。

（どうして。前までは、もっと僕の立場は揺るぎないものだったはずなのに……）

だからこそマリーアだって囲い込めるだけの余裕があったはず。

それが今では数少ない選択肢の中から、少しでもマシな令嬢と縁を結ばなければならない。

王子だというのに、ほとんど頭を下げるような気分での婚約者選びだ。

（父上がもっと早くに僕の婚約者を決めないから……。それに侯爵家の者たちが、令嬢の婚約者の席を空けておかないから、僕がこんなに苦労する事になったんだ……）

伯爵令嬢から妃を選んでも諸侯を黙らせる力はない。後ろ盾として弱いからだ。

きっとハロルドの治世では苦労が絶えないだろう。そう考えれば、ますます彼は憂鬱になった。

あんなに愛しかったマリーアの灰色の髪も今では何の輝きも見えず。

（ゼンクがまだマリーアを好きかどうか。話を聞いてみないとな……）

色褪《いろあ》せた彼女への情熱から、ハロルドは自然とそう考えてしまっていた。


それから、さらに二年の月日が経過した。

ハロルドは学園を卒業し、日々の政務に取り組んでいる。

彼の婚約者には、やはりマリーアではなく伯爵家の令嬢を据えていた。

ソフィア・レドモンド伯爵令嬢。ハロルドより一つ下の女性だ。

レドモンド家の方針で未《いま》だ婚約者を持っていなかった彼女。

『問題がない』という点で消極的に選ぶことになったが、ハロルドには、ありがたい相手だった。

ソフィアは『そこそこに優秀』といった評価。可もなく不可もなく、といったところ。

愛情はまだ芽生えていない。しかし、冷めてしまったマリーアへの気持ちよりは、忙しい自分を助けてくれるソフィアに対して、ハロルドは好意を抱けている気がした。

(とても平凡な、僕の婚約者。……それが、分相応なのかもしれないな……)

今となってはマリーアの扱いに少し困っている。

ハロルドは、ゼンクの婚約者にマリーアを据えようとした。だが当事者であるマリーアが、その提案を断ってしまった。どうしてだと彼は思う。ゼンクとだって仲が良かっただろうに、と。

ゼンクも以前ほどマリーアを好きというワケではなさそうで、それも問題なのかもしれない。

学園を卒業した後も、ハロルドはマリーアと偶《たま》に会ってはいた。だが、彼から彼女に接触する事は、もうほとんどなくなっている。二人の関係は宙に浮いたような状態となってしまっていた。

(……前は、もっと劇的な関係になると思っていたんだけどな)

波風の立たない平穏な関係になり、だんだんと疎遠になったマリーア。

これが平民の立場なら自然と消えるモノなのだろうが。

「ハロルド殿下」

「うん？　どうしたんだい、ソフィア」

物思いに耽《ふけ》る彼の下へやって来たのは婚約者となった伯爵令嬢ソフィア・レドモンド。

茶色の髪の毛と瞳が如何《いか》にも平凡さを際立てるが、優しい雰囲気も感じさせる。

そんな彼女が手紙を持ってハロルドの執務室へやって来た。

「手紙を受け取りました。ディミルトン辺境伯家のご嫡男が結婚式を挙げるそうです」

「辺境伯のご子息が？　結婚式だって？」

西の辺境伯、ディミルトン家。レノク王国の西側貴族たちを束ねる重要な家門であり、また隣国ベルファス王国からも一目置かれるほど強力な武力を有する家門だ。

国境の防衛と交易を任せる、王家にとっても重要な家門となる。

（たしかに息子は居たが婚約者が決まっていたとは耳にしていなかったな……。それが婚約を飛ばして、もう結婚か）

「相手は、どちらの家の令嬢かな？」

「元平民の女性だそうで。辺境伯家の縁戚であるエバンス子爵家の養子となってから、嫁いでくる女性のようです」

「ほう？　元平民を？　わざわざ？」

「はい。そのようです」

貴族にしてから娶《めと》る元平民。元平民という言葉にハロルドはマリーアの顔を思い浮かべた。

「その女性は優秀なのかな。それとも辺境伯令息のお気に入りでの恋愛結婚？」

「招待状が届いただけで、お相手の女性についての仔細《しさい》までは書かれていませんね」

「そうか。招待状だけか」

ハロルドはソフィアから手紙を受け取る。それは形式的な招待状だった。

（中央から辺境伯領までは遠いからな。相手も別に王子や王、王妃を指定していない）

王族が結婚式に参加した方が箔《はく》はつくし、それだけ祝福された縁だと示す事も出来る。

辺境伯家は、ある意味で侯爵家の面々よりも大切に扱わなければいけない家門だ。なら遠くとも王族として顔を出すのもまた必要だろう。王族から令息の結婚式に参加し、誠意を見せておきたい相手。ハロルドがそう考えたように、国王もまた辺境伯家との関係を重要だと考えている。

そのため、ハロルドとソフィアは共にディミルトン領へと向かう事になった。

正式に近衛《このえ》騎士となったゼンクや、側近となったクロードも一緒の旅だ。

（……皆、揃っているが。流石にマリーアは一緒には行けない。……本当に、何故だろうな）

馬車の中にはハロルドとソフィア、そしてクロードが一緒に乗っている。

ゼンクは馬に乗って彼らが乗る馬車と並走し、護衛に付いていた。

「どうされましたか、ハロルド殿下？」

「……いや。ソフィアは知っていると思うが、私たちは学生時代、ゼンクとクロードと……その。マリーアと一緒によく外に出たものなんだ」

「ああ、彼女ですか」

ソフィアはこれと言ってマリーアの存在を疎んではいない。時折、困ったようには感じているが不干渉を貫いていた。それはハロルドからマリーアへの態度が曖昧な事が理由でもある。

『そこまで殿下が情熱を持っていらっしゃらないのに可哀想《かわいそう》な方』と漏らしているのをハロルドは聞いた事がある。ソフィアにとって嫉妬の対象にすらならない相手がマリーアだった。

正妃、側妃どころか愛妾未満の、恋人のような、そうでないような女性。

彼女は今やハロルドの評価が低迷している原因のお荷物と化していた。

「マリーアが居ても居なくても。あの頃に感じていた、輝くような日々はもう戻って来ないのだなと。いつ、私は……。『僕』は、あの輝きを失ってしまったのだろうな……」

「青春、学生時代というものは、そのように懐かしく輝いて感じるものですよ、ハロルド殿下」

「……そうかな」

「ええ。私も友人たちとおしゃべりをしていた時を懐かしく思う時があります」

「……そうか」

過ぎ去った青春だから、そう感じるのか。

劇的でロマンチックでさえあった日々は、いつの間にか色褪せ。

日々、地味で情熱を失った時間を積み重ねていく。

どことなく空虚さを感じつつも、目標や憧れを失ったような喪失感は拭《ぬぐ》えないまま。

ソフィアのお陰で政務も回るようになって来た日々。

王宮でのハロルドの評価は、一度は地に落ちた。だが今は『不可もなく』といったところまで、どうにか引き上げられている。いつだって及第点を取る事が、やっと。

そうでなければ普通、平凡な王子……という評価に落ち着き始めた。

その評価にまた劣等感や屈辱をハロルドは感じるが、どれだけ頑張っても変わらない。

そうしてハロルドは、空虚さを感じながらも平凡な王になっていく……。

馬車の旅が終わり、ハロルドたちはディミルトン領へ着き、辺境伯と挨拶を交わした。

結婚式の準備で奔走している辺境伯令息、パトリック・ディミルトンとも挨拶を交わす。

「ハロルド殿下。ソフィア様。遠く、王都からよく来てくださいました。誠に感謝しています」

「ああ。ディミルトン家には王家としても礼を尽くさなければならないからな」

パトリックは整った顔立ちの男だった。ハロルドより逞《たくま》しい体付きをしているのが見て取れる。

どちらかと言えば騎士に近い雰囲気を持つ彼は、やはり辺境伯を継ぐだけはあるな、という印象をハロルドに感じさせた。

ハロルドとはまた違った色の濃い金髪にエメラルドのような緑の瞳の、辺境伯令息。

中央貴族には居ないタイプで魅力のある、つまりモテるタイプだとハロルドには見えた。

彼は、自分の婚約者であるソフィアがパトリックへ向ける視線を注意して見る。

特にソフィアの好みの男ではないらしく、ハロルドは少しホッとしてしまった。

王子を前にしてもパトリックは、へりくだるような真似《まね》はしない。堂々とした態度だ。

かといって無礼でもない。教育も行き届いている様子が窺《うかが》える。好印象だとハロルドは感じた。

「それで貴方の妻となる女性は、どのような方なのかな？」

「シャリィは明日の結婚式の準備で少し大変でしてね。挨拶をするのは式の後になります」

「そうか。いや別にいいんだ。不敬には問わないとも。ただ、どういう人物かという情報があまり入って来なくて気になっただけさ」

「そうなのですか？　特に我々は彼女について隠した事などないのですが。諸々《もろもろ》の手続きも堂々としており、書類も中央に送っているはずですよ？」

パトリックと辺境伯は互いに視線を向け合い、首を傾《かし》げていた。

「ああ。手続きなどは問題ない。特に何かを疑っているワケでもないよ。ただ単にこちらが知るのが遅れてしまっただけだ」

「そうですか。それなら良いのですが」

実際、辺境伯令息の婚約や、元平民という女性の養子縁組の手続きについては以前から堂々とされていた事が分かっている。本当にただ、こちらが把握出来ていなかっただけの話だ。

「辺境と中央では式の段取りが違いますからね。挨拶は後になりますが、妻のシャリィについては式で顔を見られますよ」

「そうか。では、その時の楽しみにしよう」

辺境伯とその息子、パトリックは朗らかに笑い合い、良い親子の関係を感じさせた。

「では、部屋を用意しております。ご案内を」

「ああ、ありがとう」

王子であるハロルドと側近のクロード、護衛のゼンクは近くの部屋へ。

ソフィアは伯爵令嬢だが、丁重に扱われ、専用の部屋には女騎士の護衛もついた。

（辺境伯のあの様子なら、大きな問題はなさそうだな。それに息子との仲も良さそうだ）

ならば元平民だという相手の女性も、辺境伯にとっては問題がない者なのだろう。

ハロルドは、ディミルトン家の屋敷で、何の憂いもなく眠りについた。

そうして、翌日。ハロルドは……彼女の姿を見た。


「――新婦、シャーロット・エバンスの入場です！」


パトリックの妻となる女性が青空の下、作られたアーチを潜《くぐ》って現れる。

エバンス子爵にエスコートされて現れたその女性は……とても美しい女《ひと》だった。

「え？」

「……あれ」

「あ……？」

ハロルドとクロード、ゼンクの三人は彼女の姿を見て、何故か呆気《あっけ》に取られてしまう。

（あれ？　なんだ？　何故……）

ドクンドクン、と。ハロルドの心臓が高く鳴り始めた。

辺境伯家の婚姻をぶち壊しにするワケにはいかないというのに、今すぐ立ち上がって彼女の顔をはっきりと確認したい衝動に駆られるハロルド。

（バカな。そんな事、出来るワケがない……）

ディミルトン辺境伯は王国にとって重要な家門だ。

その息子の結婚式にあろう事か横槍《よこやり》を入れるなどあってはならない。

理性ではそれが分かるのに……何故か感情がそれを押しのけたい衝動を駆り立てて。

コッ、コッ、コッと彼女が歩く音が鳴る。

屋根のない開かれた空間で挙げられる結婚式。

日の光の下、ヴェールから透けて見える彼女の横顔に、どうしようもなく惹きつけられた。

シャーロット・エバンス子爵令嬢。……元平民の女性。

エバンス子爵家に養子縁組されて貴族の一員となり、そして辺境伯家に嫁ぐ事になった女性。

美しい漆黒の髪。そしてヴェールの奥に見えた綺麗《きれい》な紫水晶《アメジスト》のような紫の瞳……。

「……っ、……!?」

（なぜ、なぜ、なぜ）

『なぜ彼女が僕の隣に居ないんだ』という意味不明の感情がハロルドの頭の中を占拠した。

そうしている間にも彼女、シャーロット・エバンスはバージンロードを歩いて行く。

そして彼女はハロルドの隣ではなく、パトリック・ディミルトンの隣へと辿《たど》り着いた。

讃美歌《さんびか》が響き渡る時もハロルドの頭の中には、ぐるぐると何か得体の知れない気持ち悪さが巡る。

神への祈りが捧《ささ》げられ、そして誓いの言葉が紡がれた。

「新郎、パトリック・ディミルトン。あなたは新婦シャーロット・エバンスを妻とし、病める時も、健やかなる時も、悲しみの時も、喜びの時も、貧しい時も、富める時も、これを愛し、これを助け、これを慰め、これを敬い、その命のある限り、心を尽くす事を誓いますか？」

「はい。誓います」

（ダメだ。ダメだ。止めてはいけない。邪魔をしてはいけない。僕にそんな権利はない……なのに）

どうしてか。ハロルドは、今すぐにでも、この結婚式を。

「新婦、シャーロット・エバンス。あなたは……」

（聞きたくない。嫌だ。違う。こんなのは間違っている。間違っているはず、なのに！）

だけど。だが。しかし。

（……何故？）

ハロルドには、この結婚式を止める理由がまるでない。

そして王子と言えど、そんな事をしていいはずもなければ、許されるはずもない。

「……誓いますか？」

「はい。私、シャーロットは、パトリック・ディミルトン様を心より愛し、そして生涯、この愛を彼だけに捧げる事を誓います」

「……っ!!」

その文言は前例に倣《なら》わない言葉だった。ただ『誓います』とだけ答えればいいのに。

シャーロット・エバンスは、それ程までに情熱的にパトリックの事を愛している。

まるで、そう主張するように……誓いの言葉を立てて。

「では、指輪の交換を」

「はい」

「はい」

粛々《しゆくしゆく》と二人を結ぶ式は進んでいく。

誰にも邪魔をする権利はなく、理由もない。誰もが祝福する二人の婚姻。

ハロルドは、それをどうしようもない程に駆り立てられる焦燥感に塗《まみ》れながら見ていた。

「では、誓いのキスを」

「はい」

「はい」

「……っ！」

声を出せない。出す理由など存在しない。邪魔が出来ない。彼らを邪魔する理由はない。

ヴェールが上げられ、シャーロットの美しい顔が晒《さら》される。

美しく、そして……幸せそうな、表情。

間違いなく一人の女としての愛情をパトリックだけに向ける情熱を帯びた視線。

その視線の先にハロルドは居ない。居るはずがない、のに。

そうして二人が互いの唇を重ね合わせる光景を見ている事しか、出来なくて。

「っ……～～ッ！」

ハロルドの胸は苦しくなった。何故。何故。何故。と。

「今日、私たちの縁が結ばれたことに神への感謝を。そして祝福してくださる皆様にも、感謝を」

結婚の宣言と共にシャーロットとパトリックへ向けて祝福の拍手が送られる。

(嫌だ。祝福などしたくない。したくない、のに)

祝福の拍手を送らない理由がハロルドには……ない。何もなかった。

まるで見えない糸で操られているような錯覚に陥るハロルド。

認めたくない。祝福などしたくないのに。それでも二人の婚姻を認めない理由がない。

祝福しない理由がないから、彼は自らの意思でシャーロットの婚姻に拍手し、祝福を送る。

(何故。何故。何故……)

惨めな気持ち。屈辱的な気持ち。取り返しのつかない絶望の気持ち。

そういった感情が浮かび上がっては、その理由に思い至らず、どうしようもなく流されていく。

再び讃美歌が斉唱され、滞りなく式は進んでいった。ハロルドの気持ちだけを置き去りにして。

シャーロット・エバンスは、シャーロット・ディミルトンと名前を変え、夫となったパトリックと共に退場していく。

彼女の名前が、他の男の名前になる。

……その事が、ハロルドにどうしようもない程の激情を掻き立てるのに。

結局、その理由の分からない彼は何の行動も出来ないままで居るしかなかった。

「ハロルド殿下?……どうして泣いていらっしゃるのですか?」

「え?」

(……泣いて?)

「あっ……」

気付くとハロルドは涙を流していた。その涙の理由が彼自身にも分からない。

「感動されたのですか？　素敵な結婚式でしたものね」

「……感動、なのだろうか」

「ええ。あの新婦のシャーロット様。とても幸せそうにされていました。きっとシャーロット様はパトリック様のことを深く愛していらっしゃるのね」

「そう……だ、な」

(僕は。感動、したのだろうか。彼女が……幸せに、なったから？　僕以外の男と)

知らない女性だ。パトリックの事だってよく知らない。

では、何故、自分の目からは涙が流れるのだろう。

……元平民の女性が、あんなにも幸せそうに結婚して見せたからか？

同じ元平民のマリーアのこれからの事を考えて、後悔でもしたのだろうか。

(それは……何か、違うような気がする。感動……？)

しっくり来ない。だけど。それ以外に自分が泣く、何の理由が？

ない。そんなものは何もなかった。何も。どこにも。なかったのだ。

ハロルドは、後悔さえもさせて貰えなかった。

そうして彼は、涙の理由すらも失って。

理由の分からない涙を流しながら。

ただ、一人の女性が幸せを掴む姿を目に焼き付ける事しか出来なかった。

幕間　鏡の魔女～転生者は語る～

「この『世界』の主人公は、シャーロットなんです」

魔女は、黒髪の男にそう告げた。灯《あか》りが少なく薄暗い室内に彼女の声が響く。

「……主人公？」

「はい。シャーロット・グウィンズこそ、この物語のヒロインなんですよ」

黒いフードを目深に被《かぶ》り、顔を隠している魔女。

フードの隙間からは特徴的なピンクブロンドの髪が見えていた。

「私にとって、この世界は前世で知った物語の世界なのです。そして、この世界を描いた物語の名は『ベルフェゴールの黒い檻《おり》』と言います。主人公は先程申し上げたようにシャーロット。そして、ここは『悪役令嬢モノ』の世界です」

「……悪役？　令嬢……？　何だ、それは」

「前世には、この手の話が溢《あふ》れていまして。最初は悪役の状態から物語が始まるんです。少し入り組んだ話なんですけど。私みたいな『転生者』が主人公になる事が多いですね」

黒い髪の男は、冷たい表情のまま魔女が語ることに耳を傾けていた。

「物語の中に物語がありまして。私の知る『現実』に、本当にあったのは小説です。そのタイトルが先程の『ベルフェゴールの黒い檻』。通称『ベル檻』って略すんですけど……」

「……お前の話は、聞いているだけで頭が痛くなってくるな。まぁいい。続けろ」

「はい。で、その『ベル檻』の作中作として乙女ゲームがあります」

「乙女……？　なんだ？」

「ええと。その説明までするると、もっと長くなりますけど……」

「……いい。続けろ」

「はい。小説『ベル檻』の中に出て来る乙女ゲーム、物語は『灰色のマリーア』と言います。そして小説の中に出て来るマリーアは転生者です。今の私と同じですね」

転生者マリーアは自分の知識にある乙女ゲーム『灰色のマリーア』の世界に来たと思い込む。そして、その知識を活《い》かして攻略対象である王子、騎士、側近を攻略しようと活動するのだ。

作中作に乙女ゲームがある、悪役令嬢モノ。

そういった設定で始まるのが魔女の知る物語、『ベルフェゴールの黒い檻』だった。

「はじめ、悪役令嬢シャーロットは、転生者マリーアに追い詰められます。そして、婚約者であるハロルド王子に婚約破棄を突きつけられるんです。……ただし、本当の物語のスタート地点はその婚約破棄のシーンから。それが悪役令嬢モノの醍醐味《だいごみ》ですね」

「……何が醍醐味なのか、よく分からないが」

「破滅の未来や、悪役を背負わされた真のヒロインが逆転するのが悪役令嬢モノなんです。ですから当然、シャーロットの運命の相手はハロルド王子じゃありません」

「……ほう？」

黒髪の男が、そこで興味深そうに表情を変えた。魔女はその表情を見逃さない。

「婚約破棄された悪役令嬢が、国外追放された先で隣国の王子に溺愛される。……というのが大筋の流れです。婚約破棄されるまでのシャーロットは何をしても上手《うま》くいきません」

シャーロットが悪戦苦闘しても、足掻《あが》いても、喚《わめ》いても彼女の努力は評価されない。

努力の成果は搾取され、悪評が立った時にどれだけ奔走して立て直そうとしても無駄になる。

それどころか全て逆効果にさえなり。不自然な程に誰にも信じて貰《もら》えない運命だ。

シャーロットは学園・実家・王家・貴族、すべてから疎まれ、嫌われ、拒絶されてしまう。

不幸なドアマットヒロイン。それが魔女の知っているシャーロットが辿《たど》る『運命』だった。

「ですが、この世界の主役は、あくまでシャーロットと『アレク』です」

黒髪の男の顔色を窺《うかが》いながら、魔女は続けた。

「ハロルド、ゼンク、クロード、マリーア。レノク王国で登場する、名ありキャラクターたちは、ただの賑《にぎ》やかし。前世では『ざまぁ』要員って言うんですけど。転生者マリーアは、自分が主人公だと思い込んでいるだけの女です。でも彼女が上手くいくのは婚約破棄まで」

転生者マリーアの人生は最初、順風満帆に進む。だが彼女たちの先に待つ運命は破滅だ。

乙女ゲームの知識で次々と男たちを手玉に取った彼女はハロルド王子を攻略。そして。

ハロルドはシャーロットに婚約破棄を突きつけ、彼女に国外追放を言い渡す。

「……国外追放、か」

「はい。それが私の知る原作通りの運命です」

魔女は『そうなるに違いない』と確信を持っていた。そのために彼女は暗躍してきたのだから。

「私の知る隣国の王子アレクは、黒髪で緑色の瞳をした美形。『魔王』のような雰囲気ですね」

「ハッ！　魔王とはな」

「もちろん雰囲気がそうなだけで彼は人間です。魔族設定でもありません。ただ、シャーロットを溺愛し、彼女を傷つける者や敵対者には容赦しない。物凄《ものすご》く愛が重いキャラクターですよ」

国外追放を突きつけられたシャーロットは、侯爵家に帰り、父親に顛末《てんまつ》を伝える。

しかし彼女の父ダリオ・グウィンズは、婚約破棄された娘を許さず、家から追い出してしまう。

「ご丁寧にグウィンズ侯爵家から除籍処分までして」

「……度し難いな」

そして王子の遣いが来て彼女を連れ出し、辺境へと連行していく。

隣国に流れついたシャーロットは、しばらくは一人で生活を続けて。

「優しい人たちに助けられながら努力と献身で恩を返し、何とか食べて生活をしていって。そこからは順当な展開です。『平民の暮らしも悪くないわ』と思った辺りで隣国の王太子と出会い、仲良くなっていき、甘々な展開が続いて溺愛されていって……。その一方で、と」

シャーロットを国外追放したハロルド王子たちは落ちぶれていく事になる。

彼らは最終的に、その愚かさでレノク王国を内側から滅ぼす事になるのだ。

「レノク王国崩壊の原因は、シャーロットではなく、ハロルドたちの選択ミスです」

「……ほう」

「例えば、ハロルドはシャーロットを追い出した後、得意満面で過ごして、マリーアを抱いたり、好き勝手に過ごします。でもすぐに皺寄《しわよ》せが来る事になるんですよ。今までシャーロットに押し付けていた負担が、すべて彼にのしかかってくる」

シャーロットが担っていた、或《ある》いはハロルドが押し付けていた政務。

彼女がサポートしてくれていたハロルドの苦手分野も彼はすべてこなさなければいけなくなる。

そこから逃れるために同じ負担をマリーアに背負わせようとするのだが……。

早々に転生者マリーアは王子妃教育を投げ出してしまう。

「その上、マリーアは傲慢に振る舞い、増長し、勉強せず、散財だけはする女になります」

それが『転生者の』マリーア・レントだった。

ハロルドの王子としての評判も地に落ちていく。そうして、その状況の打開策を彼は出した。

「『シャーロットを連れ戻して側妃にして働かせてやろう』と」

黒髪の男が苛立《いらだ》つ気配を見せた。その様子に、やはり魔女は手応えを感じる。

「『アレク』は、そんな魔の手からシャーロットを守り……」

そうして物語はクライマックスを迎える。

「レノク王国の衰退の責任は、シャーロットにはありません。彼女も『婚約者として良好な関係を築けなかった落ち度は自分にもあります』って認めます。未来の王妃として、それは所詮『政争で負けた』に過ぎないことだと。婚約破棄をした事は破滅の原因じゃない、って」

「では、あちらの国が破滅する理由は?」

「婚約破棄後のハロルドの失政や、その振る舞いですね」

シャーロットが居なくなった後。ハロルドが今まで彼女に押し付けてきた仕事や王子教育を、歯を食いしばってでもハロルド自身が頑張ってこなしていれば。

仮に転生者マリーアがパートナーとして使えずとも。それならば政務をこなせる令嬢を、改めて『妃《きさき》』に据え、身の周りを整えていれば。

そうしていれば、シャーロットが隣に立っていた場合ほど華々しいものではなかったとしても。

『民を不幸にし、貧しくし、国を滅ぼすまで落ちぶれる事なんてなかったはずよ』と。

「シャーロットに告げられたハロルドは崩れ落ち、幽閉され、後悔しながら生涯を過ごします」

時機を見て毒杯を仰ぐ事になるハロルド。レノク王国は第二王子が継ぎ、隣国の属国になる。

「『近衛騎士《このえ》』のゼンクや、『未来の宰相』のクロードたちも似たような末路ですね」

ゼンクは騎士として再起不能になり。クロードは肉体労働をさせられる末路を辿る運命だ。

「……そのマリーアという女はどうなる？」

「マリーアは彼らの中で一番、悲惨な末路になりますね」

『物語の中の』転生者マリーアは、ハロルドの婚約者になり、我儘《わがまま》放題に散財する女だ。

聞こえだけはいい現代知識を披露し、その提案に乗ったハロルドが最悪の政治を繰り返すことでレノク王国の国庫をどんどん圧迫していき、優秀な人材たちを疲弊させていく。

「前世、現代とこの世界では何もかも条件が違うのに、その違いを理解していないんですよ」

そして『現代の知識こそが正しい！』とハロルドに政策を進めさせて、失敗する。

「……傾国の悪女だな」

「はい。その通りです。それが『灰色の乙女』のマリーア・レントですね」

……ただ、と魔女はかすかに疑問に思った。

前世にあった小説『ベルフェゴールの黒い檻』の世界に自分が転生した事は受け入れている。

実際にそれを裏付ける根拠も魔女にはあった。だが、その小説の中に『転生』してくるマリーアは本当に存在するだろうか。前世の『現実』には、そんな乙女ゲームは存在していなかったのだ。

では、また別の世界から『転生者マリーア』は転生してくるのだろうか、と。

転生者とハロルドのせいで政策が失敗・破綻する度にボロボロになっていくレノク王国。

そんな上手くいかない事は『すべてシャーロットのせいだ』と転生者マリーアは考える。

何故《なぜ》ならシャーロットは悪役令嬢だから。それが『作中の』転生者の価値観だ。

「そしてマリーアは、シャーロットを害する計画を立てますが、『アレク』は、そんな企《たくら》みすべてを退《しりぞ》けて彼女を守るんです」

そして転生者マリーアは捕まり、シャーロットと対峙《たいじ》する。説教をされ、哀れみを向けられ。

マリーアは最後の対峙前、嫉妬と憎悪に燃え、シャーロットに襲い掛かり、刺し殺そうとする。

それが『ヒーロー役』のアレクの逆鱗《げきりん》に触れてしまうのだ。

「マリーアは、犯罪者を強制的に働かせている犯罪奴隷の鉱山に連れていかれます」

そこで犯罪者たちの慰み者として使い潰される事になる。死ぬ事も許されず。

容姿だけが取り柄で『何の努力もしてこなかった』転生者のマリーア。

彼女は、その性を何年も、何年も使い潰されて。

「マリーアは、ずっとシャーロットを陥れた事を後悔しながら、生き地獄を味わいます」

転生者マリーアも、ハロルドと同じように後悔し続ける人生を送るのだ。

それが魔女の知る運命。この先の世界がそうなる……あるべき姿だった。

ハロルドも、ゼンクも、クロードも、マリーアも。シャーロットに執着し、嫉妬し、恋慕して。

シャーロットを忘れられなかった彼らは、自らの愚かさによって選択を誤る。

その結末はシャーロットの責任ではなく、彼ら自身が招いた破滅だ。

「ざまぁみろ、と。それでも彼女は『自分のせいで多くの人々が不幸になってしまった。私が彼らをあんな風に歪《ゆが》めてしまった』と嘆くんですよ」

「……それで話は終わりか？」

魔女は黒髪の男が追及する言葉に視線を逸《そ》らした。魔女の知る物語には、まだ続きがある。

それは物語の主役、アレクとシャーロットの顛末だ。特にアレクについて。

アレクは『すべて自分に任せればいい』と告げ、シャーロットを王宮に閉じ込めてしまう。

溺愛・監禁エンドを迎えるのだ。さらにそこから明かされる、それまでのアレク視点。

隣国の王太子であるアレクには婚約者が居ない。その理由はシャーロットへの片思いだった。

彼は幼い頃に出会ったシャーロットに執着していたのだ。

そして裏から手を回し、時には黒い事まで行い、婚約者候補をすべて辞退させてきた。

そして、シャーロットが婚約破棄されるまで追いつめられた原因は……実はアレクにあった。

アレクの父、ベルファスの国王は、隣国レノク王国を手に入れたい野心がある。

そんなベルファスが今まで動けなかったのは、レノク王国の西側を守る辺境伯家のせいだ。

小説の中では家名を語られない辺境伯家だが、ベルファスにとって脅威だという設定だった。

名前も語られない『モブ』の辺境伯家。それが邪魔をしてレノク王国を攻めあぐねている。

だが、アレクによる謀略が、辺境伯家に牙を剝《む》くことになる。レノク王国全土にも。

長い年月を掛け、迂遠《うえん》な形で辺境伯家を追い詰めていくアレク。時にはレノク王国に利益のある形さえ取って、辺境伯の息子の縁談を潰していった。

そしてベルファス王国の『間者』の家の令嬢と辺境伯令息の縁談を取り持つことに成功する。

『他に相手が居ないから』と消去法で辺境伯家に自ら彼女を選ばせる形で。

令嬢は、ベルファスの間者である親の命令に従った。ベルファス王国がレノク王国へと侵略戦争を始めた際、辺境伯令息の信頼を得ていた彼女は背後から彼を刺し殺し、それが辺境伯家の敗因へと繫《つな》がる。それらすべてがアレクの謀略の結果だった。

ハロルドの失政により内政が悪化した上、国境を守る辺境伯家を潰されたレノク王国は、アレクが率いる軍を前にして、あっさりと敗れ、敗戦国となる。

レノク王国を降《くだ》し、大きな功績を上げたアレクはシャーロットを妻に迎え、彼女を王妃にした。

……すべての出来事は、アレクがシャーロットを手に入れるため、だった。

それが小説『ベルフェゴールの黒い檻』で語られる真実。この世界の運命だ。

そして魔女が望む未来でもある。彼女は今日まですべてを原作通りにするために動いてきた。

何故ならば転生者である魔女もまた、その物語の『登場人物』だったから。

「私は、シャーロットの『親友』になる予定なんです。だから私は、その運命を望みます」

「……親友？　お前のような女が、彼女の？」

「はい。私は彼女の市井での生活をサポートします。アレク・サミュエル・ベルフェゴール殿下。貴方の命令で。今日、私は、その運命を掴《つか》み取りに来ました」

魔女の望みは、『主人公』シャーロットの友人となることだ。

物語通りに進む世界において、もっとも恵まれた立ち位置になること。

『監禁』されてしまうシャーロットよりも、ずっと恵まれていると言える立場になる。

魔女はシャーロットが監禁される運命も、婚約破棄される運命も変える気はなかった。

レノク王国の滅びを変える気もない。すべてが原作通りとなるように振る舞う。

破滅を語られたレノク王国の登場人物たちの運命。それすらも魔女は受け入れている。

悲惨な末路と知ってもなお彼らを救う気がない魔女を、男は冷めた目で見つめるだけだった。

「マリーアは転生者じゃないかもしれない。だったら私が原作通りに誘導しないとね！」

そしてシャーロットもまた原作通りの破滅の運命を辿るように、魔女は暗躍を始める。

黒髪の男に許しを得て、魔法を使い、黒い檻へとシャーロットが囚《とら》われるために。

「まずはハロルドからの婚約破棄。それから国外追放、ね！」

国を追い出される主人公シャーロットと出会う運命の『親友』となる。

……それが魔女の役割なのだから。

4『人生の全て』――シーメル・クトゥン

私、シャーロット・グウィンズが十三歳になった頃。

曲りなりにも『友人』のような相手が出来た。それは、とても嬉《うれ》しい出来事だった。

相手はクトゥン伯爵家のご令嬢、シーメル様だ。

他家の侯爵令嬢が相手では、同格の家として、いつまでも陰での探り合い、貶《おとし》め合い……互いに『上』に立とうとし合う。或《ある》いは距離を取り関わろうとしない、気の抜けない関係が続いていた。

そういった付き合いこそが貴族なのだと言われれば、そうとも割り切れるのだけど。

当時の私が望んでいたのは、普段から何気ないやり取りが出来るような気を許せる友人だった。

そこで王妃様の計らいで、伯爵家からも交流の場を持とうという事になったのだ。

「よろしくお願いします、シャーロット様」

「ええ。よろしくお願いしますわ、シーメル様」

貴族令嬢という相手に慣れ始めていた私は、誰が相手でも変わらないな、などと思っていた。

一歩引かれている立場に居て、私からもまた一歩、彼女たちとは距離を置いていたから。

筆頭侯爵家の令嬢。そして第一王子の婚約者。

その肩書きの重さを高位貴族の令嬢ほど理解し、立ち回っていたのだろう。

私に踏み込む者は驚く程に少なく。だが、シーメル様は、その一歩を踏み越えてきたのだ。

「シャーロット様。こちらのお茶菓子が最近、王都で有名らしいの」

「まぁ。そうなのですね」

「一緒に食べましょう？」

「ええ。シーメル様」

グウィンズ家の邸宅にシーメル様を招き、私たちは中庭に用意された席に着く。

「私の方は、領地で作られた紅茶を用意しております。シーメル様」

「まぁ、グウィンズ家の？　それは楽しみですね」

シーメル様とは友人らしい距離感で接することが出来る。とても新鮮な経験だった。

「私も近い内に婚約が決まりそうなの」

「本当ですか？　おめでとうございます。シーメル様」

「ふふ。それもシャーロット様のお陰かもしれませんわね」

「そんな……いえ。私たちの繋《つな》がりも大事ですから。これからも仲良くしてくださいね」

「ええ！　もちろんですわ、シャーロット様」

今まで他家の侯爵令嬢とは、こんな風に気を許して微笑《ほほえ》み合う関係を築くことが出来なかった。

いつだって自分の立場を考えながら、相手の裏をかくようなやり取りだったのだ。

だから……この『友人』との時間は、とても楽しかった。何気ない会話が出来ることも。

「私、大人になってもシーメル様とこうして過ごしていたいと思うわ」

「まぁ、本当に？　ふふ、シャーロット様でもそんな事を思いますのね？」

私はシーメル様がこうして自然に笑ってくれる姿も、どこか眩《まぶ》しく思っていた。

私たちには確かに友情があった。『親友』と言える仲の……はずだった。

◇
◆
◇

「シャーロット様は素晴らしい人だわ。ふふ」

「ありがとう。シーメル様」

シーメル・クトゥンは表情を作り、いつものようにシャーロットを褒め称《たた》えた。

内心とはまったく違う気持ちで、だ。今の彼女はシャーロットを疎ましく感じている。

シャーロットは、本来ならば婿入りを望む相手を探さなければならない立場だった。

(……私と同じように。それなのに家柄で王子から選ばれただなんて)

シーメルは伯爵家の一人娘だ。

家格の差はあれ、女性で爵位を継ぐ立場として同じ境遇だったシャーロットとは縁があった。

似たような教育を受ける事になり、学ぶ事もあるだろうと二人は友人になる。

そして今では『親友』と言える関係を築いていた。表向きは、だが。

シャーロットは幼い頃から何でもこなせる優秀な令嬢だった。

いつも彼女のそばに居たシーメルは、そんなシャーロットと比較され続ける立場だ。

何でもこなせる完璧な淑女の『比較対象』となる令嬢。それがシーメル・クトゥン。

シーメルは、そんな自身の境遇が、ずっと嫌で仕方がないと感じていた。

それでもシーメルがシャーロットとの友人関係を続けていたのは打算があっての事だ。

王子の婚約者、未来の王妃の『親友』という立場は、貴族社会において重要だった。

(だけど私は……シャーロットが『嫌い』だわ)

シーメルはそれでも尚《なお》、『親友』の顔をして彼女の隣に立ち、一目置かれる存在になっている。

だがシャーロットの評価が高まるほど、彼女の中には鬱屈とした思いが積み重なっていく。

シーメルは常からシャーロットをどうにか陥れ、彼女より優位に立てないかと考えていた。

(……私は知っているわ。シャーロットが父親には愛されていない事)

シーメルは、シャーロットの近くで過ごし、彼女の置かれた環境をよく観察していた。

グウィンズ侯爵は、娘を政治の道具としか見ていないような男だ。

母親の居ないシャーロットは父親がそんな人間であっても唯一の肉親だから切り捨てられない。

そして、いずれ結婚する王子に対しては『家族』になる事を強く求めている、と。

「……そう願うなら、もっと『可愛《かわい》げ』のある態度で殿下に接すれば良いのに」

他人への甘え方を知らないまま育ったシャーロットは、大真面目に『優等生』を続ける事でしか生きてこられなかったのだとシーメルは理解している。その結果、ハロルドとの関係を拗《こじ》らせてしまったことも。理解していて、それでもシーメルはシャーロットに手を差し伸べはしなかった。

『親友』の彼女であれば適切な助言をシャーロットにする事も出来ただろう。

ハロルド相手には違う態度で接すればいい、とも。だがシーメルは何もしなかった。

「完璧で、優秀で、可愛げのない女ね。シャーロット。貴方《あなた》のそういうところが、私は……」

家族に愛されていないシャーロット・グウィンズ。

（……頭でっかち。優秀で綺麗《きれい》なだけの、愛を知らない『空っぽ』な人形）

唯一の肉親の父親が関心を持つのはシャーロットの成績や評価だけ。

王子妃教育と学園の勉強をどれだけ詰め込まれようが、彼女は真面目で、すべてに手を抜けない。

食べられない餌を目の前にぶら下げられた馬のように。愛されないが、愛を求めている。

（……今のシャーロットには自由も安らぎもない。殿下との関係でも、家でも）

シャーロットが抱える問題はまだある。それはグウィンズ家の養子になった義弟の存在だ。

シャーロットの義弟セシル・グウィンズは、義理の姉に……恋をしている。

「……少し話しただけで分かるわ。セシルの表情や態度。それにも気付かないのね」

そこまでの事情を知っていて、シーメルはシャーロットの逃げ道を塞ぐような言葉を伝えた。

『姉弟として仲良く振る舞っていたら、きっと彼も家族として見てくれますわ』と。

既にシャーロットを『女』として見ている男が、家族のように優しく接されて、どういう想《おも》いを募らせるのか。それをシーメルは理解していた。

シーメルの思惑通りに、義弟は義姉に『自分を男として見て欲しい』と告げたらしい。

彼女にはその気などないのに。恋慕の情を向けて来る男が同じ家に暮らしている、苦痛。

これでシャーロットは家でも心が休まらなくなるだろう。想像すると傷つけられ続けたシーメルの自尊心が満たされていく。次は、どうシャーロットを追い詰めるか。『親友』の立場のままで。

シーメルは、そうして、いつもシャーロットのことを観察し、考えていた。

愛さない父親。自分を女として見る義弟。そんな境遇に対して守りもしない従者たち。

未来の王妃という『成果物』だけを期待し、シャーロットを追い詰める者たちばかりだ。

そんな家庭環境なのに『外』にもシャーロットの救いはなかった。

比較される境遇が似ているからこそシーメルには理解できる。

シャーロットの婚約者、ハロルド王子は彼女に『劣等感』を抱いている、と。

ハロルドもまた『優秀なシャーロット』と比較され続けた人間だから。

当然、シーメルはよりシャーロットが追い詰められるように焚《た》き付けた。

『その優秀さは『親友』として私の誇りよ』と。自分で自分の首を絞めるように。

彼女が努力すればするほど、優秀なほどに疎まれる事を知っていて、シーメルはそうした。

シャーロットが思う存分にその能力を発揮した結果、よりいっそう期待した王家が彼女の教育を苛烈にしていく。王家としても、どこまでも優秀に仕立てたかったのだろう。

王子妃教育が苛烈になる反面、肝心のハロルドからはより疎まれる事になっていくシャーロット。

政務に励み仕事をこなせば、頼りたかったハロルドからより仕事を押し付けられて。

何もかもが空回り。頑張れば頑張った分だけ周りはプレッシャーを強め、或いは疎み、愛からは遠ざかっていく。それがシーメルから見たシャーロットの『人生の全て』だった。

(……だけど気に食わないのはね。そんな有様でも、貴方が弱音を吐かなかった事)

そして、そういう状況さえシャーロットは乗り越えてしまったのだ。

ずっとシャーロットをそばで見続けてきたシーメルは、それを歯痒《はがゆ》く思う。

「さっさと潰れてしまえば楽になれたでしょうに。すべてを乗り越えてしまうなんて」

彼女はもっと弱音を吐けば良かった。周りを頼り、情けなく泣き言を漏らせば良かったのだ。

シーメルは、辛《つら》い境遇の何もかもを乗り越えていくシャーロットを見て、苛立《いらだ》ちを覚える。

王子教育に比べて苛烈な王子妃教育も。王子よりも倍はあるという政務の負担も。

父親から学園の成績を落とす事は許さないとだけ掛けられる、愛のない言葉も。

すべてすべて、完璧な淑女シャーロットは乗り越えてしまった。その上で彼女は笑って見せた。

「ハ……」

本当に可愛げのない女だとシーメルは思う。潰れれば良かったのだと。

そうしたら少しは同情してあげたのに、と。目障りなままの、親友……。

「……貴方が泣き言でも漏らすのなら、手を差し伸べてあげたのよ、シャーロット」

そんなシャーロットが『間違い』を犯した。それがマリーア・レント男爵令嬢への対応だ。

身の程知らずにも王子に恋した女。シャーロットは自ら彼女に手を差し伸べ、ハロルドとの縁を繋いでしまった。王子も愚か者だ。婚約者を疎む気持ちのままマリーアとの恋愛ごっこに花を咲かせて。王子がそんな態度を取れば婚約者がどう噂《うわさ》されるかなど目に見えた結果だった。

誰もがシャーロットを褒め称えながら、その才能と人格を疎んでいたのだから。

貶められる隙を見つけたからと、こぞってシャーロットの悪評を噂するようになった。

完璧な女が落ちぶれていく様を誰もが見たがっていたのだ。

シーメルが悪評をばら撒《ま》いたのではない。

シャーロットの根も葉もない悪い噂は、間違いなくハロルドが原因で生じた。

婚約者を蔑《ないがし》ろにして他の女と懇意になったのだから。

同情する声もあった。だが『あのシャーロット』の瑕疵《かし》を見つけたと。完璧過ぎる、出来過ぎた人間なんて本当は誰も求めていないのだと言うように。シャーロットの悪評は止まらなかった。

「……身から出た錆《さび》。これも一種の自業自得よ、シャーロット。あんな女に手を差し伸べるから」

中途入学の男爵令嬢。庶子で色々と足りないマリーアの境遇を見かねて彼女は声を掛けた。

いつも親身に寄り添ってマリーアの手助けをしていた。だが、見事に恩を仇《あだ》で返されたのだ。

噂にあるようなマリーアへの虐《いじ》めを、シャーロットがしていた光景など誰も見た事はない。

「シャーロットがそんな事をするはずないでしょうに。皆、分かっていて噂しているのね」

けれど『親友』のはずのシーメルは、表立ってその悪評を否定しなかった。

積極的には広めていない。嘘《うそ》だって吐《つ》いていない。関わりたくないから沈黙を貫いただけ。

だから、すべてはシャーロットが自ら蒔《ま》いた種なのだ、と。

もっとも酷《ひど》いのはシーメルではなくマリーアだろう。シーメルはそう思った。

「……あんな女を信じるからよ、シャーロット」

時間が経《た》つにつれ、シャーロットは『悪女』とまで呼ばれるようになっていった。

シーメルも噂話の出所を探り、見極めようとしてみたが、どこにも見つからなかった。

誰もが、証拠のない無責任な噂を立て、『傍観者』として三人の行く末を見守っていた。

あの完璧なシャーロットがどこまで落ちていくのか、と。目を輝かせながら。

その『期待』は最高潮に高まっていく。そして、とうとうハロルドが婚約破棄を突きつける。

シーメルは笑みを浮かべそうになるのを何とか抑え込む。

(……ああ。とうとう落ちるのね。シャーロット・グウィンズ)

完璧な淑女は、ようやく地に落ちる。シーメルはそれが嬉しくて仕方なかった。

いつもいつも目障りだった女。比較されて惨めな気持ちにさせられるしかなかった『親友』。

これから彼女はどうなるのか。婚約破棄された、一番大事な場面で役立たずな彼女を侯爵は認めないだろう。既に跡継ぎは別に用意しているのだから、今から女侯爵に据えることもない。

未《いま》だに欲をかいた義弟に娶《めと》らせるのか？　今まで『ただの弟』としてだけ扱い、義弟セシルの男としてのプライドを傷つけ続けたシャーロットが、一体、この先、彼にどう扱われるのか。

或いはハロルド王子の『愛されない側妃』として、その能力だけを使われるのかもしれない。

マリーアを正妃のお飾りにして、実務のすべてをこなすだけの道具として側妃になるのか。

求め続けた家族の愛など、どこにも見当たらない。結婚した男には愛されない。

本当に、その優秀さだけを利用される、シャーロットの未来、彼女の人生。

(……ああ、とても楽しみ。楽しみよ、シャーロット！)

落ちた彼女の姿を見られる未来が楽しみで仕方ない。シーメルはシャーロットに待つ絶望の未来に歓喜した。すべてを失って。落ちぶれて。幸せなんて一欠片《ひとかけら》も知らず、愛を生涯与えられず。

落ちぶれたシャーロットの姿を見れば、今までの人生が報われるのだと思った。

それは何にも勝る歓喜。シーメルの『人生の全て』に等しい喜びだった。

彼女が落ちぶれようとも自分は『親友』として、そばに居続けようとシーメルは思う。

今度こそ自分の方が優位に立った上で。……なのに。

「今、魔法によって私の身体《からだ》に結界が張られました。ハロルド・レノックス第一王子。ゼンク・ロセル。クロード・シェルベルク。マリーア・レント。今言った者たちが私に触れる事の出来なくなる『断絶の結界』です。これでもう貴方たちは私に近付く事は出来ません」

(……は？　なに？　何を言っているの、シャーロットは……。【記憶魔法】？　何よ、それ……)

シャーロットにそんな力がある事をシーメルは聞いた事がない。

(……まさか『親友』の私にそんな事を黙っていたって言うの？　ふざけた事をして！)

自分の知らなかった彼女の【記憶魔法】。そんなものを隠していたなんて知らなかった。

そして、どうしてか嫌な予感がした。

だからシーメルは後ろから彼女に近付こうとする。だが。

バチィ！

「!?」

何か目に見えない『壁』に衝撃を受け、シーメルは弾《はじ》かれてしまった。

(は……？　今の、何？　え？　王子たちを拒絶する結界、なのに？　なぜ私まで？)

さっき彼女が告げた中にシーメルの名はなかったはずだった。

(シャーロットに私が『拒絶』されている？　彼女の親友であるはずの……私が!?!?)

カッと頭に血が上った。悔しい気持ちと同時に恥ずかしい気持ちがシーメルに溢《あふ》れた。

(なんで!? なんでよ! なんで!)

まるで自分だけが彼女を『親友』だと思っていたみたいに。

不貞を働いていたハロルドや、恩知らずのマリーアと、親友である自分が。

シャーロットにとって同類だと思われていたかのように。

(……そんな事! シャーロット! 私は、貴方の!)

ますますシーメルの頭に血が上り、顔が赤く染まった。

「二つ目の魔法の代償に捧《ささ》げるのは『私自身』でございます」

シャーロットは淑女らしい態度を取りながら、噂の『悪女』のような、ゾッとする気配を漂わせていた。美しさに、優しさではなく悪の華を纏《まと》っている。

見る者をただ許す慈愛の象徴ではなく……気配だけで圧する、希代の悪女として。

(誰? シャーロット、なの……?)

あの境遇でマリーアのような者にまで手を差し伸べた彼女の慈愛溢れる姿と、今の彼女の雰囲気が重ならない。そこに立っていたのは『悪女シャーロット』だったのだ。

(私たちが、人々が噂し、期待した女そのものにシャーロットが変わった? 私たちが、彼女を、変えてしまった? あの完璧な淑女を、希代の悪女に……?)

そこまで彼女を追い詰めてしまったのだ、と。シーメルは焦燥感を覚えて冷や汗を流す。

「人々から。この国から。『私に関する記憶』を消し去る事が可能なのでございます」

知らなかった。親友であるはずの自分が教えて貰《もら》えなかった魔法で出来る事が語られる。

（……シャーロットに関する記憶が、なくなるですって？　それは。そんなことは）

シーメルは、シャーロットが語る言葉を簡単に受け入れる事は出来なかった。

何故《なぜ》、そんなにも大事な事を、自分は告げられていなかったのか。『親友』なのに、と。

「『いなかった事』に致しましょう。シャーロット・グウィンズという女そのものを。この国から私の痕跡を消し去る事を代償にして私の存在そのものを消去する。両方の天秤《てんびん》に乗るものが、すべて『私』なのです。ふふふ。私の【記憶魔法】最大最強の出力を誇る、自滅の業《わざ》にございます」

そんな事が出来るワケがない。けれど自分だけは今、彼女の魔法の実在を確かめてしまった。

彼女は確かに魔法を使えると。それに言葉にした効果だけの魔法ではないことも。

シャーロットが『拒絶』したのは、ハロルドたちだけではなかったのだ。

シーメルもまた彼女に近付く事が出来なくなっている。

（シャーロットを忘れる？　ダメよ。もうすぐなの。天上に立っていたシャーロット・グウィンズが落ちぶれるまで。あと少しなのだから。それを見なければ私の人生は始まらない。彼女の『下』だと見下され続けた私が報われない。だからダメ。貴方は、これから落ちていかなければいけないのよ、シャーロット……！）

王子に婚約破棄され、男爵令嬢に女として負けた傷物の侯爵令嬢として。希代の悪女と噂された卑しい女として。きっと王家さえもこぞって騒ぎ立てるだろう。王子の醜聞を隠すために。

元平民のマリーアと運命的に出会い、そして悪女を退けたのだと王国中に広めるはずだ。

シャーロットは完璧な淑女ではなく、平民からすら罵られる悪女に落ちるはずだった。それが……記憶を消す魔法？　居なかった事になる？　そんなの許せるはずがない。

（最後まで落ちるところを、私に見せるのが貴方の役割なの。そうでなければならないの。それが私たちの人生なの！　そうして、ようやく私の人生が始まるのよ！）

「ま、待って！　シャーロット！　私、貴方のこと忘れたくないの！　だからやめて！　そんな事！」

シーメルは結界に弾かれない距離でシャーロットに近付き、声を張り上げた。

いつも彼女は傍観者に徹していたけれど、今日だけはその立場をかなぐり捨てる。

「シーメル。ふふ。その言葉は嬉しく思うわ」

いつもとは違い、『様』を付けずにシーメルの名前を呼び捨てたシャーロット。

シャーロットには、やはりいつもの優しい気配はなかった。いや、なくなっていた。

「じゃ、じゃあ、やめて？　貴方の事を忘れるなんて私、イヤ！　それにどんなに辛くたって、皆からも貴方が忘れられるなんて、あってはならない事だわ！」

シーメルが訴えれば、いつもシャーロットは彼女の頼みを聞いた。今回もそうなるはずだとそう思っていて。だが、シャーロットは、とても冷たい目でシーメルを見返してきたのだ。

（なぜ？　シャーロットが私をそんな目で見るの。『親友』の私さえ近付けなくなる魔法なんて！）

「そんなに私が大事なら。どうして貴方は先程まで私を庇《かば》おうとしなかったのかしらね？」

「えっ」

その言葉と、その冷たい視線。それらがシーメルの何もかもを見透かすように感じた。

その瞳にあるのは諦めでさえない。シーメルに対する『すべての興味を失《な》くした目』。

シャーロットにあんな目を向けられた事なんて、ない。今まで一度だってなかったのだ。

シーメルの中に得体の知れない感情が沸き上がってくる。

シャーロットの目は友人を見る目ではなくなっていた。

その目は『初めから周囲の人間に興味を持っていなかった』者の目。

彼女に拒絶されているのはシーメルだけではない。ハロルドたちだけでもない。

彼女が拒絶したのは……この場に居る、すべての人間だ。

ありもしない罪で彼女を糾弾し、誰一人として庇わなかった。そんな人々に対する『拒絶』。

「――【記憶魔法】、最大解放。極大『記録』消去魔法……」

シャーロットは何の躊躇《ちゅうちょ》もなしに再び魔法を行使し始めた。更に失う事に何の未練もない決断。

自ら積み重ねてきた、すべての栄光を代償に。これからのすべての悪評を消し去る業。

「シャ、シャーロット！　だめ！　やめて！　やめなさい！」

失う。自分の人生の大半を占めていたシャーロット・グウィンズの存在を失ってしまう。

(後に残される私は何になる？　彼女を忘れた私は……いつも何を考えていた事になる？)

ゾクッ……と。恐怖に背筋が震える。

シーメルは、いつも、いつも彼女の事を考え続けていた。

事あるごとにシャーロット・グウィンズについて想いを馳《は》せていたのだ。

その理由が何であろうと、たしかに。

シーメル・クトゥンの人生の中心は、シャーロット・グウィンズだった。

（それを……失ってしまったら、私は——！）

自分が自分でなくなってしまうという予測が出来た。それは確信を伴う、想像。

今日まで生きてきた人生の中で、彼女の頭の中をどれだけシャーロットが占めていたのか。

他でもない彼女自身がそれを知っている。

（シャーロットを失って、後に残る『私』は……なに？）

シーメルの人生の全てはシャーロットが居てこそのもの。それが失われれば、そこには。

「……だめ！　やめて！　やめてぇえええええ！」

断末魔のようにシーメルは叫び、シャーロットに手を伸ばす。

けれど、その手は『断絶の結界』に拒絶され、近寄ることすら出来ずに空を切った。

『天よ。我が名と栄誉を捧げます』

秤《はかり》の傾かない黄金の天秤から光の奔流が巻き起こる。

「あ……」

……その光の後に残った『彼女』は。

あまりにも空虚で、空っぽで、中に何も入っていない。

誰の『親友』でもない。未来の王妃の友人などではない。

抜け殻のような、ただのシーメル・クトゥンだった……。

5『騎士の初恋』――ゼンク・ロセル

ハロルド様には幼い頃から将来の側近候補となるべく共に育った令息が居た。

その内の一人がゼンク・ロセル侯爵令息だ。

ロセル家の次男の彼とは、ハロルド様と婚約してから出会っている。

私、シャーロット・グウィンズが十歳の頃の出会いだった。

ロセル侯爵令息は、赤茶色の髪と瞳をした少年だった。その顔立ちは美形だと思う。

私がロセル侯爵令息に最初に抱いた印象は、ハロルド様とは少し違うな、という程度。

ハロルド様より背が高く、体格もよく見えた。もちろん十歳なりに、だけれど。

「ロセル家と言えば、たしか代々、王国騎士団長を輩出する家系ですね」

「ええ。その通りです。シャーロット様」

「ロセル侯爵は、先代騎士団長を務められていたとか」

「はい。よくご存じで」

ハロルド様の、将来の『近衛《このえ》騎士候補』の出身家としては最適な名家だろう。

私がハロルド様と過ごす時、彼がそばに居ることも多いのだけど。

その際、ロセル侯爵令息からの視線を感じる事が多かった。

それは私が成長するに連れて、さらに増えたような気がする。

「シャーロット様。俺のことは『ゼンク』と呼び捨てていただいて構いません」

「え？　ですが」

「自分は将来、ハロルド殿下に仕える騎士になるつもりです。であれば、シャーロット様にもお仕えする立場になるということ。ですから俺に気兼ねする必要などありません」

「そうですか。では……ゼンク様、と」

「はい。シャーロット様」

ロセル侯爵令息……ゼンク様は、騎士らしい人柄のようで、寡黙な人物だった。

何を考えて、いつも私に視線を向けていたのか。私には分からない。

ハロルド様の婚約者として私が相応《ふさわ》しいかを、側近候補として見極めようとしているのか。

品定めのような目を向けられたとしても、私が動じる事はない。

私は、いつでも完璧な侯爵令嬢として、第一王子の婚約者として振る舞う。ゼンク様の視線に見極めの意味があったとしても、なかったとしても。私がすべき振る舞いに変わりはないのだから。

ハロルド様との仲が深くなっても、ゼンク様と言葉を交わす機会は稀《まれ》だった。

ゼンク様の思惑が分かるのは、私たちが出会ってから何年も経《た》った後になる。

彼が私に向けていた視線の『意味』を知った時には、もう私たちの関係は……。

◇
◆
◇

「お初にお目にかかります。ゼンク・ロセル侯爵令息。シャーロット・グウィンズです」

「……はい。はじめまして。シャーロット、様……」

ゼンクがシャーロットに出会ったのは、彼らが十歳の頃だった。

ロセル侯爵家の次男、ゼンクは幼い頃からハロルドとは頻繁に交流し、共に育った男だ。

将来はハロルドの側近、『近衛騎士』になる事を期待されている武家の出身だった。

貴族の子の誰もが爵位を継げるものではない。大抵、長男が爵位を継ぐことになり、次男や三男以降の男性は騎士や文官となれるように励むものだ。ゼンクも同様で騎士を目指す立場だった。

シャーロットは漆黒の髪と紫水晶《アメジスト》の瞳をした、見惚《みほ》れるような令嬢だった。

ゼンクは一目見て、彼女に仄《ほの》かな恋心を抱く。……それが彼の『初恋』だった。

もちろん彼女が、自分が将来仕える主君、ハロルドの婚約者である事も知っている。

だから彼女と出会って、初めて恋をして、同時に失恋してしまったけれど。

それでもハロルドの近くに立つ騎士となる動機、意欲になったとゼンクは思う。

王妃となるシャーロット様のそばに控えて、彼女を守る立場になるのだ、と。

幼い頃の彼にあったのはハロルドへの忠誠心ではなく、シャーロットへの恋情だった。

ゼンクは自身の婚約者についての話を、彼の父に願って先延ばしにしていた。

彼はそこまで器用ではない。仕事でハロルドに仕え、内心でシャーロットを想《おも》って。

その上で、さらに婚約者にまで心を砕く気にはなれなかったのだ。

ゼンクは、シャーロットがハロルドの婚約者であることは、きちんと弁《わきま》えている。

だが、深く話せばよりシャーロットへの想いが膨らんでしまう、と。

そう考えて彼女とは相応の距離を取り、会話も深く交わそうとはしなかった。

近衛騎士になるには実力が必要だ。だから、まず騎士科の鍛錬にゼンクは励んでいた。

シャーロットと自分は同じ侯爵家の家格を持つ。本来ならばゼンクたちは同等の立場だった。

……その事を考えるとゼンクには仄かに黒い感情が芽生える。

グウィンズ家では、侯爵夫人が早くに亡くなり、侯爵が後妻を娶《めと》ったという話もない。

だから王家との縁談さえなければ、本来はシャーロットが侯爵家を継ぐ立場だった。

シャーロットが『婿』を取るはずだったのだ。

レノク王国では女性も爵位を継げる。もしも、そうなっていたなら。

彼女の婚約者として侯爵家次男であるゼンクが選ばれる可能性も……あったはずだった。

そう考えるほどゼンクは軽い絶望を覚える。届いたかもしれない、初恋の女性。

今も心の内ではゼンクはシャーロットを欲していた。

彼女をこそ守るためにゼンクは近衛騎士を目指しているのだから。

王家が欲した相手がシャーロットでさえなければ、どんなに良かったか、と。

「シャーロット様はよろしいのですか？　ハロルド殿下との婚約は、望まれた婚約ではないのではありませんか？　侯爵が強引に婚約を決めたと聞いています」

もしもシャーロットが、この婚約を望んでいないのならば。

彼女を、その窮地から救い出し、攫《さら》って逃げてしまう事だって悪くない、と。

心のどこかで、ゼンク自身が彼女の英雄のような存在になれる希望を持つ。

そうして愛した女性と結ばれる未来を胸の奥で燃やして、期待して。けれど。

「ふふ。何をおっしゃっているのですか、ゼンク様。確かに私たちの婚約は、お父様と王家の間で決めた縁談です。ですが、私はこの婚約に不満などありませんよ」

「……不満などない？　本当に？」

「はい。もちろんです」

彼女が視線を向ける先にはハロルドが居た。その瞳には確かに『熱』が込められていて。

（……ああ。彼女の目は俺には向けられていない）

ゼンクはそう痛感する。恥ずかしさと苛立《いらだ》たしい気持ちが溢《あふ》れるのを彼は必死に押し殺した。

まだ別に告白したワケではない。特に他人に聞かれたって何の問題もないはずの言葉のやり取りだった。けれど。ゼンクはこの時、改めて、本当の意味で『失恋』したのだ。

苦い思いをして顔を歪《ゆが》めた。勝手に裏切られたような気持ちになる。

ゼンクの中で騎士の仕事や鍛錬はハロルドのためではなく、シャーロットのためにこそこなしてきた事だった。だから裏切られ、彼女を恨むような感情さえ芽生えてしまう。

その黒い感情を抑えることは、中々に困難なことだった。

幼い頃からの『初恋』を引き摺《ず》っているだけ。ゼンクは、そう納得しようとする。

だが、ゼンクはずっと成長していくシャーロットの姿を近くで見続けてきたのだ。

彼女が人一倍、己に厳しく努力していた事も知っている。

シャーロットは才覚があるだけではない。貴族としての確かな矜持《きょうじ》を持って、日々の研鑽《けんさん》を重ねてきた。ゼンクだって厳しい騎士としての鍛錬を乗り越えているが……。

彼が今まで、そんな厳しい鍛錬の日々を乗り越えてこられたのは、シャーロットの姿をずっと見てきたからだった。彼女の在り方を目標にして、励みにして、ゼンクは今まで生きて来たのだ。

困難な状況に陥ろうとも折れない精神性。弱音を吐かず、微笑《ほほえ》みを絶やさないシャーロット。

そんな彼女の『強い女性』の姿にこそゼンクは惚れ込んだ。心の強さに、より惹《ひ》かれたのだ。

だからこそ自分は、彼女の強い心を守れる『騎士』となりたいと願っていた。

……だが、失恋してしまった今、そんな彼の気持ちは裏返り、黒く染まるようだった。

「……また、シャーロットが学年首席か」

ハロルドが成績の掲示を見ながら、悔しそうにそう呟《つぶや》いた。

王立学園では三ヶ月ごとの成績が掲示される。誰が、どの程度の成績かを知らしめるものだ。

シャーロットは入学してから常に学年首席を取り続けている。

「シャーロット様は、いつも優秀ですね」

「……うるさい」

ゼンクが、ふと漏らした賛辞を聞き、ハロルドはゼンクを睨《にら》み付けた。

ハロルドにとってシャーロットの優秀さは触れられたくない事だ。ハロルドとシャーロットには将来のための教育が課されているが、彼女はそこでも高い評価を得ている。

反面、彼女と比べてハロルドは、と。何度もそう比べられてきた事をゼンクは知っていた。

普段の二人の評価を知りながら、容赦なく首席を取るシャーロットはなんとも怖いものだ、と。

『可愛《かわい》げのない女』なのだな、と。幼い頃からの憧れとは違った感想をゼンクは抱く。

長く仕えてきたハロルドへの信頼がある。対して、シャーロットはゼンクの気持ちを裏切った。

ゼンクは、だんだんとシャーロットよりもハロルドの気持ちに寄り添うようになっていた。

「まったく。シャーロットは可愛げがないんだ」

「……殿下のおっしゃる通りですね」

ゼンクは口数少なくそう返す。もう、ハロルドを諫《いさ》めることはしなかった。

彼女への憧れと、それを裏切られた気持ち。ドロドロとした感情がゼンクの内側にある。

そんな内面を外に出す事もなく、内に秘めたままで日々を過ごして。

劇的に彼らの日常が変わったのは、ある女性がこの学園に入学してからだった。

その女性、マリーアが彼らと関わるきっかけになったのは、他でもないシャーロットだ。

ハロルドたちが学園のサロンに居るシャーロットの下へ訪れた時、そこには見知らぬ灰色の髪をした令嬢が居た。

「彼女はマリーア・レントさん。レント男爵家のご息女です」

マリーアと呼ばれた彼女は、ぼうっとハロルドの顔を見つめた。

「レント男爵令嬢か。よろしく。私はハロルド・レノックス。この国の第一王子だ」

「えっ！　お、王子様、なんですか!?」

「ああ。そうだが」

「落ち着いて、マリーアさん。不敬でなければ殿下は怒ったりされないわ。ハロルド様。彼女は実は貴族になったばかりなのです」

「なったばかり？」

「ええ。マリーアさん。話しても良い？」

「え？　え、何を、でしょう？」

「貴方《あなた》の生い立ちを」

マリーアはレント男爵が、かつてメイドだった者に手を付けて生ませた庶子だという。男爵家で暮らしていたワケではなく、一年ほど前まで平民として暮らしていたらしい。

「一年前かい？　今まで見掛けなかったが会った事がないだけかな」

「年齢は私たちと同じです。ですが、この一年は家で勉強なさっていたそうですよ」

「シャーロットは、どうしてそんな彼女と一緒にいたんだ？」

「困っていらしたから」

「困っていた？」

シャーロットは微笑みを絶やさず、ハロルドの問いに答えた。

ゼンクは立ったまま微動だにせず、彼らの会話をそばで聞き、見守り続ける。

「中途入学でしょう？　ただでさえ貴族の学園です。派閥などの兼ね合いで友人を作るのも難しいでしょう。それでは勉学の遅れをどうにかするにも余計に苦労してしまいます。ですから私が彼女を誘ったのです。分からないところがあれば色々と教えて差し上げます、と」

「……そうか。それは随分と、余裕があるな?」

「はい?」

「いいや。何でもない」

ウンザリしたような声を漏らしつつ、すぐに隠したハロルド。

ゼンクは、そんなハロルドの気持ちを察してしまう。

令嬢に手を差し伸べる気遣いが出来るなら、殿下との関係にも気を遣えばいいのに、と。


学園でのマリーアは、貴族らしからぬ振る舞いが目立ち、浮いた存在だった。

シャーロットが声を掛けていなければ、マリーアが友人を作るのは難しかった事だろう。

令嬢たちにとって、彼女と関わり合いになるメリットがないのだ。

派閥に取り込むにも、ただの男爵令嬢に過ぎない。マリーアのマナーの至らなさに、辟易《へきえき》とした表情を見せる令嬢も居る。シャーロットの友人、クトゥン伯爵令嬢もその一人だろう。

むしろシャーロットがマリーアに手を差し伸べた事そのものを疎ましく思っている様子だ。

(……彼女が、他の令嬢たちに虐《いじ》められなければ良いのだが)

奔放にも見えるマリーアの振る舞いは、ゼンクもどこか新鮮なものに感じ、好感を抱いた。

それは、どうやらハロルドも同様らしい。

いつしか、ハロルドがマリーアを目で追う事が多くなっていく。

「ハロルド殿下、それでは……また会ってくださいますか？」

「ああ。マリーア。また明日、勉強を教えてあげよう。私がね」

「はい！　ありがとうございます！」

シャーロットが面倒を見ていたはずが、いつの間にか、その役目をハロルドが担っていた。

「ふ。見たか？　ゼンク」

「……何を、ですか？」

「シャーロットが悩まし気な目を私に向けていた」

「は？」

「ハッ……。これで可愛げがない自分の事を少しは反省するといいんだがな」

（もしかして殿下はマリーアを『当て馬』にしたいだけなのだろうか）

それは、あまりに可哀想《かわいそう》に思う。思わずムッとした気持ちになった。

「それにマリーアは、なんとも可愛らしいじゃないか。シャーロットと違って」

「それは……そう、かもしれませんね」

「ああ。ゼンクもそう思うんだな」

ハロルドとマリーアの交流は、どんどん深くなっていった。

さしものシャーロットも苦言を呈する機会が増えていく。

学園での交流だけでなく、護衛付きとはいえ、街へ出ての逢瀬《おうせ》の機会まであったからだ。

「マリーアに嫉妬しているのだろう。或《あ》いは王子妃の立場が揺らぐと思って焦っているんだ」

それがハロルドの言い分だった。ゼンクは変化していく彼らの関係を誰より近くで見守って。

……ふと。思う事があった。ハロルドがこのようにマリーアを構い続ければ。いずれは、彼らの婚約が解消される未来もあるのではないか、と。もしも、そうなったなら。

(俺が……シャーロット様の伴侶になる可能性も、また生まれるのではないか……？)

ゼンクには、まだ婚約者が居ない。シャーロットは婿入りを必要とする令嬢だ。

代えの養子は既に入れているらしいが、いくらグウィンズ侯爵でも実子に家を継がせた方が良いと思うに違いない。つまりシャーロットの『伴侶』を他に求めるはずだ。

「……シャーロット様」

一度は冷めた恋だった。手に入れられるはずのなかった彼女の心。

それが、もしかしたら、という期待がゼンクの目の前にぶら下げられ、再び燃え上がる。

だが、いくら何でも自ら王子の婚約を解消するよう動くワケにはいかない。王子の側近として彼を諌めながら、王子自身にシャーロットではなくマリーアに情熱を傾けさせなければ。

ゼンクは先の事を考えながら、あえてシャーロットではなくマリーアに近付く事にする。

「マリーア。分かっているだろう？　お前の恋は報われないって」

「……ゼンク様。それは、その……。でも、私は」

「身分の差もある。能力の差だって。キミはシャーロット様には敵《かな》わない」

「分かっています。シャーロット様は素敵な人ですもの。でもそれでも私はハロルド様のことが」

「他の男ではダメなのか？　例えば、俺……とか」

ゼンクはマリーアとのやり取りを、近くに隠れさせたハロルドにあえて聞かせていた。

『自分はマリーアに好意を抱いている』と告げた上で、だ。

他にも証人が居る場で冷静に告げ、マリーアと話し合った。どうしても確認が必要だったからだ。

マリーアがどういうつもりで王子に近付いているのか？　それを確認するためにという名目で。

ゼンクは王子付きの近衛騎士候補で、次男とはいえ、侯爵家の息子だ。

もしも簡単にゼンクになびくようであればマリーアは身分狙いの『そういう女』だと見做《みな》せる。

殿下に近付く女を試さないワケにはいかないから、という面と。

自身の気持ちだけでも伝えたいから、という情でゼンクはハロルドに訴えた。

そして答えの分かっていたマリーアの気持ちをハロルドに聞かせ、見せつけるのだ。

『他の男に奪われる』という危機感と共に。そうすればハロルドのマリーアへの気持ちは、より強く燃え上がるだろう、と。ゼンクはそう考え、行動に移す。

「ご、ごめんなさい！　ゼンク様！　わ、私は、どうしてもハロルド様の事が……」

「俺はフラれた、という事かな」

元平民らしい好きかどうかの返答。やはりマリーアは、そういう価値観で生きているのだろう。

政略だとか家同士の繋《つな》がりだとか。婚約者の居る王子に侍《はべ》るリスクを冒すよりも、侯爵家の息子と繋がり、縁を繋いだ方が分相応……いや、それでも破格だという打算が、マリーアにはない。

「そんなにハロルド殿下の事が好きなのかい、マリーアは」

「……はい。私、ハロルド様の事を……お慕いしています」

（よし。言わせた。そして殿下に彼女の気持ちを聞かせた。シャーロット様からは向けられた事のない純粋な好意。これを聞いたならハロルド殿下は、きっと……）

「そうか。キミの気持ちは分かった。すまないな。俺の事は忘れてくれ」

「ゼンク様……、ごめんなさい」

「いいんだ」

ゼンクの思惑通り、純粋なマリーアの気持ちに触れたハロルドは、より熱を上げていった。

そしてゼンクはシャーロットの下へ向かう。

自身の告白について。そして、その後のハロルドについて、包み隠さず話した。

「申し訳ありません。殿下から彼女を引き離せば目を覚ましてくださるかと思ったのですが」

「……ゼンク様は、マリーアさんの事を好きというワケではないと？」

「はい。本音を言えば、自分が声を掛ければ彼女はこちらに容易《たやす》くなびき、殿下から離れるものと。自惚《うぬぼ》れでした。それどころかマリーアの愛の告白を聞いた殿下を逆に……申し訳ありません」

「……いいえ。いいのですよ。ゼンク様は出来るだけの事をしてくださったのですから」

マリーアの答えの予測は付いていて、それを聞いたハロルドがどう感じるかも、ゼンクの想定内だった。それでも行動の意図としてはハロルドからマリーアを遠ざけようと画策した、と。

シャーロットには、そう伝わる。

シャーロットのためにした事なのだと彼女の目に映れば、ゼンクにはそれでよかった。

「ハロルド様には困ったものですね。ゼンク様は大丈夫ですか？」

「……はい？　何がでしょう」

「貴方の内心が本当にどうかは分かりません。ですが、ハロルド様にとって意中の女性に恋慕していた騎士、という事になるでしょう？　立場が良くないのではありませんか？」

「……それは仕方ありません。それに慣れっこですから」

「慣れっこ？」

「意中の女性の意識が殿下に向いている。せめて騎士として、そばに仕えて『彼女』を守りたい。そういう感情を抱く事には慣れているのです。俺はずっと幼い頃から。そのために俺は近衛騎士を目指して生きてきました」

「……！　それは」

決定的な台詞《せりふ》は言わない。だが、かつての時と違い、ゼンクの想いは確かに彼女に意識された。

（マリーアには感謝したいぐらいだ。そのまま殿下を射止めてくれればいい……）

ゼンクは、もしかしたらシャーロットが自分の場所まで落ちてくるのではないか、と。

そう期待した。今度こそ彼女を、自分が手に入れられるのではないかと。

彼の胸の中には、愛《いと》しい者に手が届く希望が生まれていた。……だが。

事態は良くない方向へ転がり始めていった。それはゼンクにも予想外のことだ。

シャーロットの悪評が立ち始めたのだ。彼女がマリーアを虐げている、と。

「マリーア。キミは誰かに何かされたのかい？」

ゼンクがマリーアに尋ねるが、マリーアはこの件になるといつも無言を貫いた。

それは、つまり『噂《うわさ》の否定』を『しなかった』という事になる。

シャーロットが『悪女』だという噂は止まらなかった。

(こんな事、俺は望んでいない。だがシャーロット様なら耐えられるはずだ。そうしたら今度は)

強い彼女であれば、きっとこの事態さえも乗り越えられるだろう。

もしもハロルドと彼女が破局したならば。今度こそ、自分が彼女を迎えに行く。

そう願い、想って。信じて。今度は『手が届く』のだと。自分の気持ちを、彼女に伝えるのだ。

止める事のできない激流のような運命。その結果は――

◇◆◇

光に包まれたパーティー会場。ゼンクは腕で溢れる光から目を庇《かば》った。

少しの時間を置いて、場が混乱したざわめき声で埋められる。

「ハロルド殿下。ご無事ですか？」

「あ、ああ……今の光は一体なんだったんだ……？」

ゼンクは、まずハロルドの安全を確認する。それは近衛騎士としての務めだった。

「分かりません。一体、何が起きたのか」

パーティー会場が突然、光に包まれた。ただ、それ以上の何が起きたのか誰にも分からない。

(あれ……？)

尚《なお》も混乱している周囲の人々をゼンクは見回す。会場に居る者たちの顔を余さず確認して。

「どうした？　ゼンク」

「いえ……」

（……なんだ？　何か違和感があるような）

ゼンクは『何か』を探していた。だが何を探しているのか、彼にも分からない。

（ようやくなんだ。ようやく、もう少しで夢が叶《かな》う。手に入る）

と。そう思った。はず……なのだが。

（……夢ってなんだ？　一体、何が手に入るんだ？）

何かの達成感を感じていた。周りがそういう空気ではなかったから、合わせていたが。

ゼンクだけは内心で一つの達成感や『希望』を抱いていた。

しかし、それは一体、何であったのか。

「殿下。何が起きたか分かりませんが……どうしますか？　パーティーを続けますか？」

「あ、ああ。そうだな。皆、楽しみにしていたのだから。それに門出《かどで》でもあるし」

そう、門出。祝うべき日だった。ハロルドにとっても、ゼンクにとっても。

（だが、その理由は？　何を祝う。何を成し遂げた。何を、俺は……一体）

何かを求めて会場を見渡すのだが結局、ゼンクは、その何かを見つける事が出来なかった。

「皆、すまない。何か妙な事が起きたみたいだが。体調を崩した者はいないか？　遠慮せずに申し出てくれ。マナー違反などは問わない」

ハロルドが混乱する事態を収拾するように声を掛ける。気分が悪いワケではない。

……だが、焦燥感がゼンクを落ち着かせなかった。

「それでは。今日のパーティーを楽しんでくれ」

ハロルドがパーティー開始の挨拶を済ませる。挨拶のためにハロルドは前に出ていた。

すべて滞りなく始まった。思い思いの相手とダンスを踊り始める、集まった生徒たち。

「マリーア。私と踊ってくれるかい？」

「ハロルド様！　はい！　喜んで！」

ハロルドは、かねてより親交を深めていたマリーアをファーストダンスに誘った。

（……ああ、やはりマリーアがハロルド殿下の『婚約者』になるのか？）

ハロルドには、まだ婚約者が『居ない』ことをゼンクは知っている。

（……まぁ、俺も相手は居ないけどな。でも、それでいいんだ。殿下が『彼女』をそばに置き、俺は、そんな『彼女』を守る騎士になるのだから）

そんな風に考えて、ゼンクは今日まで生きてきたのだから。

「いや、違う、だろう？　俺は……俺が騎士になった理由、は……」

ゼンクは、その考えに引っ掛かるものを感じた。

それでは、まるで自分が以前からマリーアを好きだったみたいではないか、と。

（いや、好きだった、か？　たしかに彼女に告白まがいの事をした覚えがある。でも、それは彼女の気持ちを確かめるためであって、殿下のためにしたこと……）

納得のいかない想いを抱えながら、ゼンクは職務に戻っていった。

例の光事件以降、ゼンクの周辺に目立った事は起きていない。変化があったとすれば、それは。

「……どうした？」

顔をあまり知らない文官がハロルドの執務室へ歩いていくのが見え、ゼンクは声を掛けた。

ただ警戒するような相手ではなく、王宮に勤める文官には違いないようだ。

「はい。書類をハロルド殿下に運ぶところです」

「……いつもの者は休みか？」

「いつもの者ですか？　この仕事は、いつも私がやっておりますが」

「は？　そうだったか？……いや、でも。そう、なのか？」

「はい。では失礼致します」

「あ、ああ」

文官の態度に怪しい素振りはない。

ただ一応、そこまで知っている相手ではないから、その挙動をゼンクは見守る。

「それではハロルド殿下。こちらをよろしくお願い致します」

「ああ、分かった」

特に何の問題もなく書類を置いただけで文官は去っていった。

（……なんだ？）

何もなかったな、と拍子抜けしたようにゼンクは思った。その時はそれだけで済んだ。

しかし違和感のある出来事は、その後も度々起こる。

よく知らない文官が、何人も頻繁にハロルドの執務室を訪れるのだ。

彼らの内の数名は、かつてハロルドが疎ましそうに遠ざけた者たちだった。

久しぶりに彼らがハロルドに会うという事が、彼の違和感の原因だったのかもしれない。

文官たちは特にハロルドに疎まれた恨みなどは見せず、淡々と仕事を持って来ていた。

「……あれ。ご説明は不要ですか？」

執務室に訪れる新顔の文官の一人が首を傾《かし》げる。

新顔と言っても、ハロルドの前に顔を出さなかっただけで以前から王宮で働いている者だが。

「何を言っている？」

「いえ。いつも、この案件については細部の確認をなさっていたかと」

「どの案件だ？」

「ええと、今お運びした……」

「これか？　細部の確認？　そんな事をした覚えはないが」

「あれ？　そんなはずは……」

「何か別の仕事と間違っているんじゃないか？　私はそんな説明など求めた事はないぞ」

「そう……ですね。確かに殿下がそうおっしゃったことは……なかった、です」

「だろう？　もう下がっていいぞ」

「は、はい。失礼致しました」

釈然としないという面持ちで文官は去っていった。

「……今日は数が多いな。この仕事は……に、あれ？」

「どうされましたか？　殿下」

「い、いや。なんでもない、私の仕事だな、と思っただけだ」

「はぁ……？　それは、勿論《もちろん》そうだと思いますが」

何を言っているのだと首を傾げる。ハロルドがやらなくて誰がやるのかと。そう呆《あき》れてから。

（いや、だが。何かが違うような。だが何が違うのかがいまいちピンと来ない……）

あの光事件から、ずっとモヤモヤとした気持ちがゼンクの中に残っている。

それに何か仕事に張り合いがない。あの日まで高まっていた気持ち、情熱。

大切な理由を、すべて失ったような感覚をゼンクは感じていた。

（俺は、なぜ、ハロルド殿下の近衛騎士になろうとしたのだったか……）

漠然とそんな事を考え始めるゼンク。疲れているのかもしれない。

王宮で用意されているハロルドの側近用の部屋へと帰り、ゼンクは一息つく。

余計な物を取り払って、着替えもせずに彼はベッドに横になり、呟いた。

「……マリーア」

（俺は、これまで彼女のために騎士をやって来た……？）

「いや」

（違う。違う、違う。そんなはずはない。だってマリーアは……）

マリーアと会ったのは学園での生活も半ばを過ぎた頃だ。

だが、彼女以外に剣を捧《ささ》げたいと願った相手が自分には居ただろうか。

（俺は、何のためにハロルド殿下の近衛を志願したんだ……）

ゼンクは、己の理由となる大切な部分をポッカリと失ってしまった気がする。

（こんな事なら、さっさと父上に頼んで、どこかの令嬢との縁談を進めて貰《もら》えば良かった）

次代の王の側近に伴侶が居ないのも外聞が悪いだろう。

（侯爵家の次男なのだから父に頼めば……いや、頼まなくても縁談ぐらいは持ってきてくれたはずだった。父の申し出を断ってきたのは俺自身だ。だが、……なぜ？）

今までゼンクはそれでいいと思っていた。マリーアのそばに居られれば、それで、と。

（違う。あんな女、別に俺は好きでも何でもない。違う……はずなのに）

なぜ、自分はマリーアに告白なんて馬鹿な真似《まね》をしたのか分からない。

マリーアは自分が騎士になった理由ではない。ない、はずで。

（確かに『誰か』に比べれば可愛らしい事もあると思った事はある。殿下が惹かれる理由も理解できていたはず……。だが俺が好きだったのは断じてマリーアではない。しかし）

彼女がゼンクの理由だったのは確かだった。だって、それ以外にないのだ。

ハロルドのそばに侍る『彼女』を守る騎士になりたいと彼は願った。

令嬢として不断の努力をする、その強さに惹かれて。そうに違いないのに。

（違う。そんな女はいない……。ならば……どうして。どうしてだ。なぜ？）

手が届くはずだった。大切な理由に、あと少しで手が届くのだと思っていたのに。

スルリと彼の手から『それ』は、すり抜けていった。

（……俺は何かを間違ったのか？　だが一体、何を間違ったんだ？）

喪失感が拭えない。ゼンクの日常からは何も欠け落ちてはいないのに。

欲しかった何かに手を伸ばそうとして、そんな物は最初からなかったのだと突きつけられた。

「あ……」

ベッドの上で騎士服を着たまま横になりながら。ゼンクの頬を涙が勝手に零《こぼ》れ落ちた。

後悔しても『もう遅い』のではなく。

ゼンクは『後悔さえも出来ない』のだと……泣きながら思い知った。

「……俺は。……俺は、何を、今まで、なぜ……」

その理由すらも、どこかに見失ったまま。ワケも分からず涙を流す事しか出来なかった。


それから月日は流れ、ゼンクたちは王立学園を卒業した。

「なぁ、ゼンク。マリーアの事なんだが」

近頃のハロルドは、マリーアと良好な関係を築けているとは言い難い。

王子として忙しくしているハロルドは、マリーアとの関係を深める機会を失っていた。

学園を離れてみると、学生時代にあった情熱のようなものが冷めてしまった様子だ。

レノク王国では、学生時代に交際を始めたのなら、学生の内に婚約を決める。

そして卒業した数年後には結婚するものだ。

しかし、ハロルドは王子であるが故に、マリーアと容易に婚約する事が出来なかった。

「彼女を私の『妃《きさき》』に据えるのは難しいと思う」

ハロルドは王族として子を作る必要がある。そのため、正妃との間に子が出来ればそれで良いのだが……彼には『側妃』を娶る事も許されている。

側妃という立場は、正妃よりは劣るが社交界など公の場に出る事も許される。

また政務に対する参画権もあり、場合によっては王妃の代わりを務める立場の者だ。

『妃』と名のつく、この二つには政治的な権力があるため、その役割を与えられる女性には相応の能力が求められる。マリーアにこの『妃』の座は与えられない、とハロルドは判断した。

おそらく国王たちもそうなのだろう。

せめてハロルドが彼女を強く推す姿勢であれば、賛同する臣下も居たかもしれないが。

最近のマリーアは、ハロルドの寵愛《ちようあい》があるとは言えない扱いだった。

それでは腹に一物ある者でも、彼女を利用すら出来ない。

「そこでだ。ゼンク。君は以前、マリーアに愛の告白をした事があるだろう？」

「……はい。そう、ですが」

「ゼンク。君、まだ婚約者が居ないだろ？」

「はい。……え？　まさか、ハロルド殿下」

「マリーア・レント男爵令嬢を、ゼンク。君の婚約者に据えるのはどうだろうか？」

「……は？」

（殿下は何を言っている。主君になる男の、その恋人として扱われていた女をあてがわれる？……それはないだろう。俺を侮辱しているのか？）

「安心して欲しい。私が彼女と二人きりになった事はない。つまり彼女に女性としての、妻としての傷は与えていないという事だ」

「……たしかにマリーアに『妃』の座を与えるのは難しいでしょう。ですが『愛妾《あいしょう》』の立場にならば彼女を囲ってやれるのではありませんか？」

「私もそう彼女に言ったし、説得も試みた。だが、いつまでも『愛人』になるなんておかしい、とね。それが彼女の価値観だ。王子の愛妾になるよりも誰かの正式な妻になりたい子なんだよ」

「……それで何故《なぜ》、自分の婚約者に、となるのですか？」

「ああ。愛妾は無理だと言うが、やはり妃に据えられないのは事実だ。このままの関係をズルズルと引き延ばしても彼女にとって不幸な話だろう？　だから信頼できる者に任せられないかとな」

「……それが自分だと？」

「ゼンクは、私に堂々と言ってのけただろう？　私が目を掛けている事を知っていてなお、自分の気持ちを偽らなかった。だからゼンクの事を私は信頼している。マリーアの価値観がそうだと言うのなら……やはり彼女は愛する男の『一番の存在』になる方が良いのではないかと考えてね」

（嘘《うそ》だ。殿下は、おそらくマリーアの存在をもう『邪魔』だと感じているのだろう）

学生時代は確かに燃え上がっていたが、やはり妃に据えられるだけの力がない事は変わらない。

その上、愛妾の座も頑《かたく》なに断る態度のマリーアにもう情熱が冷めてしまったのだ。

（これが長年、仕えてきた俺に対する仕打ちか？　しかも男爵家程度の家柄で自分の『お下がり』を下賜するような真似を。侮辱するにも程があるだろう！）

何よりも、自分が本当に望んでいた女性は、マリーアでは……。

その先の言葉はゼンクの口から出てこなかった。出せなかったのだ。

「だってゼンクは前からマリーアの事を愛していたんだろう？」

（違う！　違う、違う、違う！　俺が愛していたのは！　愛して、いた、のは……）

ゼンクが愛していた女性は。

（……誰、だ）

自分が愛していた女性は、誰だったのか。それはマリーアだったのか。

ゼンクに思い当たる女性はマリーアしか居ない。だけど、そんなはずがなかった。

そんなはずがないと思いながら……他に居ないのだから、そうに違いないという思いも浮かぶ。

ハロルドも心底から自分を見下して、この提案をしたのではないだろう。

ゼンクの気持ちが今もマリーアにあると、そう思っているからこその話だと思い直す。

だが、ゼンクはこの提案を簡単に受け入れられなかった。その理由を失っていたとしても。

「……考え、させて、ください」

「わかった。すまないな」

その後、マリーアを交えて話をしたが結局、三人ともが前向きな答えを出せなかった。

ここまで態度に示されれば、いい加減にハロルドへの思慕を失っても良いだろうに。

（一途《いちず》、と言えば聞こえはいいが諦めが悪いとも言えるな……）

マリーアの様子から『妃』という座に執着しているワケではないのだろう。

ただハロルドを本当に慕っていて。彼を手に入れる事を諦められないのだ。

それでも『愛妾』という立場にならなれるのだから救いがあるだろうに、とゼンクは思う。

もしも自分が『彼女』のそういう立場になれたのならば。

それだけで幸福な気持ちになれただろう。女々しいと言われそうな価値観だ。

だがゼンクにとって『恋』というものは諦めと共にあった。

相手の一番の存在になれないなんて事は当たり前の話で。

だから懇願し、見捨てないでと駄々をこねる稚児のように『彼女』にすがるしかないものだった。

だが、次代の王族を生まねばならない立場の女性に他の男なんて、まったく必要がなくて。

むしろ、あってはならない事だ。それがどれだけの絶望なのかマリーアは知らないのだ。

身の程を弁えているなら、その立場で満足すべきだというのに。

（……ああ、まただ）

一体、何の話なのだろう？　まったくマリーアには当て嵌《はま》らない、己の恋心。

いつまでも胸の内を焦がすような喪失感をゼンクは消す事が出来なかった。

……そして。

「――新婦、シャーロット・エバンスの入場です！」

辺境の地を訪れて、その光景をゼンクは見た。

（ああ……）

喪失感の答えを知った。ようやく辿《たど》り着いた。ゼンクは『また』恋をした。

そして恋に落ちると同時に、やはり『失恋』もしたのだ。

（俺は、いつも、そうなんだ。いつも、いつも。そうなんだ……）

好きになる女性には、いつも自分以外の誰かが既にそばに居て。恋と同時に失恋を知る。

だけど。幸せそうな彼女を見て。ようやく、彼には……『終わり』が訪れた。

自分の手が届くなんて夢を抱く事はない。がむしゃらに、小賢《こざか》しく立ち回る意味も、もうない。

誰かを傷つけてまで欲しかった何かは、二度と手の届かない場所へいった。

（手の届きそうな場所にあるから諦め切れなかったんだ……）

何が理由だったのかを覚えてさえいないけれど。

ただ、この日。本当の意味でゼンクは……『何か』を失った。

「……おめでとう、ございます」

初めて会ったはずの一組の夫婦へ向かって。他の男の『妻』に向かって。

ゼンクは、誰に聞かせるともなく、小さな声で……そう呟くのだった。

6 『変わらない』——クロード・シェルベルク

ハロルド様の側近は、ゼンク様以外にも居る。

それがクロード・シェルベルク侯爵令息。青い髪と瞳をした青年だ。

私やハロルド様と同じ年齢で、彼と出会ったのはハロルド様やゼンク様よりも後のことだった。

ゼンク様が近衛騎士《このえ》として『武力』でハロルド様をお支えするなら、彼は『頭脳』でお支えするのがお役目だと言える立場。

シェルベルク侯爵家の次男で、幼い頃からハロルド様の側近候補として育ったクロード様。

成長してからは宰相閣下の部下となり、厳しく指導されているそうだ。

私とクロード様が話をする時は、主に仕事についてになる。私的な交流は特になかった。

……ただ、正直に言えば、私は少しクロード様には不満を抱いている。その理由は。

「グウィンズ嬢。こちらの案件なのですが」

「……そちらはハロルド様が担当されている政務ですよ。クロード様」

「ええ、はい。それは分かっているのですが」

困ったような顔をする彼。私は、その表情と態度に溜息《ためいき》を吐《つ》きそうになるのを押し殺した。

だって、こういったやり取りは、いつもの事だったから。

「……分かりました。こちらは私の方で処理しておきます」

「ありがとうございます。グウィンズ嬢」

クロード様は、慎重派と言うべきか。いつでも一歩引いた場所から物事を見る。

消極的とも言える性格をされていて、頭は良くても判断力があまり感じられなかった。

ハロルド様の相談役であり、彼の話を聞いて助言する能力はあるのだけれど。

ただし、それ以外。何かの決断の際、私に委ねる傾向にあるのだ。

おそらく本人はそれで上手《うま》く立ち回っているつもりなのだろうと思う。

実際、分からないままで勝手に判断されるよりは、私に判断を任せていただいた方がずっといい事は多いのだけれど。それが最善な事はたしかにある。

けれど、結果的に私に『仕事を押し付けている』事に、彼は気付いているのだろうか？

私に頼りがちで、それぞれの対応が後手に回っているだけだと思ってしまうのだ。

これでは将来的に不安が残る。彼は、いずれ国王の補佐になる人物なのだから。

「私がそばにいない間も、きちんとハロルド様を支えてくださいね、クロード様」

「ええ。もちろんです。お任せください、グウィンズ嬢」

彼はこうおっしゃるけれど。本当に彼は、きちんとハロルド様の支えになれるのだろうか？

……もしも、私がいなくなったとしても。

私がいない前提なんて、考えることもおかしいのだけど、ね。

これから成長し、変わってくれるといい。私はそう思っていたのだ。

◇
◆
◇

「クロード・シェルベルク。参りました」

その日。クロードは、定期報告のために宰相の部屋を訪れていた。

「本日の殿下ですが、件《くだん》のレント男爵令嬢と街に出掛けておられました」

クロードは、宰相の指揮の下にあり、ハロルドのそばに控える宰相の部下となる。

そのため、こうしてハロルドの日頃の振る舞いについて定期的に報告を上げていた。

「殿下にも困ったものだ。グウィンズ嬢が居るからこそ、今の評価だというのに」

ハロルドの王子としての評価は、シャーロットによって支えられているものだ。

彼が苦手とする分野はいつもシャーロットがカバーし、至らない点を補っている。

彼女さえ居ればハロルドはきっと問題ないだろう、と。

国王陛下や大臣たち、宰相は、そう判断していた。

『シャーロット・グウィンズありきの王子、ハロルド・レノックス』と。

だからこそ、ハロルドの最近のシャーロットに対する態度は問題視されている。

「陛下は、今回の件で動かれますか?」

「いや、まだ様子見だ。お諫《いさ》めする言葉は掛けるが、殿下には逆効果になるかもしれない」

ハロルドには確かにそういった傾向がある、とクロードは納得する。

特にシャーロットに対してはコンプレックスになってしまっているのだ。

「レント嬢が、こういう時の殿下の慰めとなるのなら、やはり『側妃』か『愛妾《あいしょう》』に？」

「そういう目で見てはいる。性格の面で殿下とグウィンズ嬢が合わないのは分かっているからな。

だが、殿下が彼女を心からまったく嫌っているとは言えないだろう？　状況が変われば二人の仲も深まるかもしれない。件《くだん》の令嬢がそのきっかけになればとな」

ハロルドはシャーロットを心底嫌いなのか？　と問われると、それはきっと違うのだろう。

あれでハロルドは、シャーロットが好きなのだとクロードは考えている。

だからこそマリーアの件は、彼女の気を惹《ひ》きたいと考えているだけの可能性があった。

シャーロット・グウィンズがハロルド王子の正妃になる事は既に王によって決定している。

その上でマリーア・レントが必要ならば、彼女には『愛妾』としての価値があるだろう。

「では、やはり様子見ですか」

「ああ。そうなる」

まだ動くには早い。シャーロットの気持ちにも変化があるかもしれない。

彼女は優秀だが、その内心を表に出す事は滅多にないのだ。

それは未来の王妃として素晴らしくもある。学園での彼女の評価は高い。人気もあるだろう。

ただ彼女が慕われる理由は、そのそつのなさや優秀さ、美しさから。

マリーアが『愛嬌《あいきょう》がある事で皆から可愛《かわい》がられる女性』だとすれば、シャーロットは『多くの者に目をかけ、何事もこなしてみせる優秀な女性』となる。

カリスマ性、王妃の器としての魅力が彼女にはあった。

（……だが、殿下が彼女に見せて欲しい態度は、もっと個人的な彼女の感情なのだろう）

様々な思惑からハロルド、シャーロット、マリーアの様子は注目を集めていた。

良くない噂《うわさ》が流れていることもクロードは聞いている。

王族についての噂など不敬もいいところだが、原因はハロルド王子、その人だった。

対処を間違えればハロルドにとって傷となりかねない噂が広まっている。

それでもなお、宰相やクロードは静観、監視という選択肢を選んだ。

ハロルドの瑕疵《かし》として然《しか》るべきタイミングを見計らい、罰則を与えるのも『手』の一つ。

今ならまだ『若気の至り』として厳しい罰則を与えれば内外に示しがつく、と。

若い内に問題を起こさせて、『王妃シャーロット』に頭の上がらない王にする。

そうすることが、結局はハロルドにとって最善だと考えていた。

王宮が様子見の判断を下した理由の一つは、シャーロット自身が、この事態に陥ってもなお、その態度を変えなかったからでもある。ハロルドと諍《いさか》い合い、喧嘩《けんか》になる事もなく。

苦言こそ呈すれども、彼女もまた時機を窺《うかが》っている様子であった。

シャーロットは、今はまだ大きく動くべき時ではないと判断を下しているのだ。

それはクロードにも理解できた。ハロルドの性格まで考慮すれば、きっと正しい判断だ。

そもそも彼女にとっては、ハロルドの振る舞いは……悪い事でもないのかもしれない。

（グウィンズ嬢は、きっと殿下を愛しているワケではないだろうから……）

二人の近くに居たクロードは、シャーロットからハロルドへ向けられる情熱を感じなかった。

彼女にとって、ハロルドの婚約者である事は『義務』でしかないのだろう。

（彼女からの気持ちが冷めているからこそ、内心では彼女に好意を抱いている殿下が、ああいった態度になるのかもしれないが……）

マリーアを『側妃』や『愛妾』にするつもりなら、シャーロットは粛々と受け入れるだろう。嫉妬すらせずに、淡々と。『好きにすればいい』とでも言うように。

ハロルドがよく漏らしている言葉がある。『シャーロットは可愛げのない女だ』と。

ハロルドは、シャーロットにその『可愛げ』とやらを見せて欲しいだけなのだ。

だからマリーアを侍《はべ》らせながらも、いつも彼女の様子を窺っている。

そして彼女が反応を示さない事にまたプライドが傷つき、余計に態度が悪化して……。

（……宰相閣下は様子見の判断だとはいえ、グウィンズ嬢の考えも聞いておかねばならないな）

クロードは、マリーアの件で直接、シャーロットに相談することにした。

「いいえ。特に私からはありません。きっと私が言わずとも殿下は弁《わきま》えてくださるでしょう」

「……そうですか？」

「ええ。ご納得いただけませんか？　クロード様」

「……少し。ご懸念があるのであれば、お聞きしておきたいのです」

「そう。でも、それこそ言うまでもない懸念ぐらいなのです」

「言うまでもない懸念、とは？」

「お戯れをされるのは良いのですけれど。節度のある付き合いをなさって欲しい。その程度の事です。ですが、そんな事はハロルド様も分かっているでしょう」

つまり学生の内にマリーアに手を出して身体《からだ》の関係を持つ、などという懸念だ。

そうなれば不味《まず》いだろう。ただの『二人の仲違《なかたが》いや喧嘩』程度では済まなくなるはずだ。

「……分かりました。一線を越える程でしたら、我々も殿下をお諫め致します」

「ええ。ありがとう。信頼していますよ。クロード様」

やはり判断は様子見のまま、変わらない。

それで何も問題はない。……はず、だった。だが事態は変化していく。

シャーロットに対する悪評が広まり始めたのだ。

今までハロルドに立てられていた悪評は、だんだんと王家公認の『純愛』の評へと変わっていた。

その代わりにシャーロットが『悪役』として立てられ始めて。

この時になって、クロードは噂の否定に奔走し始めた。

シャーロットの評価が落ちるのは不味い、とクロードは思う。

それでは王宮や宰相が考えていた、将来の王妃と王の在り方が破綻してしまう。

『優秀な王妃に支えられた、凡庸だが優しい王』としなければならなかった。

そうあってこそ、将来のレノク王国は安泰なのだから、と。

だが、まるで今まで激流を堰《せ》き止めていた『蓋』のようなモノが外れてしまったかのように。

シャーロットの悪評は爆発的に広まっていった。

「何故《なぜ》そんな根も葉もない噂を流す？　グウィンズ嬢は侯爵令嬢だぞ。相手を考えろ」

クロードは悪評を立てていた者を止めつつ、その理由を聞いた。

「……その。私が言い出した事じゃなくて」

「では誰から聞いたのだ。今の話を」

「ええと、誰だったかしら……」

誰から、ではなく。誰からともなく。これが厄介なのだとクロードは頭を抱える。

それこそ噂を流す黒幕のような者が居れば話は早かったのだが、どうもそうではないらしい。

ハロルドについての噂ではなく、シャーロットについての話だからか。

ここまで彼女の悪評についての話が盛り上がり、広まってしまっている。

完璧な淑女のシャーロット・グウィンズ。曇りなき白の華。純白のドレスが如《ごと》く。

だからこそ一点の染みが目立ち、皆がこぞって騒ぎ立てた。

『彼女だって自分たちと同じ人間だったのだ』と。彼女だからこそ、穢《けが》したくなる。

嫉妬なのか何なのかさえ分からない人々の感情の激流。

人によっては『裏切られた』とでも言いたげな態度すら示した。

綺麗《きれい》な『偶像』を求めていた彼女に、人間らしい醜い部分を見たのだと燃え上がるように。

完璧さこそが仇《あだ》となる形で、彼女の悪評は広まっていった。

そして騒ぎを収め切らない内に、とうとう最悪の結果へと辿《たど》り着いて。

（まずい、まずい、まずい！　レノク王国にはグウィンズ嬢が必要なんだ！）

だから、すぐにこの問題を最小限に抑え、宰相や国王陛下のご判断を――

そこでクロードの『記憶』は途切れた。問題を抑え込もうとして。

いや、何事も……問題などなくなったのだ。

◇◆◇

パーティー会場で起きた光事件から数日。クロードはハロルドの執務室に居た。

「最近は、なぜか忙しいな……」

「そうですね。俺も手伝います。ハロルド殿下、共に頑張りましょう」

ハロルドの『評価』について。最近、王宮では揺れていた。

クロードを含めたハロルドの側近や、王家の影。宰相に大臣たち。国王に王妃。

皆でハロルドの『良い評判』を今まで作り上げてきた。

ハロルドが何かを成し遂げたワケでない場面でも『ハロルド殿下は素晴らしい』と噂を立てて、彼の評価を底上げしてきたのだ。今までそうしてきた場面は多くあり、ハロルド以外の者が立てた功績であっても時にハロルドの評価として扱う事もしてきた。

ハロルドは、未来の国王だから。それぐらいの評判の嵩増《かさま》し工作は必要だろう、と。

それらの工作は、彼らが今まで『ずっとしてきた事』だった。

しかし、最近になって王宮内でもハロルドの評価に対する工作が見直され始めているらしい。

ハロルドの『実態』に反して、過剰な評価を受け続けること。

それがハロルドのプレッシャーになってしまっていたからだ。

だから、そういった工作は止《や》め、ありのままの彼の評価を広めるように方針転換した。

（最近の忙しさは、この方針転換の影響かもしれないな……）

王宮内でも『以前聞こえた評判ほど優秀ではない』と言われ始めたハロルドだが、クロードからしてみれば『目立った問題を起こさずにいられること』は十分に優秀さの証と言える。

そうなると、やはり有力な家門から『未来の王妃』を見つけられなかった事は手痛い。

とはいえ、それも含めて国の上層部が決めた判断だ。

クロードが、その判断の是非を問うことなどなかった。

そうして今日もまた、クロードはハロルドについての報告を宰相に上げる。

「殿下の学園での態度は上々。レント男爵令嬢に入れあげていましたが、最近は政務で時間が取られており、彼女への熱も冷めているご様子です」

「そうか……。やはり『妃《きさき》』に据えるのは無理な令嬢だな」

淡々と。クロードは、いつもと変わらない日常を過ごした。

王族の側近として緊張感はありつつも大きな事件のない毎日。

クロードの世界は、以前と何も変わらないのだ。何ひとつだって。

「ああ。そうだ。グウィンズ侯爵家の内偵が終わったからな。殿下の護衛に人手を回せるぞ」

「グウィンズ侯の内偵ですか？」

「ああ、喜べ。殿下に付けられる人員が多くなったから、お前の休みも増えるぞ。クロード」

「はは。そうですか。それは喜ぶべき事、ですかね？　しかし、内偵とは？」

「グヴィンズ侯が縁戚から取った養子の調査が終わったのだ。いや、筆頭侯爵家とはいえ、今まで優秀な人材を多くグヴィンズ家に使い過ぎだったと陛下に怒られたよ」

グヴィンズ侯爵家に今、特に注目すべきことなどあっただろうか、と。

クロードは首を傾《かし》げ、思案に耽《ふけ》るが何も思い至らなかった。

「人手不足だった問題もこれで賄えるようになる。なにせ王家の影まで動かしていたからな」

「影まで？　何か問題のある男だったのでしょうか？　グヴィンズ家の養子は」

「いや、そういう報告は上がっていない。グヴィンズ侯の意向に素直に従う男だとさ。……ああ、最近になって婚約者を溺愛する素振りを見せるようになったとか。どこまで続くか分からんがな」

筆頭侯爵家に養子として迎えられた男。当初は婚約者に対して冷淡な態度だったらしい。

だが、ようやく身の程を知ったのだろう。侯爵がその気になれば縁を切られるだけの男だ。

その侯爵が決めた婚約者相手に無礼な態度を取るなどお笑い草だとクロードは考えた。

王家の影まで動員した、グヴィンズ家の『子供』への人員配置は、それで終わった。

「では、宰相閣下。自分はこれで」

「ああ、また何かあれば報告に来るように」

クロードの日常は、何一つ変わらなかった。彼は何も失ってなどいないのだ。

今まで通りに。変わらず。クロードは生きていく。

……何も変わらない。ただ、それだけのことだった。

7『妥協の幸せ』――マリーア・レント

マリーア・レントへ抱いた私の最初の想《おも》いは、健気《けなげ》に頑張っているな、というものだった。

まず彼女は学園にも馴染《なじ》めていなかった。それも仕方のない話。

一年前までは平民として市井で暮らし、庶子として貴族になった後で一年間の教育の詰め込み。

それだけを武器に彼女は王立学園の三学年へ中途入学した。

男爵家であり、爵位による優位性もなければ、家同士の繋《つな》がりによる支援もない。

せめて寄親《よりおや》に令嬢が居て彼女を導くのならまだしも、と。

灰色の髪は、貴族令嬢としては短く、市井で暮らしてきた事を思わせる。

マゼンタの瞳は澄んでいて、容姿は整っていると思うけれど……それだけでは、と。

置かれた環境の悪さからあまり顔色も良くはなく、生来の魅力を損なっているように感じた。

マリーア・レントは父親からは何も与えられていない。すべて押し付けられただけで。

けれど彼女は、それですべてを投げ出していたワケではなかった。

彼女なりに真剣に、学園での学びを何とか身に着けようとする気概を感じたのだ。

だから私は、健気に頑張っている彼女に声を掛ける事にした。

そうして私は、マリーアさんの手を取り、彼女を助けることにする。

まずは基本的なことから。彼女の中で形になっていなかった勉学の基礎。

そして学園での振る舞い。足りていなかった令嬢としての振る舞いを指導した事もある。

マリーアさんは聡明《そうめい》だ。あくまで学び始めるのが遅かっただけで学業の理解は早いと思う。

レント男爵は、娘の能力が高いからこそ『まだ間に合う』と思ったのかもしれない。

だからこそ急ぎ、そして彼女を追い詰めてしまったのだろう。

貴族令嬢として引き取る時期がもう数年も早ければ、私の助けがなくとも令嬢として立っていられただろうと思った。

「シャーロット様っ。こちらが分からないんですけど……」

「見せてください。ああ、そこはですね」

侯爵令嬢と男爵令嬢が仲良く並んで学んでいる姿は、周囲の人間をとても驚かせていた。

そんな反応も悪くないと思った。私は……彼女のこと、嫌いではないと思っている。

彼女を友人だと思っていたのだ。たとえ二人の間に爵位の差があったとしても。

だけど。そう思っていたのは、きっと私だけだったのだろう。

だってマリーアさんは私の信頼を裏切ったのだから。……彼女が求める『幸せ』のために。

◇◆◇

「貴方《あなた》がマリーア・レントさん？」

「え？　は、はい……。そうですが。貴方は……」

「はじめまして。私はシャーロット・グウィンズです。良ければ私と話をしませんか？」

マリーアが王立学園の図書館で一人で勉強をしている時。

黒い髪に紫水晶《アメジスト》のような紫色の瞳をした女子生徒に話し掛けられた。

気品を感じさせる佇《たたず》まいの令嬢。振る舞いから高位の令嬢だとマリーアにさえ理解できる。

それがシャーロットとマリーアの出会いだった。

マリーア・レントは自身が貴族令嬢となった実感を未《いま》だに持てていない。

母親がレント男爵の屋敷でメイドとして働いていた時に男爵と通じ、生まれた子が彼女だ。

令嬢とは名ばかりの庶子。それも一年前に自身の出生を初めて知り、貴族になる心構えも持てぬまま、男爵家に引き取られたのが実態だった。

初めて会った父親は、マリーアとその母を愛しているから求めたワケではない。

男爵夫人が病に倒れて亡くなった後。男爵は、かつて通じた女を思い出し、マリーアごと引き取った。平民の中でも貧しい生活をしていた母娘には男爵の提案を断る事は出来なかった。

男爵夫人が亡くなる前に生んでいた異母兄もおり、レント男爵位は異母兄が継ぐ。

レント男爵が彼女を引き取ったのは……ひとえに政略のため。それだけなのだろう。

衣食住は平民の時よりも裕福に。王立学園へ通うことになり、学ぶ機会を得たマリーア。

しかし、その機会はマリーアが自ら望んだことではなく、彼女には辛《つら》い時間が待っていた。

彼女が学園で『共に学ぶ誰か』を作るのはとても難しい事だったのだ。

ただでさえ中途半端な時期に入学した人間。生まれた時から貴族令嬢だった周囲の女子生徒たちとは違う庶子。周囲の目は彼女にとても冷ややかで、隔たり、疎外感を感じる日々。

横の繋がりさえマリーアは作れず。必死に、ただ詰め込むだけの学びの日々を過ごした。

ここに居ることが場違いなのだと突きつけられ続けるような学園生活。

今までは『比べる相手』が居なかったから。自身が男爵令嬢になったと聞いて実感はなくとも、どこか特別な『高貴な存在』にでもなったような期待がマリーアの心のどこかにはあった。

しかし、今のマリーアには『比べる相手』となる沢山の令嬢たちがいる。

振る舞いや美しさ、けしてマリーアが及ばない学力を示す彼女たちを見ながら、至らぬ己自身と彼女たちを比べる。そんな日々はマリーアをとても惨めな気分にさせた。

「……これから頑張って。それでどうなるの？　お父様は私に政略結婚をさせるつもりで……」

そう考えて『怖い』と彼女は思う。マリーアには政略結婚というものが理解できなかった。

マリーアにとってレント男爵の妻になった母は、幸せには見えないまま。愛のない結婚だった。

だがマリーアの知る市井では、愛のある結婚こそがありふれているもの。

そして彼女は、そのような愛ある結婚に憧れていた。だから。

相手を知らずに、恋する事もなく、誰かの妻になる『愛のない政略結婚』を、貴族令嬢の端くれになってしまったマリーアは何よりも恐ろしく感じていたのだ。

そんな不安と窮屈さを抱える中でマリーアが出会ったのがシャーロットだった。

シャーロットを一目見て、マリーアの中で曖昧だった『貴族令嬢』のイメージが固まる。

彼女こそが『淑女』なのだと。マリーアはシャーロットが持つ存在感に見惚《みほ》れ、想った。

(私、こういう人になりたいな……)

マリーアの中に自然とそんな感情が芽生える。彼女にとって、とても衝撃的な出会いだった。

「急に話し掛けたりして、ご迷惑でしたか?」

「い、いえ! ですがどうして、私と?」

「貴方の噂《うわさ》が耳に入ったの。この時期に学園へ入る事になるだなんて大変だったでしょう。まだ、あまり学園に馴染めていないのではないですか? それに学業面も困っている様子ですね」

「それは……その。はい……」

「この王立学園は、貴族の学力の底上げをする事が本来の目的の場所。今は辛いかもしれないですが、一番に引き上げられなければいけないのはマリーアさんのように困っている人です」

「……私のように?」

「はい。だから、マリーアさん。しばらく私と一緒に過ごしませんか?」

「え、ええ? 私と、シャーロット様……が?」

「ええ。私が貴方の助けになります」

「どうして……ですか? 何故《なぜ》、私を助けて……?」

「誰だって一人だけでは頑張れません。だから私、貴方の事を聞いて気になっていたの。そうして貴方が学園へ入学してから時間が経《た》っても困っている様子だと聞きました。だから、どうしても声を掛けずにいられなかった。お節介で迷惑だったとしても。私がそうしたかったから、ですね」

マリーアの目にじわりと涙が溜《た》まる。学園に来てから、ここまで優しく彼女に声を掛け、助けになってくれるとマリーアに言った者など、今まで居なかったのだ。

「お節介でも、いい？　マリーアさん。貴方と仲良くなっても」

「はい……はい……！　シャーロット様！」

その日からシャーロットはマリーアに目を掛けるようになり、二人は交流を重ねていく。

初歩的な事や学園のルール。現在の学力に合わせた勉強の見直し。令嬢としてのマナー。

学園で暮らす貴族令嬢の一人として、基礎となることをシャーロットは教え、導いていった。

「あとは難しいけれど貴族には派閥といった問題があるの。爵位だけの問題じゃないというのが難しいところね。敬語やマナーを重んじるのは誰が相手でも隙を見せないためで……」

学業の次は貴族間の関係性。ただ詰め込まれるよりも、実践的な学びの日々はマリーアの生活を充実させた。学業だけではなく、シャーロットが彼女の話によく耳を傾けた事も大きいだろう。

マリーアが市井で過ごしてきた日々、母との暮らしや友人関係。マリーアが経験してきた市井の話を、シャーロットはいつも興味深く聞いていた。

「あの。シャーロット様。どうして私にここまでしてくださるんでしょう？　私、たくさん貴方に与えられているのに、貴方に返せるモノが何もありません……」

「……すべてが貴方のためではないの。貴方に声を掛けたのは、ただの私の我儘《わがまま》だから」

「シャーロット様の我儘、ですか？」

穏やかな表情をいつも崩さないシャーロットだが、その時の表情には、どこか陰りが見えた。

「マリーアさんとお喋《しゃべ》りするのはとても楽しいの。私の知らない事、知らない世界を聞けた。貴方の世界を知る事で私も、どこか救われていて。だから助け合えていると思って欲しい」

シャーロットの言葉にマリーアは首を傾《かし》げる。彼女の言葉の真意は理解できていない。

ただ、感じるのはシャーロットが自分の事を『友人』だと思って接していること。

爵位の差があったとしても、だ。マリーアは、その事に誇らしい気持ちを覚えた。

「シャーロット様。あら。そちらの方は？　初めて見ますけれど」

色の薄い金髪をした女子生徒が、マリーアの隣に居たシャーロットに話し掛けてくる。

「シーメル様。こちら、マリーアさん。レント男爵家のご令嬢よ」

「まぁ。……あの？」

「マリーアさん。こちらシーメル様。クトゥン伯爵家のご息女、シーメル・クトゥン様よ」

「は、はい。シ……えと。クトゥン伯爵令嬢。私はレント男爵家のマリーアです」

ぎこちない礼をしながらマリーアは挨拶をする。まだ、作法は未熟なまま。

シーメルのマリーアを見る視線は冷ややかで、至らぬ作法を咎《とが》めるかのようだった。

「ふぅん。最近、シャーロット様が戯《たわむ》れに男爵令嬢を愛《め》でていらっしゃると聞いたけれど。貴方がそうなのね」

「シーメル様。今日はどうされたの？」

シャーロットは表情を崩さないまま、マリーアに向けるものと全く変わらない微笑《ほほえ》みでシーメルに尋ねる。そんな、シャーロットの変わらぬ微笑みにマリーアは不安を覚えてしまった。

（友人のように感じているのは私の方だけで。シャーロット様にとっては、こうして浮かべる表情や態度のように、誰であっても等しく『同じ』なのかも……）

彼女に見捨てられれば、また孤独な日々に戻ってしまうだろうとマリーアは想像してしまう。

「そんなことより、シャーロット様。交流会の準備が出来ましたの。最近、時間が取れなかったもの。皆さん、貴方をお待ちしていますわ。うふふ」

学園に通う令嬢たちは学業の他に集まる場を自主的に設けている。それが交流会だ。

そういった集まりにマリーアが呼ばれることはない。

シャーロットに置いていかれたら、と。捨てられるような怯《おび》えた表情をマリーアは浮かべる。

けれど、シャーロットは変わらない穏やかな表情のままでマリーアを見つめ返した。

「マリーアさんもご一緒にお連れしても良い？」

「……！」

（きっと私を誘うのを悩まれたはず。だって、私が参加しても邪魔になるだけだもの。だけど）

それでも掛けられた言葉をマリーアは、とても嬉《うれ》しく思った。

「……あら。そうですの。ふふ。流石《さすが》、シャーロット様ですわ。いつも誰にでもお優しいの。流石は『完璧な淑女』ですわね。ふふふ」

マリーアは学園生活に少しずつ色が加わるような気分で過ごしていた。

大変だけれどそれでも頑張っていける。そう思えるようになったのはシャーロットのお陰だ。

だから、マリーアは抱えていた不安を彼女に打ち明ける事にした。

「シャーロット様。実は……私、怖いんです。貴族の、政略結婚、というのが」

「……政略結婚が？　怖い、ですか？」

ずっと抱いていたこの不安を打ち明ければ。シャーロットならば。

何か解決する術《すべ》を知っているのではないかとマリーアは期待し、告白したのだ。

「だって。愛のない政略結婚なんて、私すごく怖いです。好きでもない男性と結婚して、その子供を産むだなんて！　私、嫌で嫌でたまらないんです！　そんなの、そんなの、絶対に嫌……！」

きっと、シャーロットならば理解してくれるはず。マリーアはそう思った。

「……そうね。そう、不安に思う気持ちは……誰だって一緒よ。ええ」

「そうですよね！　一体どうすればいいんでしょうか？　私は結婚するのなら、好きな人とがいいんです。どうしても、これだけは……」

それだけはどうしても譲りたくないとマリーアは思う。

貴族にさせられ、望まぬ学園に通う事になり、厳しい教育に耐えて何とか日々を過ごして。

困難を乗り越え、ここまで頑張っているのだから。せめて愛する相手と結ばれたい。

それぐらいは許されるだろう、と。

「……家によって方針が違うものだから。レント男爵の意向によると思うわ」

「お父様はきっと許してくださらないです。シャーロット様……私、どうすればいいですか」

期待の目を向けるマリーア。しかし、シャーロットはすぐに適切な答えを返さない。

その事にマリーアは少なからずショックを受けた。

（どうして……？　シャーロット様なら救ってくださると思ったのに）

そうして、お互いに話す言葉が途切れたタイミングで。

「シャーロット。その子は誰だ？」

「……ハロルド様」

そこに訪れたのは、マリーアにとっての『王子様』だった。

彼の身分をすぐに見抜いたワケではない。ただキラキラと輝くような、美しい男性で。

まさに物語から出てきたような、そういう意味での『王子様』だ。

マリーアは一目見ただけのその男性へ、恋に落ちていた。

……その男性が一体、『誰の』婚約者かなど知らないまま。


「はぁ……ハロルド様……」

彼女は許されない恋をした。相手は物語から飛び出してきたように素敵な男性。この国の王子。

だが、マリーアは恋に落ちた日に失恋する事が決まった。王子と彼女には、あまりにも大きな壁がある。何故なら彼の婚約者はシャーロット・グウィンズなのだから。

（こんなの……。こんなのってないわ）

失うのなら好きになりたくなかった、と。ときめいてしまった心さえマリーアは恨めしく思う。

マリーアが知る中で一番、素晴らしい女性が相手。勝ち目なんてない、恋。

（シャーロット様は素晴らしくて誰にでも優しくて。だから私みたいな女を助けてくれて……）

確かに感じていた『友人』としての気持ちも、シャーロットにとっては情けをかけるような戯れに過ぎないことだと。高位の令嬢たちが諭してくる。しつこい程に、何度も、何度も。

（そんな事……言われなくたって、分かっているのに）

知っている。分かっている。身の程を知れと、自分だって思っている。

令嬢たちは笑顔で話し掛けてくるのに、マリーアは彼女たちを好きにはなれなかった。

いつだって、その言葉の先に今の自分の在り方を貶《おとし》めるような何かがある気がして。

それを否定したり、庇《かば》ってくれたりしてくれるのは、いつだってシャーロットだけだった。

だけど。だからこそ、マリーアは。シャーロットに庇われる度に……惨めな気分になる。

彼女が居なければ己など吹けば飛ぶような存在に過ぎず。

マリーアはシャーロットのようになりたかった。もしも、そうなれたなら、と。自身と彼女を見比べて、惨めさに耐えられなくなる。どんなに努力したって覆せない、生まれながらの差。

感謝する気持ちがある一方でどうしようもなく、そうでない自分を惨めにさせる大きな光。

（私は……これから先も、いつまでもシャーロット様を見上げて生きるのかな）

羨ましいと憧れの気持ちで。そして隣に立つハロルドが彼女を愛《いと》おし気に見つめる姿を。

届くはずもない恋。敵《かな》うワケのない相手。そんな気持ちを抱《いだ》きながら。

（そうして私に待つ未来は？　愛情すらも抱かない、見知らぬ誰かとの政略結婚……？）

マリーアの頭の中には、モヤモヤと黒い煙で描かれた漠然とした男性像が浮かび上がる。

好きでもない、望んでもいない相手に嫁ぐ、自分。

自分が好きな相手は違うのだと心の中で叫びながら……その誰かに身体《からだ》を委ねて。

（嫌……！　嫌だ……。嫌。嫌……）

どうして自分は貴族なのだろう、と。マリーアは思う。だって自分は平民で良かった。

なぜ生まれながら貴族として育った女性たちと自分は違うのか。

貴族としての義務？　その義務を果たさなければならない程の恩恵を自分は受けていない。

だから貴族としての『義務』など自身に関係あるはずがない。

義務を果たして欲しいのなら、もっと早くに自分を引き取るべきだっただろう、と。

（だって、そうしていたら。私が生まれながらの貴族令嬢だったなら。政略結婚だって、当然の事として受け入れられてしまえたんでしょう？　シャーロット様みたいに！）

貴族令嬢たちが自分と同じ人間だと思えなかった。なぜ平然と政略結婚を受け入れられるのか。

好きでもない相手と、どうして結婚なんて出来るのか。どうして。

（どうして私はシャーロット様のように生まれてこなかったんだろう……）

涙が零《こぼ》れる。溢《あふ》れた感情はハロルドへの思慕と、シャーロットへの『嫉妬心』だった。

彼女の立場に生まれていたなら、彼の瞳は自身に向けられていたかもしれないのに、と。

何故、自分はこんなにも惨めなのか。この先、一生こんな思いで生きていくのか……。

（嫌だ。嫌。嫌……）

苦しい日々が続いた。なんとか表面上だけは取り繕う日々を過ごすマリーア。

シャーロットへの嫉妬心を抱えながら、なおもハロルドから目が離せなくなる。

「やぁ、シャーロット。それからレント嬢」

「ごきげんよう、ハロルド様」

「ハロルド様っ……い、いえ、で、殿下」

シャーロットに会いに来たハロルドは、マリーアも居る同じ席に着き、微笑みを浮かべた。

ここでもまたシャーロットとの繋がりを理由に愛しい人と顔を合わせて。

彼女がいるから、彼女がいなければ、とマリーアの激情が胸の内に渦巻いていく。

何度も何度もハロルドと目が合って。その度にマリーアの胸には切ない想いが募っていった。

「……マリーアさん」

「は、はい。シャーロット様？」

「いえ。大丈夫？　体調が優れないように見えたけれど」

「え？　は、はい。大丈夫……です」

シャーロットに聞かせた事のある平民としての話を、ハロルドもまた興味深く聞いた。

マリーアの視線はずっと彼に注がれたまま。口に出す言葉もすべてハロルドへ向けている。

「………」

気遣うシャーロットの言葉には取り合わず、ハロルドへ向けてのみ話し続けるマリーア。

シャーロットの口数が少なくなっていた事に、この時のマリーアは気付かなかった。

（ああ、ハロルド様……お慕いしています）

ハロルドと話す機会が増える度にマリーアの気持ちは膨らむばかりだ。

そうして気持ちが膨らむ程に、そのありえない恋に苦しむ日々が続く。

どうして、自分は。何故。シャーロットが羨ましい。シャーロットのようになりたい。

(私は。私は。彼女の立場になれるのなら……何だってするのに)

苦しさは、いつまでも続いて。そんな、ある日。

『――マリーア・レント。貴方の願いを叶《かな》えたい？』

「えっ……だ、誰!?」

学園に用意された女子寮、その内のマリーアに与えられた小さな個室の中で。

マリーアは一人で過ごしていたはずだ。部屋の扉は、やはり閉まっている。なのに。

マリーアは部屋の中を見回すが、どこにも人の姿は見えず、その気配はない。

『鏡よ。鏡を見てみなさい？』

「か、鏡……？」

恐る恐る、マリーアは部屋に備え付けられている鏡の前に移動する。

『ふふ。はじめまして。マリーア・レント。【灰色の乙女】のマリーア』

「きゃあっ！」

その鏡は、マリーアの部屋やマリーアの姿を映し出してはいなかった。

まるでそこに『穴』があるかのように、別の光景を映し出している。

鏡の向こうには仮面を着けた女性が見えた。先程、部屋で聞こえた声は彼女が出したのだ。

『驚いたでしょう？　これはね。【鏡の魔法】を使って貴方に話し掛けているのよ』

「か、鏡の……魔法？　魔法使い……なんですか？　貴方は……？」

『ふふ、ええ、そうよ。マリーア・レント。『この世界』の主人公な、貴方』

「な、何をおっしゃっているんですか？」

『主人公、と聞いて何か心当たりは思い浮かばない？』

「あ、ありません。けど……」

『……ふーん。私が【灰色の乙女】のことを知っている、と言っても？』

「灰色の、乙女？　ですか？　は、はい。よく分かりません……」

『……そう。じゃあ、貴方は本物のマリーアなのね。じゃあ一つ、聞いてもいい？』

「本物って。は、はい。ど、どうぞ……？」

『シャーロット・グウィンズは、貴方に意地悪をするかしら？』

鏡の向こうの女……魔女から予期せぬ名前を告げられ、マリーアは驚いた。

「い、意地悪ですか？　いいえ。私はシャーロット様にそんな事、された事はありません」

『そう？　じゃあ、そっちは可能性あるのね？　でも、それにしてはねぇ？　ふふ』

『いいえ。こっちの話。ねぇ、マリーア。本物のマリーア・レント』

「な、何でしょうか？」

「は、はい……？」

『貴方は今、ハロルド王子に恋をしている？』

「えっ!? な、なぜ……。どうして？ その事を、知って」

『ああ。その気持ちは抱いているのね？ ふふ。じゃあ、きっと上手《うま》くいくわ』

「え……。……うまく、いく？」

『マリーア。貴方はハロルド王子と結ばれるわ。だって、そういう運命だから』

ドクン、とマリーアの心臓が早鐘を打つ。その言葉に惹《ひ》きつけられたのだ。

魔女が急に目の前に現れて、自身の気持ちを暴き、そして宣告する運命なんて、と。

「何をおっしゃっているんですか！ だってハロルド様は……シャーロット様と！」

その先の言葉は言いたくなかった。何度もその事実に打ちのめされてきたからだ。

『ふふ。それなら問題ないのよ』

「問題ない……？」

『シャーロットの運命の相手はハロルド王子じゃあないから』

「運命の相手、って……。ど、どういう、意味……ですか？」

『気にしなくていいの。いいえ。気にして貰《もら》っては困るわ。シャーロットはね。別の国の王太子殿下と結ばれる運命にある女だから。だから、むしろ貴方にはハロルドと結ばれて貰わないと困るの』

鏡の向こうの魔女の存在は現実的ではなかった。魔女の言葉の意味がマリーアは理解できない。

だが、その言葉の端々にはマリーアの求めた『救い』があった。

『シャーロットはハロルドと別れても、別口で幸せになる運命なの。少し変わった形でね』

（シャーロット様とハロルド様が……別れる？　本当に？　そんな事がもしあるのなら……）

『……本当に、貴方はただのマリーアなのね』

「ただの？　一体、何の話をされているのですか」

『……うん。あのね。マリーア。シャーロットの運命の相手は、その国には居ないの。だから貴方は彼女をレノク王国から国外追放しなくちゃいけないわ。シャーロットのために』

「えっ!?　こ、国外……追放!?」

『マリーア。貴方は私の言う通りにしなさい？　そうしたら、きっと貴方は手に入れられる。貴方の運命の相手を。シャーロットに気兼ねする必要もないのよ？　彼女には別の運命の相手が既に居るんだから。むしろ、彼女のためには、貴方は私の言う通りにした方がいい』

信じられない言葉の数々だ。すべてが悪夢のような体験。

だが、その日からマリーアは鏡の向こうに居る魔女と話を繰り返して。

そうして『運命』をなぞっていった。鏡の魔女に導かれるままに……。


マリーアとハロルドは言葉を重ね、逢瀬《おうせ》を重ねていく。学園の外へも共に出掛けて。

「ハロルド様は、いつも、お優しいですね」

「はは。マリーアがいつも頑張っているからだよ」

マリーアには、他の令嬢たちへの劣等感、コンプレックスがあった。

未熟な自分。貴族になりきれない自分。……シャーロットのようには、なれない自分。

だが、ハロルドはマリーアのありのままの姿を肯定してくれた。至らなくても構わない、と。

未熟なまま、シャーロットのようにならなくたっていいのだ、と。

その優しさに救われ、マリーアは、よりハロルドを好きになっていった。

マリーアは、ハロルドに心を救われたのだ。そうして二人の距離は近くなっていく。

……同時にシャーロットの悪評が広まっていった。マリーアが噂を広めたワケではない。

ただ、口を閉ざしていただけ。広まるシャーロットの悪評を否定せず、沈黙し続けた。

何もせずに黙っていれば、ハロルドはマリーアのことを見てくれる、と。

ハロルドと自分が結ばれる未来だって、ありえる。だって鏡の魔女がそう予言したのだ。

ならば、そう。これはシャーロットのためでもあるのだ、と。

(魔女の言葉は本当。シャーロット様にはハロルド様以外に運命の相手が居るのよ。だから)

だったら。自分がハロルドと結ばれたっていいはずだ、と。すべてが魔女の言う通りに。

「……魔女様。これで本当にシャーロット様は……幸せになりますか?」

『ええ。ずっと彼のそばで暮らしましたってお話で終わりになるわ。束縛が強い愛だってあるの。

幸せの形は人それぞれでしょう? 『彼』がシャーロットを愛しているのは本当のことだもの』

魔女は、すべてを話しているのではないとマリーアは気付いていた。

灰色の乙女と自分を呼ぶけれど、それがどういう意味かも答えはないまま。

ただ、シャーロットは『悪役』であり、同時に幸せを攫《つか》む人物でもあるのだ、と。

だからマリーアは気にしなくていい。そう言い聞かされた。

このまま運命の通りに。このまま。このまま。そうすれば。そうすれば……必ず。

(私はハロルド様と結ばれる……!)

そのためなら、きっと何だってしなくてはいけない。この恋のためならば。幸せになるために。

マリーアは魔女の言葉に従い、そして『運命』に従った。そうすれば、皆が幸せになれると言われて。そう、幸せになれるはずだ。シャーロットだって幸せを掴めるのだから、と。

そう信じて。マリーアはパーティー会場でハロルドの隣に立つ。すべて『運命』の通りに。

ハロルドがシャーロットに婚約破棄を突きつけ、そして国外追放を言い渡すのだ。

やがてシャーロットは違う国の王太子と出会い、恋に落ちる。そうして彼の妃《きさき》になって。

だから、ハロルドとの関係がなくなったとしても、彼女だって幸せになれる。

それがシャーロットの幸せ。……だから、自分は悪くなど、なくて。

それが運命。皆が幸せになれる形。自分もシャーロットも幸せになれる、最高の。

これは、そういう物語。魔女が予言した結末。あるべきストーリー。

…………そのはずだった。

(……え?)

シャーロットは、マリーアの知らない事を告げ始める。彼女は予言にない言葉を紡いだ。

(記憶の魔法? そんな事は魔女様から聞いていないわ。え? 私、魔女様に騙《だま》された? え?)

違う。何かが違う。間違っている。

それは、それは……魔女の語った『運命』とは違う結末。

（どうして!?　どうして、どうして！　このままじゃおかしくなる！　全部がおかしくなる！　『運命』の通りにならないだなんて！　いけない、だって！　そしたらシャーロット様は！）

マリーアの頭の中は、ぐるぐると混乱して、まともに思考が出来なくなった。

だって、このままではすべてが。シャーロットだって『運命』の相手と出会えなくなるのだ。

魔女は別の国の『王太子』が運命の相手だと言っていた。これから出会うのだと。

（だったらシャーロット様は『王子妃教育の記憶』を失っていいワケがない！）

マリーアにも分かっていた。未来の王妃となるための教育をシャーロットは受けてきたのだ。

その知識があるからこそ、どこかの国の王太子と彼女が結ばれる運命があるのだと。

だが、その記憶さえシャーロットが失ってしまったら？　運命の通りには……絶対にならない。

（だめ、ダメ、ダメ！　それじゃあ！）

シャーロットの【記憶魔法】は、まるで運命のすべてを拒絶するようなモノだった。

「シャーロット様――!!」

彼女が『運命』を知っていたのか、知らなかったのか。知っていて、なお拒絶したのか。

マリーアは、そこでシャーロットを止めるべきだった。止めなければいけなかった。

だが彼女の言葉は間に合わず、すべては光の中に――

◇◆◇

光に包まれたパーティー会場。様々な不安、恐れ、そして期待に満ちた夜だった。

ハロルドは別れ際にも優しくマリーアに声を掛け、夢のようなパーティーの夜は終わった。

きっと会場を包み込んだ光も、パーティーを盛り上げるための王家の演出だったのだろう。

素敵だったパーティーを終えて、マリーアは学園の女子寮にある自身の部屋へ戻る。

「はぁ……。そうだ。上手くいったんだって教えてあげなくちゃ、……？　あれ？」

何を。誰に？　マリーアは首を傾げた。

ふわふわとした気分で終わった素敵な夜。何一つだって問題は起きなかった。

本当に、直前まで感じていた不安が嘘《うそ》のように消えていって。

マリーアは今夜。今夜、ハロルドと結ばれる運命だった。

「あれ……」

結ばれていない。ハロルドと仲良くは出来た。出来たけれど。

「あれ……？」

ハロルドがもっと決定的な言葉を告げる予定で。だから、そうしたら彼女は、この部屋にだって今夜は戻ってこないはずだった。今夜が終われば何もかもが上手くいく確信を持っていたのだ。

だからこそ不安で一杯だった。……はず、なのに。

（……何も、変わらなかった？）

劇的な変化など、何一つ起きない夜だった。ハロルドから愛の告白の言葉も聞けなかった。

マリーアを婚約者に据える、なんて望んだ言葉も聞かされていない。

（どうして？）

何が『どうして』なのだろう。自分は、なぜ、何を、確信していたのか。

たしかにパーティーでハロルドに丁寧に扱っては貰えた。それは嬉しい。だが……だが。

（でも。そうよ。私、最近は皆からも応援して貰えていた。運命の恋だって、そう皆から祝福されていて……。そうよ。そう。私たちは祝福して貰えている。……だから）

だから頑張らなくてはいけない。今まで思わなかった事、目を背けていた事をマリーアは思う。

（大丈夫。頑張れる。だって私はハロルド様の隣に立てるから。だから努力しなくちゃダメ）

どこから溢れてくるのかも分からない自信が、マリーアを今までの彼女から変化させていた。

その日からマリーアは学業により精を出し始める。

今までは焦燥感を抱えながらハロルドと何度も会い、逢瀬を重ねてきたけれど。

腰を落ち着けて学業に取り組もう、と。貴族令嬢としての矜持《きょうじ》や誇り、とは少し違う。

だが似たようなものだ。マリーアには『なりたい貴族令嬢』という姿が漠然とあった。

そんな『理想の姿』の令嬢となれるよう、マリーアは努力を始める。

……だって『ハロルドの婚約者』ならば、そうすべきなのだ。学ばなければならない。

それは、ハロルドと逢瀬を重ねるよりもマリーアにとって大事なことだった。

図書館で一人、机に向かって学園の勉強をこなしていく。そこで分からない事があって。

『こんな時は』とマリーアは顔を上げた。分からない事があれば聞けばいいのだ、と。

「……あれ？」

だが、彼女の隣には誰も座っていない。

「……何をしているの。自分で考えなくちゃ」

分からない所を他人に聞ければ楽だが、マリーアには頼れる人物は一人もいない。

だから当然、彼女は自分の力で理解を深めなくてはいけなかった。

勉学で躓《つまず》く度に分からない部分を『誰か』に聞こうと彼女は顔を上げてしまう。

（……何度も何をやっているの、私。もう癖になってしまっているわ……）

頼りに出来る者など一人もいないのだ。彼女に手を差し伸べる人物などいるはずがない。

（これまでだって頑張ってきたんだから。やれる。やるのよ。やらなくちゃ……私は）

学園に入ってから、しばらくは辛い日々だった。だが時間が経った頃、マリーアにも基礎が理解できるようになっていき、今では少しだけ勉強が楽しくもなってきたところだった。

マリーアの学力は上がり始めている。それは今まで一人で頑張ってきたから。

（でも、他人に甘える癖が……今まであったから）

そう。分からない事はいつだって誰かが教えてくれた。

伯爵令嬢であるシーメルや、彼女と同じグループで交流会を開いている令嬢たちに。

そんな彼女たちにマリーアは、いつもすぐに質問を繰り返してきたのだ。

（皆さんは優しく説明してくださって……。ハロルド様との仲だって応援して貰えたわ）

マリーアは考え続ける。学業にのめり込む。だって学び続けなければいけないから。

（でも……そう。頼るだけでは成長しなかった。だから、これからは）

もっと成績も上げられるだろう。そうしたらハロルドは褒めてくれるだろうか、と。

「……もっと、頑張ろう」

マリーアは愛しい人の顔を思い浮かべると、また机に向かった。


学業を進めながら日々を過ごし、ある日、ふとマリーアは気付く。

（最近、ハロルド様をお見掛けしていないわ。……どうして？）

まだ彼に恋をしている。そのときめきを忘れてはいない。……ただ不思議な事に。

マリーアは何かの『穴』を埋め合わせるように彼との逢瀬を忘れ、学業に身を入れていた。

（そうだ。最近、シーメル様の交流会にも参加していないわ……）

ハロルドとの逢瀬、そしてシーメルたちとの交流会。

その二つがなくなった事でマリーアは、自身の勉強の時間を多く取れるようになっていた。

元々、シーメルに誘われたから参加できていただけの交流会だ。

（苦手だったのよね、あの交流会。でも参加したくなかったワケじゃなくて……）

確かに行きたい、『隣に』座りたい、という思いをマリーアは抱いていた。

だが、今はむしろ、あの交流会に顔を出したくないとさえ思っている。

「どうして？……変なの」

ただ、このまま何も言わずに不参加を貫くのは、失礼な事かもしれないと思い、マリーアは学園の中でシーメルに会いに行く事にする。

「シーメル様」

「………」

久しぶりに会ったシーメルは、まるで魂が抜けたように生気のない顔をしていた。

「だ、大丈夫、ですか？　シーメル様」

生気、覇気のない表情。マリーアを見返す瞳にも光が宿っていない。

「貴方は……レント男爵家の女ね」

冷たい声。温度のない声。拒絶のようにも感じるが、やはり無気力のようで。

「あの、シーメル様？　体調を崩されているのですか？」

「……何か用かしら」

「あの。えっと。また『二人で』お話ししたいな、と」

「二人？……貴方と、私が？　なぜ……？」

「え。何故、って言われましても。いつ、も、いつも通り、に」

「……私が貴方と話をする理由はない、でしょう？」

「え？　で、ですが今まで沢山、私の話を聞いてくださって」

「……そんな事をした覚えはないわ」

（ええ？　シーメル様はどうしたの？　だって私たちはいつも。いつも？　あれ……？）

マリーアは混乱する。今まで彼女と重ねてきた言葉が思い浮かばない。だが、確かに、と。

「……もう行くわ。……もう私に話し掛けないで」

シーメルは、そのままマリーアを置いて離れていく。

その背中や歩き方にも、どこか魂が抜けたような儚《はかな》さを感じさせた。

（一体、シーメル様はどうなさったの？　体調が悪かったのかな。なら他の方にも伝えておこう）

疑問に思いつつも交流会の他の参加者たちを探し、シーメルの様子を伝える。だが。

「マリーアさん。貴方、私たちに馴《な》れ馴れしいのではなくて？」

彼女たちは冷然とした態度で返し、マリーアを驚かせた。

「シーメル様も私たちも立場というものがありますの。ですから馴れ馴れしくし過ぎるのは止《や》めていただけるかしら？　貴方は所詮、男爵令嬢に過ぎないのですし」

「え、あ……。は、はい。それは……申し訳ありません、でした」

マリーアは令嬢たちから返された冷たい態度に……どこか納得していた。自分たちは、こういう関係だったはずだ。ただ少しの間、違っただけで……。

それからまた数日が経った後。マリーアの下にハロルドの側近の一人、クロードが姿を見せた。

「レント嬢。私と来ていただけますか？」

「クロード様、どうされたのですか？」

「ハロルド殿下が貴方を呼んでいます」

「まぁ！　ハロルド様が！　はい！　すぐに行きます！」

マリーアは誘われた事を嬉しく思う。久しぶりに愛しい人と会える、と。

馬車に乗せられ、王宮へ向かうマリーア。初めて王宮に入ることに戸惑いを覚えてしまった。

「クロード様。良いのでしょうか。私なんかが王宮へ入っても」

クロードは彼女の疑問に首を傾げる。

「何を今さら。いつも貴方は……ん？　いや。初めて、王宮へ上がるのか？　レント嬢は……」

「え？　は、はい。そうですけど」

「そんなはずは……ある、のか？」

「クロード様？」

「いや。とにかく問題ない。今までだってそうだっただろう？」

今までなどマリーアの記憶にはない。互いに納得が行かないまま、馬車は王宮へ入っていく。

そして案内された先にはハロルドが待っていた。

「ハロルド様！」

マリーアは嬉しそうに笑みを浮かべながら、彼の下へ小走りで駆けて行く。

「お久しぶりです！　会えて嬉しい！　呼んでくださってありがとうございます！」

「あ、ああ……。久しぶりだな、マリーア。座ってくれ」

「はい！」

ああ、久しぶりの愛しい人だと。マリーアは以前と変わらないときめきを胸に抱いた。

（ハロルド様。私の初恋の人。素敵な王子様。手が届かないと思っていたのに、彼は私に微笑みかけてくれた。そして果てには、涙が溢れる程に嬉しい言葉を言ってくれた人……）

テーブルを挟んで真向かいに座る初恋の相手をマリーアは見つめた。

すぐ近くに居るだけで嬉しいと思う。だがハロルドは困ったような表情を浮かべていた。

「ハロルド様？」

「あ、うん……。いや。その、マリーア。私たちは、いつもどんな話をしていただろうか？」

「え？　急に何を……。私たちは、いつも。いつも、は……？」

色んな話をしてきた。たとえば素敵な貴族令嬢になるにはどうすればいいのか。

自分はそんな風になれないと、そう弱音を零すとハロルドがマリーアを慰めて。

そうして自分の婚約者に相応《ふさわ》しいのはマリーアだと。そんな言葉まで掛けてくれた。

「あれ。何を話していましたっけ。いつもの、話題……は」

分からない。お互いに。言葉を失《な》くしたようだった。そして、それは解消されることなく。

微妙な気分のままハロルドとの逢瀬が終わってしまう。

それでもマリーアは初恋を失わないまま、彼女はその後も学園生活を過ごした。

そうして、もうすぐ次の成績発表だ。学年全体の成績順が張り出される。

マリーアの成績は、やはり上位ではない。

だが、かつては最下位が当たり前だった状態から、かなり向上していた。

前までの自分よりも圧倒的に向上した成績。それはまた彼女の自信へと繋がる。

そして成績発表の場には当然、ハロルドも姿を見せていた。

「ハロルド様っ」

「……ああ。マリーア」

マリーアは得意気に、前回よりも向上した成績をハロルドに教える。

嬉しくて仕方ない気持ちを隠さずに。きっと褒めてくれるだろう、と思いながら。

「……よく頑張ったね、マリーア」

「はい！　ハロルド様っ。えへへ、頑張りました」

（嬉しい。すっごく嬉しい。今までで一番素直にそう思える）

そうして喜ぶマリーアの隣で。ハロルドの表情は硬いままだった。


マリーアが王立学園に来てから一年が経ち、卒業の季節を迎えようとしている。

卒業というモノに実感が湧くどころか、学園生活にさえ実感がないような感覚を覚えて。

（ハロルド様と出会えた学園。他にも大切な思い出がこの学園に……あった、はず、なのに）

たった一年の学園生活。貴族令嬢の末席に座り、過ごした日々。

もっと思い出があったはず。あった。あったはずだったのだ。

何か大切な事。ともすればマリーアの人生を変えるような事が、この学園で。

それはハロルドとの出会いとは違うもの。自分を救ってくれた、温かな。温かな……。

（……でも、何が？　何もなかったの？）

努力してきた自分。学業に打ち込んだこの数ヶ月は、自分を肯定できるような気がした。

マリーアは成長した。以前より考えられるようになった。そのはずで。

そうして成長した自分を、彼女は『誰か』に伝えたかった。……だが、その相手は？

「誰に、何を、なぜ……私は……伝えたくて。何を……？」

マリーアには何も残っていなかった。喪失感だけが押し寄せてくる。

ハロルドが忙しく、会う機会が減ったから。こんなに空虚な気持ちになるのだろうか。

不安と共に何かの希望を知っていた日々が色褪《いろあ》せて。平坦《へいたん》になっていくように。

激流のような彼女の『運命』が、ある日を境に緩やかな流れの川へと変じてしまったような。

ときめくようなドラマチックな恋が、呆《あき》れるような平凡な恋に落ちてしまった感覚。

鏡を見る度にマリーアは自分が何かを失った気がして。

モヤモヤとしたその気持ちがマリーアの中から晴れる事はなく。

悶々《もんもん》と自問自答を繰り返す日々が続いた。

交流会に呼ばれる事もなくなり、マリーアは結局、学園に入った頃のように一人ぼっちで過ごすようになった。孤独と不安を抱えながら過ごす。そして、やはり喪失感を覚えていた。

（……幸せに。幸せになるの。私は。私『も』。だから、これでいいの……）

そう自分に言い聞かせてきた日々は一体、何だったのだろう。

明確な『答え』があったはずだった。確かに、それはあったのだ。

だけどもうマリーアには何も分からない。何が分からないのかさえも……。

「あら。殿下のお花さん。今日も水を掛けて貰えないのかしら？　ふふ」

一人で過ごしていたマリーアの下へ、かつて交流のあった令嬢たちが姿を見せる。

「ふふ。私たちが貴方に水を掛けて差し上げてもよろしいわよ？　ああ、それとも、もう手遅れで枯れてしまった後かしら？　うふふ」

「……何なんですか、皆さん」

「あらあら。ふふ。私たち、貴方のためを思って良い事を教えて差し上げようとしているのに」

一体、何の話をと、そう首を傾げるマリーアに彼女たちは続ける。

「ハロルド殿下。婚約者候補を決めるお茶会を開かれるそうよ。ええ。婚約者のいらっしゃらない令嬢の中から、殿下の『未来の妻』になる女性を決めるためのお茶会を。ふふ」

（え……。ハロルド様の……妻？　候補？　え、でも。それは、だって。私、が……）

「私たち、きっと貴方も呼ばれたのだと思ったの。なのにこんな場所でね。マリーアさんったら、ゆっくりしていらっしゃるから。ねぇ？　だから時間はいいのかと聞いてみたのだけど。その反応、まさかハロルド殿下に呼ばれていらっしゃらないの？　ええ？　あの、マリーアさんが！」

大げさなぐらいの態度で彼女はマリーアに問いかける。周りの生徒たちに聞こえるように。

気遣うような言葉なのに嫌な気配。そして、くすくすと笑う周囲の人々。

「まぁ、そんな。あのマリーアさんですもの。ハロルド殿下も、ついうっかりお手紙を出し忘れてしまっただけじゃないかしら？　ねぇ？　うふふ」

「そうですよ、きっと。だってお二人は、あんなに仲睦《むつ》まじく過ごしていらっしゃったのだから。ハロルド殿下の妻、未来の妃になるためのお茶会に、マリーアさんが呼ばれないだなんてあるワケないでしょう？　うふ。うふふふ！」

マリーアは胸が締め付けられるようだった。頭の中がぐわんぐわんと揺れていて。

嫌な汗が流れて呼吸が苦しくなる。何も言い返す事が出来ずにただ固まってしまって。

そんなマリーアの様子を彼女たちは嘲笑《あざわら》うように見つめている。

だが、何の反応も起こさないままの彼女を見て、飽きてしまったように去っていった。

「なん、で……」

（どうして。なぜ。だって。だって、ハロルド様は、私と、私と……！）

ハロルドは自分と結ばれる『運命』なのだという確信があった。

そんな根拠など、まるでないのに。どうしてか、マリーアはそう思い込んでいて。

居ても立っても居られずに彼女は王宮へと走り出していた。


「ハロルド様っ」

「マリーア。今日はどうしたんだい？　あまり王宮に気軽に来るものじゃないよ。私は怒らないが良い事でもないからね」

「は、はい！　で、ですが……その！　今日は居ても立っても居られなくて！」

「うん？　何かあったの？」

「何かって。だってハロルド様の婚約者を決めるお茶会が開かれるって聞きました！」

（どうか嘘だと言って欲しい。だって。だって、そうじゃないと、おかしい）

そうでなければ自分は、何故。何かを。何を、どうして。

（何を……したのだろう？　取り返しのつかない事をしたような気持ちがあるのに）

それが一体、何なのかには思い至らない。辿《たど》り着けない。

ハロルドが好きだから。この喪失感は彼を失いそうになったから？

（違う。違うの？　どう違うの？　何がおかしいの？　何を間違ったの？）

何故、自分は。何のために。誰のために。何を求めて。

（一体、私は……『何』を後悔すればいいの!?）

胸の奥を何かが責め立てるのに。マリーアは……後悔さえも出来なかった。

「そうだけど、それが？」

「それが!?」

ハロルドの目には情熱の色がなくなっていた。マリーアは、それに何よりも衝撃を受けて。

すがるように彼に言葉を重ねる。惨めに、無様に。『捨てないで』と懇願するように。

そうして彼から出た言葉の数々は、よりマリーアを打ちのめしていく。

思い描いていたはずの未来。誰かに聞かされた確定していたはずの『運命』などないと。

そう突きつけられる絶望。……そうして。

ハロルドには婚約者が出来た。それはマリーアではない。

相手の女性はソフィア・レドモンド伯爵令嬢。

普段はマリーアに話し掛けても来ない令嬢たちが、こぞってソフィアの詳細を教えてくる。

温和な性格で平凡よりも優秀な頭脳。中立的な派閥に属している家門で家格としても悪くない。

婚約者のいない同年代の中でも問題がなく、王家が目を向けるだけはある、と。

レドモンド伯爵家には、他に家督を継ぐ長男と既に婚約者の居る長女が居るらしい。

ソフィアに決まった理由は、まずその家格。レノク王国には現在、公爵家がなく、最上位の貴族である侯爵家の令嬢たちには既に全員、婚約者がいた。だから伯爵家から相手が選ばれて。

そもそも王子の婚姻相手として『伯爵家以上』は決まっているそうだ。

(……だったら私は一体、何を夢見ていたと言うの)

周囲の令嬢たちは『余計なこと』さえも吹き込んでいく。

ソフィアが選ばれたのは『消去法』に過ぎないと。

ただ単に残っていた、婚約者のいない伯爵令嬢たちの中でも彼女が『一番、マシだったから』。

問題のある令嬢ではない。それだけの理由でソフィアは選ばれたのだ。

ハロルドは『平凡な王』であり、ソフィアはそれに相応しい『平凡な王妃』になるだろう、と。

けして劣った人間ではないけれど、平均的で、貴族的で、能力はそれなりにある令嬢。

それがハロルドに選ばれた、ソフィア・レドモンド伯爵令嬢だった。

「そのような方でも、マリーア様よりは……ねぇ？　うふふ」

ふつふつと納得できない気持ちが湧き立つような、そんな感覚。

『負けて当たり前の誰か』に負けたのではなく、そんなソフィアがハロルドと結ばれ、自分は。

侯爵家の令嬢たちは婚約者が既にいる事も理由だがハロルドとの婚約話を辞退していたらしい。

『他に適任がいる』『自分よりも王妃に相応しい方がいる』と、そう言って断っていたそうだ。

侯爵令嬢たちの指摘する、その『王妃に相応しい人物』とは一体、誰だったのか。

どの家も沈黙し、或《ある》いは困惑し、その名を挙げることはなかった。

ただ、少なくとも『それ』はマリーアではなかったのだろう。それは結果が証明していた。

別の誰かが相応しいという考えで動けなかった諸侯は、派閥の調整も間に合わず、王家は中立派のレドモンド伯爵家ならば『無難』だという考えで……ハロルドの婚約を決めた。

学園の卒業を待たずしてハロルドの婚約は発表され、皆がソフィアを祝福する……。

「なら、私は一体……」

マリーアは、抜け殻のように、その光景を見るしかなく。

好きな人と、それに相応しいのだと認め難い人が結ばれ、祝福される姿を、ただ見ている。

(私は一体、何なんだろう……)

卒業してからのマリーアは、どこへ行く事も決めていない。

学園を卒業する事が出来たのだから、王都での仕事があるかと。今更になって。

本当に遅れに遅れて、マリーアは『自分の未来』を考えなければならなくなった。

レント男爵はマリーアの婚約や結婚をまだ決めようとはしていない。

その理由は、疎遠になったとはいえ、未だ娘とハロルドの関係が切れていないからだった。

他家の貴族令嬢との繋がりをまともに作れず、保てなかったマリーアは惨めな気持ちになりつつも、ハロルドやゼンク、クロードたちに頭を下げて頼ることにした。

恋心の成就ではなく、先の見えない将来のために。王都で暮らすだけの術が何かないか、と。

彼女には他に頼れる相手がいなかった。苦い気持ちを抱えていても背に腹は代えられない。

「マリーアが就ける仕事、か。そうだな。マリーアの学園での最終成績は？」

「ハロルド殿下？　レント嬢を『愛妾《あいしょう》』に据える予定はないのですか？」

「いや、クロード、それは……」

愛妾。言葉の意味を説明されてもマリーアには納得できない言葉。

それでもハロルドの婚約者は自分ではなくて。だから、もしもまだ彼のそばに居たいなら。

マリーアは『愛妾』になるしかない。

（それでいいの？　それで……。でも。それしかない。ハロルド様のそばにいるためには）

夢を見ていたのかもしれない、と。マリーアはそう思えた。

自分が彼の妃になる。なれるのだと。『幸せなお嫁さん』になれるかもしれないと。

だが彼は王子で。いつか国王になる人で。自分はハロルドの『妃』にはなれなくて。

「そうだ。以前にも話していたが、ゼンク。君がマリーアを娶《めと》るのはどうなのだ」

ハロルドがそう言い出した時。マリーアの中の何かが、ピシリ、と。ヒビ割れた。

「ゼンクは彼女の事を好きだったのだろう？　なら良い落としどころではないだろうか？」

「……一体、何を、言っているの……？」

『愛妾』の立場さえ呑《の》み込めない言葉だった。だが、今の、彼のその言葉は。

（……私に、別の男の、妻になれと？）

好きな人から。お嫁さんになりたいのだと思った、その人から。そんな、言葉が。なぜ。

「ハロルド殿下。それは……ないでしょう」

「何故だ？　ゼンクの気持ちは変わっていないのではないのか」

ゼンクにそう問い掛けるハロルド。だが。

（違う。違います。今、問いかけるべきはゼンク様の気持ちじゃ、ない……）

「……………イヤ、です。そんなの」

マリーアは、そう口にしていた。あまりにも惨めな気持ちだった。

ハロルドの提案は、もうマリーアには興味がないのだと。そう言ったのと同じ事だ。

今あるのは学生時代の友人としての情け。それだけ。彼の心は、もう自分に向いていない……。

崩れ落ちそうになる身体。溢れそうになる涙を……マリーアは必死に堪《こら》える。

（どうして。どうしてこうなったの。だって、あの頃は……あの頃は）

目の前が暗くなる。自分たちは二度と元の関係には戻れない事を感じるばかりで。

「ひとまずレント嬢の住む場所については、こちらで用意しましょう。まず私たちで話をします。

その上で後日、彼女の進退を決めるべきかと。ゼンクとの縁談は話が飛び過ぎです、殿下」

「あ、ああ。そうだな。すまない、クロード。前々から考えていたから、つい」

マリーアはハロルドの言葉を聞いて、身体に力が入らなくなり、抜け殻のようになった。

クロードに連れられて、誘導されるまま移動し、王宮のある部屋へと案内される。

「レント嬢。あえて言いますが」

「……なんでしょうか、クロード様」

マリーアは光を失った目でクロードに顔を向けた。

「このような部屋ではありませんが。こうやって部屋に押し込められ、他の男との接触を断つか、或いは、今のように監視のある中。そうして過ごしながら……ハロルド殿下の訪れをひたすらに、待つ。そういう立場が……この国の『愛妾』となります」

目の前に広がる、暗い、一人ぼっちの部屋にマリーアは目を向ける。

(そんな……。こんな場所で、私への気持ちを失ったハロルド様を、ただ待つだけの、人生……)

「『妃』の位《くらい》を持つ『側妃』には職務と権限があります。正妃の補佐をするような政務にも携わり、社交界にも顔を出す事があるでしょう。『愛妾』も社交界に顔を出せます。出せますが」

「な……に? 出せる、けど?」

「『愛妾』という立場は王の寵愛《ちょうあい》あってこその立場です。妃とは違うけれど、王には愛されている。そういう立場の者が国王に囲われるのです。そうであれば社交界でも貴族たちは、貴方の事を無下には扱わないでしょう。だって貴方に聞かせる言葉は、やはり王に届く事になるのですから」

「……社交界……なんて。私は、そんなこと……ただ、ハロルド様に……」

「ですが。王に愛されない『愛妾』に……救いがあるとは思えません。閉じ込められ、外にも出ていけず、ひたすらに王の訪れを待つ日々。愛がなければ、その訪れすらも遠く、滅多にない事になるでしょう。社交界に出ていっても王に愛されていない愛妾など嘲笑の的になりこそすれ、華やかなものなど何もない。苦痛しか感じないと思われます」

「あ、あ……ああ……。そんな。そんなのって、ない。それじゃあ、私は、何のために……」

クロードの説明する言葉を聞いて、マリーアの胸が絶望に満たされていく。

「そ、側妃、は？　側妃になったら……？」

「残念ながらレント嬢は側妃にはなれません」

「なぜ!?　足りない所があるなら私、頑張るから……！」

「……今からですか？」

「えっ」

マリーアは、返されたクロードの言葉に絶句した。

「今から頑張るのでしょうか？」

「そ、そう……じゃ、いけない、の？」

「学園の卒業時の成績。レント嬢の成績は、せいぜい平均的なものでした。たしかに頑張った形跡はあります。きっと貴方は努力したのでしょう。地頭《じあたま》だって悪くないはず」

「な、なら！」

「ですが今からなのですか？　今から王子妃教育を詰め込んで。貴方が物になるのを待って。側妃に迎えて。そこまでする『理由』は？」

「え？　え、だから、理由なんて……」

「……落ち着いて。真剣に考えてください、レント嬢」

クロードは、いつになく真剣に。それでいて彼女を哀れむように、語り掛けた。

「貴方がこれから頑張って、頑張って『側妃』になって。そうして？　貴方は政務に関わりたくて

『側妃』という役職を得るのですか？　それが貴方の目的ならばいい。だが」

（私の目的？　私の目的は、ハロルド様のおそばに、居たい。ただ、それだけで……）

「仕事をするからと言って、殿下が貴方を愛するとは限りません。分かりますか？　もしも、今。そして未来で。ハロルド殿下が貴方を『愛している』と言うのなら……それは『愛妾』で構わないのではないですか？　厳しい王子妃教育など乗り越えずとも」

「…………それ、は」

「ですが『今の貴方』は『愛妾では暗い未来しか待っていない』と判断した。だから側妃になりたいと願った。つまり貴方は『既にハロルド殿下には愛されていない』と自分で認めています」

「それは……！　それは、でも！　そう、だけど……！」

「側妃の座を努力で勝ち取った先に、貴方は何を得るのですか？　ただ政務を公的にこなす立場。それだけ……では？　貴方は『それ』が欲しいと願った人間でしょうか？」

「あ……」

マリーアは、その場に崩れ落ちた。クロードは哀れむように彼女を見下ろしたまま。

ハロルドの『愛』を失ってしまった。ならばもう『愛妾』も『側妃』もまるで意味がなくて。

（『側妃』になる意味が……私には、ない……）

「……王立学園に通える期間が一年にも満たないのに。レント男爵が、強引に庶子の貴方を学園に放り込んだことは同情に値すると思っています。その状況で華々しい功績を上げられる人間など、そうはいない。それでも貴方は、かつて殿下の寵愛を得ていた。だから、その時間がまるで無意味であったワケではありません。現にこうして我々が貴方に目を掛けている。そうでしょう？」

マリーアはレント家に帰る事なく。つまり、望まない政略結婚をする事なく。

寮を出た後もこうして過ごせている。それは何よりもハロルドたちとの縁があったからだ。

「ハロルド殿下から聞きたくはなかったでしょうが……。部下の婚姻を世話するのも上に立つ者のすべき事の一つなのです。この場合は、貴方というよりは『ゼンクの』世話ですね。彼にも、まだ婚約者が居ませんでしたから」

「……そう、なのですか？」

「ええ。王子の側近、近衛《このえ》騎士となったゼンクは……まぁ、王子と恋仲であった貴方からすれば、劣って見えるかもしれませんが。相応に『上』の男だと思いますよ？」

（……そんな事を……言われても。だって私は。私が好きなのは……）

「ゼンクは何故か今まで婚約者を決める事を渋っていてね。だからこそ殿下から彼の婚約者を推薦するやり取りがあれば、彼とその婚約者は『王子が推薦した』という箔《はく》がつきます。貴族たちの間でも祝福される事でしょう。学生時代の出来事も、ゼンクが相手なら『王子の友人たちの学生時代の話だから』という美談にすり替えられなくもない。少なくとも『王子に捨てられた女』として惨めな立場になるよりは幾分かマシな未来でしょうね」

「……それは。ハロルド様は、あれでも私の立場を……。思いやってくださっている、と。そういう事、でしょうか……？」

「そうです。我々も貴方も『貴族』ですから。あの話は政略結婚のひとつ、という事になります」

政略、結婚。あれ程に忌避してきた、もの。誰も彼女をその苦痛から助けてはくれない。

「愛妾のようにハロルド殿下と男女の仲を深める機会はもうないかもしれません。しかし、ゼンクの妻ならば……遠からぬ場所から殿下の姿を見続ける事も出来るでしょう。その内に夫となった彼との関係も深くなっていくかもしれません。政略結婚からだって愛は生まれるものですから」

「…………」

「殿下のレント嬢への情が尽きたワケでもないので。まだしばらくはレント嬢を囲う事は出来るでしょう。大きな問題を起こさなければ、ですが。殿下の婚約者であるソフィア様には、けして無礼を働かないように。彼女は未来の王妃になる方ですから。事によっては死罪も免れません」

（そんな事……。しない。私は）

「言い方を選ばずに言えば『マシな』選択肢を選ぶように考えてください。貴方の人生だ。すべてを諦めてレント男爵の決断に身を委ねるのもいい。問題を起こさず、政略の流れに乗って分相応の立場で頑張っていく。そういう人生を……貴方は思い描けますか？」

「…………」

「マリーア・レント男爵令嬢。貴方は、けっして。王妃という華やかな立場が恋しかったワケでも……『王の妻』という身分が欲しかったワケでも、ないのでしょう？」

マリーアには目指すべき姿があった。理想の姿があった。

それは、たしかに『王の妻』だったのかもしれない。だが。

（でも私が欲したのは……『愛』だった。それだけだった。身分が欲しかったんじゃない）

彼が欲しかった。でも、もう、その愛はなくなっていた。

「――貴方は失恋しました。それだけの話です。後は貴族の一人として。レント男爵令嬢として。今ある選択肢から人生を選択してください。まだ私たちが手を差し伸べられる内に、ね」

そう言い残してクロードは部屋から去っていく。

「……うっ……うぅ。あ、ぁあ……ぁあああ……！」

マリーアは与えられた部屋で一人、泣き続けた。

もう二度とハロルドがマリーアを慰めてくれる事はないのだと突きつけられて。

泣いて、泣いて、泣いて。

（ハロルド様、ハロルド様……！）

マリーアは抜け殻になるまで泣き続けて、まだ甘えて。何日も、何日も。

学生時代の縁を頼り、王宮で部屋を与えられた。その事に感謝して。

……そうして。マリーアは、恋のためではなく、『生活』のために立ち上がった。

改めて、彼らと『自分の未来』について相談し、話を聞く。生きていくために。

ゼンクの婚約者になる事、今すぐではなく様子見として扱われ、その境遇を受け入れた。

マリーアは王宮を出て、王都に住む場所を与えられる。

それだって破格の扱いだと彼女にも理解できた。自分がハロルドたちの『友人』だから。

ハロルドたちの伝手《つて》を頼り、マリーアは『騎士の妻』となるのに必要な勉強を始めた。

王立学園に三年間、通えなかった分。そうでいながら成績を中位までは上げられた事を考えて、王族からの声もあって『猶予』を与えられたのだ。

そうして学園を卒業してから一年経ち、二年が経ち。

どこかへ遠く遠征に出ていたハロルドたちが王都へと帰って来る。……そのタイミングで。

「マリーア。改めて。俺の妻になってくれるだろうか」

「ゼンク様……」

いつか学生時代のゼンクに告白された事があった。あの時は断ったのに。

今のマリーアは、ほとんどゼンクに縋《すが》るような形で生きている。……だから。

「はい。お受けします。私の方からお願いします。どうか私を貴方の妻にしてください」

マリーアは、ゼンクの求婚を受け入れることに決めた。

それを見ていた彼らの知人や騎士たちが祝福の拍手を送ってくれる。

『良かったな』『学生時代からの恋がようやく叶ったな』と。

まるでゼンクを主人公とした物語のように。ハッピーエンドを……彼女は迎えた。

(私は。……私は、幸せに……なれるのでしょうか……?)

何か大事な事を見落としてしまった人生の中で。

妥協して、諦めて、それでも。何を後悔すればいいのかも分からないまま。

それでも、前へ。前へと。歩み続ける。

「だって。これが……私の……『幸せ』だから――」

……マリーアの目の端で、キラリ、と。『鏡』が怪しく光を放つのだった。

8 『悪女の消失』――シャーロット・グウィンズ

「国王陛下。私には話しておかなければならないことがございます」

私が十歳の頃。ハロルド殿下との婚約が決まった事で、お父様と共に王宮へ招かれた。

国王陛下への謁見の機会を得た私は【記憶魔法】について奏上する。

お母様の実家、メイリィズ伯爵家には昔から伝わる魔法だし、隠していても意味はないだろう。

「……なに？　魔法が使えるだと？」

陛下も驚かれたのだけど、最も驚愕《きようがく》の表情を浮かべたのはお父様だった。

「……シャーロット。俺はそんな話は聞いていない」

お父様は眉間に皺《しわ》を寄せ、怒りを込めた目で私を睨《にら》む。

確かに魔法についてはお母様と二人だけの秘密だった。しかし魔法の勉強をしていたのは家の中でのことだ。使用人から報告が上げられていても不思議ではないと思っていたのだが。

「報告が遅れました事、謝罪致します、お父様。しかし魔法が使えるとは申し上げましたが、強力な魔法ではございません。そして軽率に使えるモノではない事をお伝え致します」

魔法を使えば、王子妃教育などの知識を失うリスクがあり、軽々と使えないのだと伝える。

「多用は出来ず、使いにくい魔法です。その程度の魔法であると、ご認識いただければ幸いです」

「分かった。グウィンズ侯爵令嬢。その魔法のことは覚えておこう」

陛下への説明を終えた後、ハロルド殿下が私をじっと見つめていることに気付いた。

「シャーロット嬢は、父上たちと物怖《ものお》じせず話すんだね。素晴らしいよ」

「ありがとうございます。これからよろしくお願い致します、ハロルド殿下」

「ああ。よろしく。シャーロット嬢」

これから王宮に通い、王子妃教育を受ける事になる。よりいっそうの努力が求められるのだ。

『妃《きさき》』という立場は、けして『愛』だけでなれるものではないのだから。


王宮での謁見が終わった後、私はお父様と同じ馬車で屋敷へ帰ることになった。

「……シャーロット。お前、魔法について、なぜ黙っていた？」

帰りの馬車では、お父様がそう聞いて来る。その表情や言葉には、やはり怒りが滲《にじ》んでいる。

「お父様はご存じだとばかり思っておりました。私が魔法を使える事は、以前にお母様から教えていただいた事です。お父様は、お母様からお聞きになっていなかったのですか？」

「……シェリルの話は持ち出すな」

「……分かりました」

そうは言っても、お母様から聞いていてもおかしくないと思うだろう。二人は夫婦だったのだ。

別にお父様の考えなんて『どうでもいい』のだけど。私は淡々と冷静にお父様と向き合っていた。

前までお父様のことは苦手で、強くは出られなかったのだけど。今では何とも思わない。

お父様を『他人』と考え、正面から向き合えばいいのだ。今の私は自然にそれが出来ている。

「……己の記憶を消す魔法だと言ったな。その魔法を使った事はあるのか？」

「はい。一度だけ。試しに使ってみたことがあります」

「では、お前は、その魔法で一体『何を』忘れた？」

「何を、ですか？」

「……シェリルの事を忘れたのか」

「まさか！　お母様の思い出を消すなんて致しません！」

私は首を横に振る。けっして、お母様の記憶に手を付ける事はない。

「……では、お前は一体、何の記憶を消したのだ」

「お父様との思い出の記憶を、と。残していた記録には書いてありました」

「……な、に？　俺との記憶を、だと？」

「はい。ですが私はお父様をきちんと『父』と認識しております。魔法の天秤《てんびん》に焚《く》べたのは、おそらく些末《さまつ》な『思い出』の類かと。どのような思い出であったか、今の私には見当がつきませんが」

「……俺との思い出、を。シャーロット、お前」

（あら？　お父様はどうして震えていらっしゃるの？）

怒りとも嘆きとも言えない表情でお父様は震えていた。まるでショックを受けたかのようだ。

私は首を傾《かし》げる。ただ私の記憶から、お父様との思い出が消えただけなのに、と。

以前までのお父様とは受ける印象が違う気がした。でもまぁ問題はないだろう。

私は『彼』が父親である事を認識できているし、侯爵である事も忘れてはいないのだ。

所詮は過去の私が『消してもいい』と思った程度の思い出に過ぎない。

今だって『彼』は他人も同然の存在でしかないし、やはり特に問題はない。

「お父様。侯爵家の跡継ぎはどうされるのですか？　将来、私が産む子の一人を侯爵家に戻しますか？　それとも改めてお父様が後妻を娶《めと》りますか？」

貴族は血を繋《つな》ぐ事も義務だ。とはいえ、もっと大事な義務は領民を守る事。

血の存続の目的は家門を安定させることだ。

『あいつは相応《ふさわ》しくない』などと、いちいち騒ぎ立てられ反発されれば、別の場所に要らぬ皺寄せが生じてしまう。それらを避けるために後継者は、はっきりと決めておくべきだろう。

「……後妻は取らん。俺の妻はアレだけで十分だ」

その言葉は少し意外に感じた。よもや、この方。お母様を愛していらしたのだろうか。

私は、少しだけ『彼』に興味を抱く。

「妻など面倒なだけだとアレの件で分かった。後継となる子など、縁戚から相応しい者を見繕えばいい。シャーロット、お前は滞《とどこお》りなく王妃となれ。それがグウィンズ家のためだ」

「……承知致しました、お父様」

（……まぁ、お父様ってそういう人ですよね。はい。いつも通りの話でした）

私は『彼』から再び興味を失い、馬車の窓から外の景色を眺めた。

それから、お父様は領地管理の他に次代の後継者に据えられる者を探し始める。

私は王宮通いの始まりだ。侯爵令嬢の教育とはまた異なる『王子妃教育』を受ける。

ハロルド殿下……『ハロルド様』との関係も良好なものが続いていた。

今日も王子妃教育が終わってから王宮の中庭でハロルド様と会い、話をしている。

私がハロルド様の婚約者となってから恒例の交流になりつつあるお茶会だ。

「……ふふ」

「ああ、シャーロット。今、笑ったね。珍しい」

「珍しい、ですか？」

「ああ。君は、いつも表情がない、いや、微笑《ほほえ》んではいるのだけど」

「まぁ、そうでしたか。私の表情が……そのような」

侯爵令嬢としても、私は表情の作り方の教育を受けている。

微笑みを絶やさないのは、しっかりと淑女の嗜《たしな》みを学んできたお陰だろう。

「私、笑っていなかった……のですね。ハロルド様」

「いや、なんというか。いつも作ったような笑顔だと思っていたんだよ」

作ったような笑顔、か。……そうか。結局、私はお母様が亡くなって塞ぎ込んでいた？

令嬢としての教育にのめり込み、表情を作る事ばかりを覚えて。

だから今まで『笑って』はいなかった……？　それは自覚できていなかった事だった。

「なら。ハロルド様が私に『笑顔』をくださいますか？」

「っ……！　あ、ああ。もちろんだ。シャーロット」

「ふふ！」

ああ。良かった、と。そう思える。ハロルド様が私の婚約者で良かった、と。

彼は、私が気付かぬ内に溜《た》め込んでいた『偽りの笑顔』に気付いてくれたのだ。

ハロルド様は、私のことをきちんと見てくださっている、と。この時は、そう思えた。

貴族の義務と意地だけで立っていた私は、その時にストン、と。地に足を着けられた気がする。

今更、泣きじゃくるような真似《まね》はしないけれど。

それでも、その時、お母様の死を本当の意味で乗り越えた……ような気がしたのだ。

ハロルド様が頬を赤らめて私を見つめる。どうやら私たちは政略結婚であっても、きちんと互いに愛し合って結ばれる奇跡に恵まれそうだ。

「またね、シャーロット！　実は父に呼ばれているんだ、大事なお客様が来るからって！」

「はい。ハロルド様。またお会いしましょう」

照れ隠しのように走り去っていくハロルド様の後ろ姿を見送る私。

その時の私は、微笑ましいような、嬉《うれ》しいような、温かな気持ちだった。

しばらくの間、中庭でその余韻を楽しんだ後。

私は屋敷へ帰ろうと立ち上がり、歩き始める。……すると、そこで。

「ねぇ、キミ！　待って！」

「え？」

私は誰かに呼び止められた。呼び止めた声は幼い声だ。

振り向くと、そこには私やハロルド様と変わらない年頃《としごろ》の少年が立っていた。

「……貴方《あなた》は誰ですか？」

ここは王宮内、それも王子が来るような場所だ。おそらく侵入者ではないだろう。

少年の身なりは整っていた。だから貴族なのは間違いない。

髪の毛は私と同じ黒髪で、瞳の色はエメラルドのような緑色。

王子に劣らぬ衣装を身に纏《まと》った、美しい少年が私の目の前に立っている。

「僕はアレクって言うんだ。キミの名前を教えてよ！」

「ええと。私は……」

……初対面の少年に対して、私は、なぜか警戒心が強く湧いた。

見るからに貴族なのに、あえて家名を名乗らなかった事が気になったのかもしれない。

私は、あまりこの少年と関わりたくないと感じてしまい、助けを求めて周囲を見回す。

侯爵家付きの私の従者は今、外の馬車で待機しているため、近くにはいなかった。

他に人は……離れた場所に居た、が。彼らは王宮仕官とは服装が違う。……あれは、おそらく、この少年側の人物だろう。少年も、その彼らも服装からして王宮の人間ではないらしい。

やはり私一人で彼の対応をするのは良くない気がした。では、この場面での正しい対応は？

「失礼致します。お話がしたいのであれば、ここから場所を移しましょうか」

「え？」

私は微笑みを崩さず、見知らぬ服装をした者たちからは極力、離れるように動く。

「待ってよ！」

しかし、その場から離れようとすると、少年が私の腕を掴《つか》んで止めた。

「っ!?」

驚いた。無礼……というのもある。あるけど、そちらの驚きではない。

少年に腕を掴まれた時。私は『何か』を感じ取ったのだ。それが何かは分からない。

どの感覚に一番近いかと言えば、お母様から魔導書を手渡された時？

これは、もしかして『魔力』に触れた感覚だろうか。私は改めて少年を見据える。

「行かないでよ。僕と話をしよう？」

「……私の言葉が聞こえていなかったのですね。お話がしたいのであれば、ここから場所を移そうと、ご提案申し上げました」

「え？　あ」

「話をしないとは言っておりません。あちらに移動しようとご提案したのです。それとも何か場所を移すと不都合な事でもおありですか？」

「え、え？」

私は表情を歪《ゆが》めないように努める。淑女の微笑みを持続しながら、そして。

「痛っ……。腕が」

「えっ！　あ、ご、ごめん！」

微笑み、少年を受け入れる態度を見せてから顔を歪め、掴まれた腕に対して痛みを訴えた。

幸い、彼には良心が備わっていたようで、すぐに離してくれて良かった。

痛くはなかったけれど、ビックリした原因の腕を摩《さす》りながら、私は心を落ち着ける。

正直に言って『何か厄介な人間に絡まれた』という気分だ。

さっき触れた彼の『魔力』に……なにか嫌な感じがしたのだ。

出来れば早く少年から距離を置きたいと思う。私は、ぐるぐると思考を回転させた。

「お話、でしたね。ええと、貴方はアレク様でしたか」

「うん！　キミの名前を教えて欲しいんだ」

キラキラと輝いた目を向けてくる少年。まるで玩具《おもちゃ》を見つけた子供みたいな目。

とすると私は玩具だろうか。あまり気持ちのいい話ではない。

そう言えばハロルド様が『大事なお客様が』と言っていた。もしかして彼が？

王族が大事な客だという相手とは……まさか。

「失礼。アレク様。貴方様のご家名は何とおっしゃるのでしょう？」

彼付きの従者も視界に入れながら、己の名を名乗る前に彼に問う。

ここで彼の従者が『不敬だぞ』とでも怒るなら私の推測は確定する。おそらく彼は他国の……。

「え？　あー、その。言わなきゃ、ダメ、かな？」

「無理にはお聞き致しません。ですが、貴方様の方が家名を名乗りたくない、という事ですね？」

つまり彼が如何様《いかよう》な身分であるにしても、それを隠す意図が彼の側にあると。

私が不敬な言動をしたとして、それは身分を明かさぬ彼に責任がある、ということ。

「え、あー、うん。そう。僕は、ただのアレクとしてキミと話したいんだ」

「……そうですか」

ぐるぐる、ぐるぐると頭の中は回る。ただのアレク？　ここは王宮なのに。

ありえない言い分だろう。そして、そのように語るという事は、やはり彼の身分は私よりも高いと思えた。家名・身分を明かさずに私と話したいなどと。

……今、このアレク様の相手を幼い私一人でするのは、どうしてもまずい気がする。

そのリスクは避けるべきだ。妙な約束事を交わすのも良くない。私は王子の婚約者なのだから。

「申し上げます、アレク様。私はグウィンズ侯爵家の長女でございます。家名を名乗らずとも貴方様は、きっと高貴な方なのでしょう？　どうか私の事は『グウィンズ侯爵令嬢』とお呼びくださいませ」

私はカーテシーで行儀よく挨拶して見せた。可能な限り、失礼のないように対応する。

「あ、いや。家名じゃなくてキミの名前を教えて欲しいんだ」

「私は、ただの『グウィンズ侯爵令嬢』として貴方様と話したく思います。アレク様が家名を名乗らないのと同じ気持ちですね？　ふふ」

「え、あ」

私は、ニコニコと微笑み続ける。淑女の微笑みを絶やさず、相手に隙を見せないように。

「ご、ごめん」

「……はい。では、お話はここまででよろしいですのね」

「えっ！　な、なんで!?」

「え？　今、アレク様が『私を無理に引き止めて』『無理に話を続けようとした』事を謝罪されたので……。てっきり、ここでのお話は終わりかと」

「ち、違うっ」

慌てた様子。少年らしい反応だろうか。彼を見守っている大人たちは困ったような反応だ。

私の返しは一線を越えていなかった、いえ、許されたようだ。

アレク様の謝罪は、『自分が先に名前を隠した事』に対してだろう。

私はそれを曲解して受け取り、『迷惑だ』と返し、彼に伝えた……つもりだった。

ストレート過ぎただろうか？　貴族らしい皮肉は、まだまだ未熟だ。

「私の家、グウィンズ侯爵家は、レノク王国では有数の貴族であると学んでおります。その事を聞いても、アレク様はお気になさいませんか？」

「それは、だから……ね？」

ね、ではありませんけれど。侯爵家の名を理解していないというワケではなさそうだ。

つまり、アレク様は筆頭侯爵家の娘相手に引かずとも良い身分だと。

やはり『他国の王族』だろうか？　私は彼の顔を見た事がないため、正確な正体は掴めない。

他国の王族が相手ならば、やはり今の私では荷が重い。軽率な言葉は交わせないだろう。

「ふふ。申し訳ありません。私、少し自惚《うぬぼ》れていたようです」

「うん？　自惚れ？」

「はい。少し舞い上がっていました。ハロルド第一王子殿下の婚約者と決まった令嬢として、皆様の誰もが私へ敬意を払ってくださるのかと。ふふ。本当に思い上がっていましたわ」

はい。私は王子の婚約者です、と。これは一種の『権力』の提示だ。

振りかざすのはよくはないと思うけれど、相手が引いてくれるかもしれない。緊張で心臓が脈打った。

貴族階級相手ならば特に。相手が引いてくれるかもしれない。緊張で心臓が脈打った。

立場を明かすのはいいけれど、今は相手がより上の可能性が高い。

失礼のないように振る舞いつつ、相手を立てながら……距離を取る。

私から離れるのではなく、相手に距離を取って貰《もら》うのだ。不敬とならないように。

「え。キミ、婚約者がいるの……？」

「はい。私の婚約者はレノク王国の第一王子、ハロルド殿下です」

そこでようやくアレク様は一歩引いたような態度を取ってくれた。

心なしかショックそうな表情を浮かべている。……なぜ？

「そう……なんだ」

「はい、そうなのです。ですから、これから私はハロルド様に会いに行かなければなりません」

このまま家へ帰ると言うよりは、王子に会いに行くと言う方が無難だと思い、そう告げた。

「そうか。うん……。なら邪魔をしたね……」

（……これは、もう離れても良さそうね。はい。やり切りました、私。えへん）

「はい。アレク様。お話が出来て嬉しく思います。それでは」

「……ああ」

最後まで家名を名乗らなかった彼。最後まで名前を名乗らなかった私。

ある意味でお似合いの私たちのやり取りは、そのようにして終わりを迎えた。

私は歩く速度は変えぬまま、しかし心では逃げるように彼に背を向け、早々に立ち去る。

魔力持ちの少年、アレク。腕を掴まれた時、ピリリとした感覚を覚えた。

あれが魔力持ち同士の反応だろうか？　でも、お母様のそれとは違う感覚だった。

お母様の魔力は、もっと安心するような、愛《いと》おしさを感じたのだけど。

彼の魔力は何か、もっと、こう。邪悪、とまでは言わないけれど。

「……囚《とら》われるような、感覚」

言葉で表すならば、こうだった。その振る舞いから感じた我儘《わがまま》さもある。

彼の魔力に、どうにも。囚われるような、縛り付けられるような、黒い感覚を覚えてしまって。

だから私は、あんなにも彼から離れたかったのだ。囚われてしまいそうな危機感を覚えたから。

思い返すとブルリと身が震える。きっと失礼な対応だっただろう。

だが早々に彼と離れられて良かったとホッとした気持ちになっているのもまた事実。

正直に言ってアレク少年の第一印象は……あまり良くはなかった。

◇◆◇

「貴方がセシルね。これからよろしく。貴方は今日からグウィンズ家の一員よ」

「は、はい。シャーロット……義姉様《ねえさま》」

グウィンズ家の縁戚から義弟がやって来たのは、私が十二歳になった頃の話。

義弟の名前はセシル。気弱そうな雰囲気の男の子だった。

ハロルド様との婚約が結ばれ、私は王都の邸宅で暮らすようになっている。

邸宅から王宮へ通い、王子妃教育を受ける日々を送っていた。

邸宅内の管理を今までは家令らが行っていたのだけど。

最近は、私に邸宅での裁量を任される事が増えてきている。

実質、お母様の代わりを私がしている状況なのだろう。まだ十二歳の私が……。

そしてセシルを家に連れて来た後、お父様は教育係を付ける以外の、彼の世話まで私に任せた。

「しばらく、お前がセシルの面倒を見ていろ、シャーロット。グウィンズの名に恥じないように」

「……かしこまりました、お父様」

家のことにしても義弟の教育にしても『親』としてどうかと思う。全く家庭を顧みない人だ。

王子妃教育が進んだ私は、お父様の仕事も理解できるようになってはいる。

グウィンズ侯爵家の領地は広く、お父様が管理すべき仕事は多いのだろう。

お父様は領主としての仕事だけは、きちんとこなしていたから。

『仕事人間』とでも言おうか。お父様の生きがいが仕事なのだ。

最近は特に領地から戻らない。シェリルお母様が生きていたらどうなっていたのか……。

ダリオ・グウィンズという男は、傲慢で他人を見下すところがあるけど、それは身分相応の態度でもある。彼は広大な領地の管理が出来る自分をとても偉いと思っているようだ。そして、もっと皆が自分を認めるべきだとも。自分はもっと大きな事をするべき人間なのだと考えている。

私を王子の婚約者に据えたのも、そんなお父様の欲望の発露の一つなのだ。

お父様は今の自分自身を気に入っている。筆頭侯爵であり、領地の管理もやめる気はない。

きっと、お父様は『いつでも切り捨てられる跡継ぎ』が欲しかったのだ。

自分の仕事と立場を誰かに奪われたくなかったから。

シェリルお母様は夫を立てる妻だった。屋敷の管理をし、私を育て、人を支える側の立場を良しとして立つ人間だ。お父様はお母様を顧みなかったけれど、二人の相性は良かったとも言える。

……お母様は、きっとお父様にとって『面倒くさくなかった』のだろう。

夫人がいなければ社交界での情報交換が出来ない事もあるけれど。

男性の交流の場は別にあり、お父様はそちらに顔を出していて、それで十分だと考えている。

そうして、お父様の手が届かない分野は私にカバーさせて。

私を『夫人』の代わりに働かせ、グウィンズ家は滞りなく回っている。

後妻を娶らない判断をしたお父様の思惑は、これ以上は推察するしかない。

そういう話をお父様とする気はないから。だが、ありがたいとも思っている。

（だって新しい『母』が来て、その人を私が認められるか不安だったもの。まさか、私の気持ちを

配慮してくれたとか……ないわね、それは）

他人に仕事を任せるぐらいなら、大変でも自分でやった方が早い。

私もお父様も、そう考えているところがある。自力でこなせてしまうが故に。

「シャーロット義姉様《ねえさま》。……その。僕とお話をしませんか？」

「……セシル。ええ、いいわよ。だって貴方は私の弟なのだから」

気弱そうなセシル。彼は私の一つ下の少年。

お父様の基準は利発さもそうだけど従順そう、というのが決め手だろうか。

セシルの実親は子爵で彼は元・子爵令息。それが将来は『侯爵代理』となる。

おそらく私が産む子の一人に次代のグウィンズ侯爵家を継がせる予定で。

セシルは、その子が成長するまでの『中継ぎ』の役割となるのだろう。

お父様が長く現役を続けるならば、セシルが侯爵代理となる期間は、かなり短くなるはず。

私の子は王族となるので、そうなるとグウィンズ家は『公爵』に陞爵《しょうしゃく》する事になるのか。

臣籍降下と共に公爵位と国一番の領地を賜る子。下手をすれば国王となるより、よっぽど。

未来の事を考えれば、きっと悪くない話なのだろう。特にグウィンズ家にとっては。

要するにセシルは、お父様の長期的な計画の一部というところだ。

（一番、角が立たないのが、私とハロルド様の第一子・第二子が共に男児であることね。そんなの理想論で、生まれる子の性別は選べないのだけど）

「……ふ」

「義姉様？」

「いえ。何でもないのよ。セシル」

私はまだ十二歳の子供だ。それなのに何を考えているのだろう？

まだ恋が何かも、愛が何かも分かっていないというのに子供だなんて。

セシルと同じ屋敷で暮らし、彼の学力を見るにつけ、やはり私は賢《さか》しい子なのかと思った。

思えば、こうして同年代の子供と話す機会が今までの私にどれだけあっただろう？

このままでは色々といけないはず。もっと同じ年代の者たちと交流しなくては。

「……王妃様に相談してみましょうか」

お母様が病に倒れて早くに亡くなった事で、娘の私は他家との交流が疎《おろそ》かになっていた。

特に夫人同士の繋がりの恩恵が全く受けられていないのだ。だから同年代の令嬢の友人が私にはいない。今まで特にそのことを気にした事はなかったのだが……。

けれどセシルと話すことで、同年代の子を知れる機会は得《え》難《がた》いものだと気付いた。

……そう考えていき、チクリ、と。また胸が痛む。

私がセシルのように、他の令嬢たちのように『普通』の子供だったなら、と。

あの時に私は、お母様を救うために【記憶魔法】を使っただろうか。

がむしゃらに。すべてを投げ出して。大好きなお母様のためになら自分なんて、と。

……私は踏み止《とど》まる。私は思い止まる。私はリスクを考えてしまう。

賢しい自分が恨めしい。賢しらに立ち回って、安全そうな場所に自分を置いて。

優秀さに驕《おご》り、いずれ、お父様のように己で何もかもが出来ると自惚れるのか……。

「……そんな事には、なりたくないわ」

知りたい。答えを。あるべきだった私の振る舞いを。

七歳の子が本来は取るべきだった『普通』の行動を。私は。

魔法を使えるから。色々なことが出来るから。出来ないならば悩む事などなかったのだ。

魔法なんて使えなくても良かったのに。そんな力を持って生まれてこなくたって……。


王妃様を頼り、女性の集う交流の場を設けていただいた。

私と同じ家格の、他家の侯爵令嬢たちと知り合うことになる。

「まぁ、シャーロット様。凄《すご》く綺《き》麗《れい》ですわ。私も貴方のようになりたいものね」

「お褒めいただき、ありがとうございます。フィガロ侯爵令嬢」

レノク王国では私と同じ年頃の令嬢の数が多い。

それは王子の誕生に合わせて各家が子を生《な》すのに励んだからだそうだ。

王妃様主催の茶会に集まった多くの家にとって、おそらく私は『目障り』である可能性が高い。

せっかく同年代に生まれた自分たちの娘が、王子の婚約者候補としての目通りも叶《かな》わないまま、早々に私がハロルド様の婚約者となってしまったから。

少なくとも同年代の令嬢を抱えている高位貴族家は、グウィンズ家に対して、そして私に対して心から好意的だとは言い難い状況だった。

今は、王妃様に私の後見人の立場で茶会を取り仕切っていただいているけれど。

実母という後ろ盾のない私が、こういった茶会の場に出れば格好の的《まと》だろう。

他家の侯爵令嬢たちが集まった交流の場には終始、裏に何かを抱えているような空気があった。

（……これは私の想像していた『友人』を作る場とは程遠いわね）

では、どういう友人を望んでいたかと問われると、言葉にはし辛《づら》いのだけど。

ただ、今のところ他家の侯爵令嬢たちには、隠せない程の私への『敵視』があると思う。

皆《みな》、まだ私と同じ年頃の少女たちだ。彼女らに婚約相手は居ないのだろうか。

王子の婚約者になることを早い内に諦めれば、ここに集まった令嬢たちには同じ世代の侯爵令息たちの婚約者の席が空いている。同年代の令嬢が多いのと同じ理由で令息の人数も多いから。

年齢差があったとしても数歳の差だ。身分と合わせて申し分ない相手のはず。

（私は『普通の友人』を求めていたけれど、彼女らの立場を考えれば、この状況は……）

家や彼女らの思惑・内心はどうであれ。

表向き、この茶会は『将来の王妃』の『友人』になれるか否かを見る場だろう。

見せつけなければいけないのだ、私の存在を。彼女たちのためや、王国のためにも。

『シャーロット・グウィンズが王子の婚約者であるならば、自分たちに目はないのだ』と。

そう思わせる事が出来たならば、彼女たちは、自身が王子の婚約者となることを諦め、滞りなく家格の高い令息たちとの婚約を結べるだろう。

まだ彼女たちは『選ぶ』立場に立てるはず。それは彼女たちの将来をも左右する。

私がここで半端な振る舞いをすれば、彼女たちの未来が閉ざされかねないのだ。

『娘にもまだ王妃となる可能性が残っている。ならば婚約は見送ろう』などと諸侯に思わせては、彼女らの将来が閉ざされてしまいかねない。それはレノク王国にも不利益をもたらすだろう。

だから、私は王子妃教育を合わせた知識の差を王妃様の前で、他貴族の前で、披露した。

如何《いか》に自身がその座に相応しいかを示すように。私こそが未来の王妃なのだと。

高慢にも見える振る舞いで。……それは、きっと上手《うま》くいったのだと思う。

ただし、私が当初に望んだような『普通の友人』は出来なかったけれど。

「シャーロット。素晴らしかったわ。これからもそのように在りなさい」

「はい。お褒めいただき、ありがとうございます。王妃様」

そうして私は王妃様の下、主に女性を相手にする交流の場を重ねていく。

それらは友人を作る場ではあるものの、私の立場を前提としたものばかりだった。

私たちは貴族だ。きっと、いつまでも腹の内を隠しながら付き合い続けるのだろう。

将来の王妃とは国一番の女性になるという事。並大抵の努力でその座に座れるワケもない。

（……私は、そうなりたかったのかな。いつまで、こんな関係ばかりを重ねて……？）

貴族に生まれたから、生まれながらにして義務を背負う。義務を背負うからこそ私は今、生かされている。生きていける。義務を果たすことを怠れば、きっと今日食べる物すらなくなるだろう。

……ああ、だけど、私は。……貴族令嬢らしくあることに息苦しさも覚えていたのだ。

お母様が恋しい。貴族の母娘《おやこ》らしい交流ではなかったかもしれないけれど。

『シェリルお母様も、私と同じ歳《とし》の頃は同じ気持ちだったのですか』と。

そう問いかけたかった。政略結婚への不安や、友人との付き合いの不安。義弟への接し方はこのままでいいのか。お母様のように『家族』としての愛を、私はセシルに与えられているのか。

お母様に、たくさん話したいことがある。たくさん、たくさん……。


十三歳の頃にシーメル様と出会った。私が望んでいた『友人』になれそうだと思えた令嬢だ。

腹の探り合いをするでも、貶《おと》め合うでもない関係の、友人。

同格の家門ではないというのは、逆に『壁』を取り払えるものなのかもしれない。

(……ああ。私、誰かに踏み込んで貰わないとダメなのかもしれないわ)

私からは踏み止まってしまうから。リスクを考えてしまい、踏み込むのを止《や》めてしまうから。

だから相手から来て貰えないと私も安心できない。踏み出せない。

それでいいのだと考えている自分が居る。私が無茶をする必要なんてないのだと。

私の立場を考えるならば、常にそうあるべきだと思う。……だけど、同時に私は。

(もっと一生懸命に、なりたい。我を忘れるように……)

すべてをそつなくこなし、優秀さを自他共に認めて。認められて。こなしている。滞りなく。

王子妃教育は厳しくとも私はそれを乗り越えて。きっと私は何でも出来た。

誰もが羨《うらや》む程に。何だって。出来るのだから。そうあれ、と。

考える事が出来てしまうから。私はそういう人間。そういう人間だから。

——お母様を見殺しにしたのではないのか。

「……ああ、そうか。私は、私が」

十四歳になった頃に。ようやく私は気が付いた。

「私、自分自身が……大嫌いだ」

大好きなお母様を見殺しにした私。己の保身を考え、すべてを投げ出さなかった私。

賢しく振る舞うだけの、私。その殻《から》を破れない、情けない私。

「あはは……」

人知れず、誰も居ない部屋で乾いた笑い声を上げた。

これからも私はずっとこうなのだろうか。

大好きな誰かのために自分を差し出せなかった。そんな自分を嫌い続けて。

ただ、ただ、賢く振る舞い続ける。優秀なだけの空っぽの王妃になって。一生……このまま。


もうすぐ私が十五歳になる頃。そろそろ王立学園へ入学する時期が迫っている。

「ハロルド様。今日もご機嫌麗しく」

私は、ハロルド様の前でも、きっと完璧な淑女として振る舞えていた。

ここに座るのは『シャーロット』である必要はない。私という個人など要らなかった。

人形のように完璧な『王子妃』が座っていればいいのだ。

年齢を重ねるにつれ、私は洗練されてきたと思う。その価値観さえも。

「そろそろ学園へ入学する時期だな、シャーロット。だが私たちは既に高度な教育を受けた身だ」

「ええ。そうですわね」

「どうだろうか。入学試験やその後の考査で、私たちは『手加減をする』というのは」

「……はい？　それは一体どういう事ですか、ハロルド様」

「何も最初から実力を見せつけるような真似をしなくてもいいのでは、とね。シャーロットの実力など、もう皆が知っている事だろう？」

（あえて私たちの成績を振るわないようにするという事？　でも、それをすることの利点は？）

ハロルド様は第一王子。だから、きちんと実力を示した方がいいに決まっている。

貴族が他人に見縊《みくび》られてはならない、というのは何も貴族社会だけが原因ではない。

人間というものは相手を見下した際にどこまでも高圧的になってしまうからだ。

弱者だと思われては、こぞって攻撃されてしまうもの。

だからこそ示せる力は示しておいた方がいいと私は思う。

「ハロルド様。そんな事はなさらず、きちんと実力を示されるべきだと思います。今までハロルド様も王子教育を頑張ってきたではありませんか。その実力をしっかり発揮されるべきですわ」

「だから僕じゃなくて……！」

「……はい？」

「い、いや！　いい。そうじゃないんだ」

「ハロルド様？　一体、何が目的で手加減などという話を？」

「……何でもない。共に学園入学にあたっても私たちは全力を尽くそう、シャーロット」

「……はい。そうですね。共に頑張りましょう、ハロルド様」

ハロルド様の真意は分からないままで、私たちはしばらく距離を置くことになってしまった。

学園への入学準備などで忙しくなり、会う時間が取れなくなったのだ。

それでも十五歳になった私たちは、無事に王立学園へと入学を果たす。

私とハロルド様は入学成績も上位二つを独占した。私が首席で、彼が次席だった。

ああ言っていたけれど、ハロルド様はきちんと実力を発揮したらしい。……良かった。

将来の王と王妃として、相応しい成績で学園のスタートを切れただろう。

また、学園に入学後に私とハロルド様は政務に携わる事が許されるようになった。

学園の授業と政務と、王子・王子妃教育が合わさり、とても大変で忙しい日々が続いていく。

まだ学生の内だ。こうして今が辛《つら》くても、この先では、もっと上がある苦しさ。

それを『ただの苦しい事』にしてはいけない。私は『王妃』となるのだから。

誰のために学び、誰のためにそう在るのか。

……それは、きっとハロルド様への愛のためではないのだろう。

『妃』とは職業。だから、今の私は個人の愛のために生きているのではない。

きっと多くの人が誤解している。

『結婚』という文字が内包する、愛とか、恋とか、そういう要素を見てしまって。

だが『王妃』とそれらは違うのだ。だって愛『だけ』が必要ならば、その座は用意されている。

『公妾《こうしょう》』、『愛妾』とも呼ばれている立場が。

王子の愛を得るだけの者。そこに愛情があるのなら、その人間は愛妾になればいい。

愛妾は政務に携わらず、民の未来も背負わない。

……私は、そうではないのだから。未来の王妃として、この程度は乗り越えなければ。

学園の授業、王子妃教育と政務、屋敷の管理とお父様の補佐。やるべき事が降り積もっていく。

出来る。出来ている。成立させている。忙しく、時間がなくて、辛くたって。

大変な日々だが、最近では義弟のセシルも、ちゃんと侯爵家の仕事を覚え始めた。

セシルの婚約者も決まったから、いずれグウィンズ家はセシルと彼女が引き継ぐ事になる。

だから、きっとこれから侯爵家の中のこともセシルが覚えてくれるだろう。

それで私も少しは楽になるはずだと思い、ホッとする。

人は、あまりに『私《し》』を犠牲にすると公私を混同するようになってしまう。

『自分は私生活を投げ打って仕事をしているのに』と。

そうなってしまえば、いずれ『公』の部分に『私』を混ぜてしまう。それは最悪の事態だ。

自分は頑張って仕事をしているのだから、と国のお金に手をつける、とか。

私がそうなるワケにはいかない。だから比較的、余裕がある学生生活で、私は『私』の部分を見つけようと思う。……なんて。日々の疲れから、そんな事をつらつらと考え始める、私。

『私』の部分を摩耗《まもう》させると他人に対しても不寛容になってしまう。

それでは、きっと『公』の部分にも悪影響が出てしまう……と、そこまで私は考えて。

（……私の『私』の部分って何があるだろう？）

息抜き。楽しみ。趣味。やりたい事。人間らしさ。渇きを癒す飲み水のような、貴重な時間。

今までの私には教育があった。学ぶ矜持《きょうじ》があって。必要があって。……だけど今の私は？

（私の趣味、は……やっぱり魔法の研究？　最近、していなかったわね）

……ああ、なんだか、とても疲れた。こんな余分なことを考えてしまうくらい。

最近、休みを取れていなかったから。だけど、予定が、まだまだ詰まっているから……。

日々の疲れでフラフラとしながら、私は邸宅の中を歩いていた。

「シャーロット義姉様《ねえさま》」

「……セシル？」

「学園はどうでしょう？　僕も早くシャーロット義姉様と一緒に学園へ通いたいです」

「……そうねぇ」

大変なのよ、と。義弟セシルに伝えようと考えてから、ふと思い直す。

（私の『大変』な部分って、あんまり他の学園生徒たちとは関係がないのよね……）

私が大変な原因は、主に王子妃教育と政務があるからだ。屋敷の管理も大変ではあるのだけど。

屋敷に関しては優秀な使用人たちが支えてくれているから。

授業は別に問題ない。王子妃教育を兼ねた政務と学園生活が合わさるから疲れるだけ。だから。

「セシルには……きっと楽しいと思うわ。同じ世代の子女が集まっているのは、やっぱり大きな事よ。たくさん友人を作れるといいわね」

学園周りは治安もいい。多くの家門の令息・令嬢を預かる場だ。

警備体制は厳しく、人数も割かれている場所。安全に安心して同世代の子と過ごせる環境だ。

セシルもそこで友人を作り、元気に過ごしていけるだろう。

「私も学園では、沢山の人とお話しするようにしているの。セシルもそうするといいわ」

私が目を向けるべきは民。だけれど領地の視察に出掛ける時間は、もうあまり取れていない。

……民、とは少し違うけど。目を向けるべき相手として学園の生徒たちには気を配っている。

爵位の差もある。侯爵令嬢たちとは、ある程度の交流が出来ていたけれど、伯爵家より下位となる家門の生徒たちと話をするのは、とても新鮮だ。シーメル様には苦言を呈されたぐらい。

『いずれ王妃となる方が、下位の者たちにそこまで優しくするのはどうなのでしょう?』と。

(……でもね。うん。これもまた私の『私』だと思うの。ええ、今はそう思えるわ)

趣味がほとんどない私だ。下位貴族の生徒たちの話を聞くのは趣味と言っていいだろう。

だって知らなかった人たちのことを知ることができるのは嬉しい。

積極的に彼らに目を向けるぐらいはさせて欲しいのだ。私は将来、王妃になるのだし。

それが私の数少ない大事な時間なのだから。出来るだけ彼らと接して、知りたい。

「……それって令息たちにも話をされるのですか? シャーロット義姉様が」

「ええ。そうだけど?」

「……あんまり、そういうのは良くないんじゃないかな」

義弟セシルが急に表情を曇らせて、そんなことを言ってきた。

「あら？　どうして？」

「だってシャーロット義姉様は、その。……ハロルド殿下の、婚約者、なのですし」

「ああ。それなら大丈夫よ。流石《さすが》に令息と二人きりで話をする事はないから」

「そういう問題じゃ……」

「それにそこまで令息たちと関わりがあるワケじゃないのよ？　それこそ婚約者のいらっしゃる方は、その婚約者の令嬢とご一緒に話をしたりするの。だから心配しなくていいわ」

「……違います、義姉様。僕は」

「なぁに？　セシル」

「僕はシャーロット義姉様に、あんまり『他の男』と話をして欲しくない、かなって」

「……はい？」

私は首を傾げてセシルを見た。

「何を言っているの、貴方」

「……シャーロット義姉様。僕は……」

義理の弟の目を、ふと見つめる。セシルは苦しそうな、切なそうな、そんな目で私を見ていた。

「僕が……好きなのは……貴方なんだ……！」

「………何を、言っているの？」

私は目を細め、セシルの言葉を聞いた。

『好き』だと。その意味が家族に対する親愛とは思えない、態度と表情。

……私の中で急速にセシルへの『家族としての』愛情が冷めていくのを感じる。

ずっと弟として接して来た。そのように彼を信頼してきた。たしかに実の姉弟ではなかったかもしれないけれど。それでも私の中にあったのは『姉と弟』としての、家族の情だけだった。

セシルはそうではなかった、という事？……私は裏切られたような気分だった。

「……口を慎みなさい。私は貴方を弟として思い、そのように見てきました。そして、これからもそれ以上になる事は絶対にありえません」

「そんな！　シャーロット義姉様！」

私はキツく、義弟を睨《にら》みつける。

「人の気持ちを無下にしてはいけないけれど。こればかりは許せないわ。せめて胸の内に秘め続ける事ぐらいは出来なかったの？　私はもう貴方を弟とさえ見たくなくなっている。悪い意味でよ」

「そ、そんな……！」

断り方もある。あるかもしれない。でも。だけど。……これは、ない。

「……セシル。貴方にも婚約者が居ること、忘れていないわよね？」

「そんなの、僕が望んだ事じゃない……！」

「……何ですって？」

私は義弟の告白よりも、その言葉にこそ驚いた。この子は今、何を言った？

「婚約なんて！　ずっと断って欲しかった！　だって僕は昔からシャーロット義姉様の事が！」

「黙りなさい！」

私は、セシルが声を張り上げるのを何とか遮《さえぎ》った。

(侍女も近くに居る。今の言葉も聞こえたでしょう。なんて事なの！)

屋敷の中で、こんな。醜聞も甚《はなは》だしい。それに何より、ぞわり、と鳥肌が立った。

単純に、そう、セシルの事が『生理的に嫌だ』という問題だけではなかった。

私の中の『魔力』が何かに反応していた。……この反応は何だ？

数年前の短い出会いを思い出す。家名を名乗らなかった少年に触れられた記憶を。

(……あの時のように、何かに囚われるような、嫌な気配がする？)

じわじわと真綿で首を絞められるような錯覚。

私は、その嫌な感覚に歯を食いしばって耐え、セシルと向き合った。

「……せめて一人の人間として、貴方の気持ちに返事をしましょう。セシル・グウィンズ」

「シャーロット義姉様……」

「まず私には婚約者が居る。そして将来、彼の妻になるつもりで生きている。貴方の気持ちには答えられない。答えようとも思えない。個人として身分も立場も関係なく。貴方と共に歩く未来を、私は思い描けない。……どうか、これからは距離を置いてちょうだい。グウィンズ侯爵令息」

「あ……」

私は足早にセシルの前から離れていった。

「これからはセシルと距離を置かないといけないわね……」

あの子は『義理の』弟なのだ。それを失念していたかもしれない。

初めから『家族』の枠に入れて考えてしまっていたから。私は家族だって思っていたのに。

「なのにセシルは違ったの？」

私のことを『家族』や『姉』ではなく『一人の女』として見ていたと？

（……そんな男が、同じ屋敷に住んでいるだなんて）

私にあるのは嫌悪感だった。そして裏切られたという失望。最悪な気分。

（思うだけならば、まだいい。どうして、それを口に出すの）

叶わない恋だってある。そうでしょう？　何より私たちは貴族なのだから。

何のためにグウィンズ侯爵家の養子になったと思っているのだ。

私の醜聞に繋がるような言動をして、こんな。私を追い込むような真似を。

「自分の気持ちを口にする事の方が、私の立場よりも大事だって言うの……？」

あの男を甘やかし過ぎたのかもしれない。私にとってセシルは『家族』だったのだ。

そして『家族』とは私にとって大事な存在だった。あの子は家族の関係を……踏みにじった。

（家族が大事、だから。距離を……縮め過ぎたのかも、しれない）

年頃の男性の気持ちなんて分からない。分かっているようでいて分かっていなかった。

家族だと思っていない、同じ年代の『女』が近くに居る。屋敷の中に居て、共に育つ。

そんな状況がセシルに、私への恋心を芽生えさせてしまった？

私は頭を抱えた。かきむしりたくなる衝動を必死に抑えて。酷《ひど》い気分になる。

そして、セシルの告白に感じたのは嫌悪感だけではなかった。

私の『魔力』が何か別の、奇妙なものを感じ取っていたのだ。

あの時の少年と同じ。今まで、それは彼自身から伝わるイメージだと思っていたのだけれど。

(違う。この感じは……何か、違うわ。もっと別の、大きな圧迫感？)

それは私が魔力を持っているが故に感じ取ってしまっている『圧力』だった。

その後も私は不安に追い立てられるように過ごす事になる。

私が感じ取った嫌な気配は……言うなれば『壁』だ。

私を圧迫する、捕らえて、逃がさないように、閉じ込めるような『壁』の気配。

「一体、この嫌な感覚は何なの……？」

……その後。時間を置いても私の中から『壁』の感覚は消えなかった。

勘違いなどではない。明確に存在する何か。

注意深く探ってみると、他にもセシルと同じように『壁』を感じる相手が居た。

それがハロルド様。ゼンク様。クロード様だ。

彼ら三人にも共通して感じるような圧迫感、『壁』の気配を感じてしまう。

それは日を追うごとに深くなっていくようで……。

彼らに対して関わりたくないという気持ちが浮かぶ。それと同時に『関わらなければならない』ような圧迫感も覚えた。『絶対に』関わらないといけないような圧に追い詰められていく。

私には魔力という感覚があるがために、見えない『壁』を感じ取っていた。

それは、まるで見えない壁によって作られた『迷路』のようなものだ。

他の人は自然と歩いているのに。私だけは『壁』を知覚してしまうが故に、その道を『歩かされている』ような圧迫感。他に行く道がないかのように私に錯覚させる迷路。

セシルの告白や、アレク少年のアプローチ。どちらも男性からの……執着心、のような。

私はハロルド様の婚約者だ。だから他の男性を愛するなんて許されない。だというのに。

まるで他の男性に、彼らに、無理矢理に興味を抱かせられるような、おぞましい感覚。

その壁は。壁は……まさに、そう。

(……運命?)

こんなにおぞましい感覚が。まるで運命の出会いかのように。

私の心の中を勝手にかき乱している。ときめきのような、おぞましさで。

「……ありえない」

男性たちに私が出会うように、出会わなければならないように『決められた道《ルート》』。

『その道に進みなさい』『その選択肢を選びなさい』と押し付けられるような圧迫感。

誰かが私を操っているような、私の人生を決めているような……嫌な、気配。

それからも私は『壁』の感覚に悩まされた。

セシルとは、あれから距離を置くようにしているけれど『壁』の気配は消えない。

ずっと私は『壁』の存在に苦悩していた。一年、二年と過ぎても、ずっと。

誰に打ち明けられる事でもないから、いつまでも自分一人で抱え込んで。

十七歳になり、学園でも三学年に上がった。あと一年で私は卒業する。

だけど『壁』の気配は強まるばかりだ。私は『何か』にずっと囚われている。

何もかもが……誰かの思い通り。運命の通りに。私の意思が、そこに必要ないかのように。

◇◆◇

学年が上がり、課される政務が増えていくにつれ、ハロルド様は色々と投げ出しがちになって、困っている。文官や私も日々の振る舞いを改めていただくように声を掛ける事が多くなった。

今は、私がハロルド様の投げ出した仕事を肩代わりする事で、王子担当の政務を何とか回している状態だ。滞らせては困る誰かが居るのが仕事だから、やむを得ない。

（いずれハロルド様も前を向いてくださると良いのだけど……）

あのままで困るのはハロルド様自身なのだから。彼だってその事を分かっているはず。

己の義務を投げ出すばかりの者には誰も付いてこない。特にそれが王族となれば尚更《なおさら》。

彼は仕事をサボりがちなだけで、国庫に手をつけて遊び呆《ほう》けるだとか、そういう事はしない。

ハロルド様も根は真面目なのだ。だから、その方面については心配していないけど。

（仕事をサボりがちなのに真面目って変な話だけど……）

一線を越えてはいないのだから、今は私がハロルド様をお支えするしかないだろう。

「……ふぅ」

とはいえ私も疲れが溜まっている。セシルとの一件以来、心が休まる場所が減ったから。

（屋敷に帰りたくないな……）

だけど流石にそろそろ私も限界が……。

どうすればいい。せめてセシルを。屋敷で休みを……きちんと取れたら。

「……、そうだ。……【記憶魔法】」

代償が伴う以上、私の魔法は軽々しく使えない。だけど今は少し考えている事があって。

かつて、お父様との思い出を消した後、私とお父様との間に大きな問題は起きなかった。

それは私が『忘れたからこそ』お父様との問題を起こさなかったのではないか、と。

『お父様がお母様の死を看取《みと》りに来なかった』事について。本当は、もっと思うことが私にはあったのではないだろうか。だけど私はそれを覚えていなかったから。いいえ、忘れたから。

（私、お母様の事が好きよ。そんなお母様の事をお父様は慮《おもんぱか》らなかった……）

だから私は、きっと『お父様を恨んだはず』なのだ。憎んでいてもおかしくはなかったはず。

だが実際の私は、お父様の事を何とも思わなかった。恨みに囚われる事なく。

『ああ、お父様ってそういう人なのね』と淡々と対処していた。

（私は、きっとお父様に対する関心を【記憶魔法】で消したのよ）

子供として親を求める、その心を消し。恨みもまた消えて……。

考えたのだ。私の【記憶魔法】は、引き起こす事象の方は『オマケ』ではないか、と。

大事なのは『忘れる』方だ。

黄金の天秤の、どちらの秤《はかり》が重要なのかを、私は間違えていた。

代償にして何かを為《な》す、のではなく。『忘れるために』魔法を使うのが正しい使い方。

言ってしまえば引き起こす事象は何でもいい。それらは、ただの副産物に過ぎない。

『何か事態がよくなればいいなぁ』という、ふんわりとした『願い事』に近い。

「……思い出を忘れる、魔法。それこそが私の【記憶魔法】」

お母様の記憶は手放せない。だけど『嫌な記憶』だったら、どうだろう？

失敗した記憶。要らない記憶。嫌な記憶だったなら？　それらなら忘れてもいい、はずだ。

「これも魔法に溺れる使い方でしょうか。……お母様」

やはり軽々しく使えないのは変わらない。だが、少しの希望を感じた。

「ふぅ……」

私は一人、疲れた身体《からだ》を横たえながら、何を忘れるのかを考える。

「……セシル・グウィンズに『弟』として抱いていた、私の感情を」

忘れる。今のお父様との関係のように冷えた距離感でセシルと接すればいい。

屋敷の中で思う所があるまま、あのセシルと過ごすのは苦痛だった。

未《いま》だに未練があるように私に視線を向けるセシルを疎ましく感じている。

それに同時に感じる『壁』の圧力。おそらくセシルの意思によるものではないのだけれど。

あの壁を取り払わない限り、私は解放されないような気がした。だから。

（……可愛《かわい》らしい義弟と、恋に溺れる侯爵令嬢、なんて）

「戯曲のようね。でも、それは夢の中に抑えてこそなの。ごめんなさい、セシル」

魔法で忘れてしまえば、私たちは正しい人間関係になれる、はず。

「……セシルの持つ私への恋心も消してしまえればいいのに」

そうだ。それがいい。何もかも失えば、お互いに。それはまるで悪魔の囁《ささや》きのよう。

だって私はセシルを望まない。彼の望みは永遠に叶わない。このままでは互いに苦しむだけだ。

……私は、黄金の天秤に自らの記憶を捧《ささ》げて。引き起こすべき『ある事象』を願った。

それはセシルの中から、私への……恋心を消してしまう、魔法だった。

◇◆◇

三学年になった私は、ある男爵令嬢の噂《うわさ》を耳にした。

マリーア・レント男爵令嬢。あと一年にも満たない時期に中途入学をしてきた生徒。

当然、そんな彼女は皆の注目を集めた。

灰色の髪の毛と、マゼンタの澄んだ瞳。とても可愛らしい容姿の女の子らしい。

その生い立ち、学園に通う事になった過程を聞いて、私は彼女に同情する。

私は彼女への興味と、何か助けになる事がないかという思いで、彼女に近付いた。

そして、その時にまたあの感覚を覚える。これまでよりも強い『壁』の気配だ。

私の人生を強引に決めてしまうような圧迫感をもたらす、運命の壁。

……だけど、その壁に抗《あらが》う術《すべ》を、もう私は持っていた。

お母様が私に継いでくれた魔法の力がそれだ。セシルの『壁』は取り、払、え、た。

だから少し怖かったけれど、対抗する術があるからと私はマリーアさんの手助けをする。

『壁』は、やはり感じるままだけど。でも、それはハロルド様たちとも同じだったから。

セシルは義弟なのに『ああ』だったから、その『壁』を取り払ったけれど。

でもセシル以外の三人には手を出していない。……出せない、と言った方が正しいか。

少なくともセシル相手に使ったものと同じ内容の魔法は使えまい。

（……この『壁』に沿って生きる事は間違いか。それとも正しいこと？）

だって、もしも私がマリーアさんの手を取って育てる事こそが『運命』だったのなら。

それは忌避《きひ》すべき事でもないように思う。

私はマリーアさんには期待している。人を育てる事はなんだか嬉しかった。

それに彼女が話す市井の話も楽しかった。得難い経験、お話だった。

（……私に足りなかったものは、もしかして、この経験……？）

私は生まれた時から筆頭侯爵家の令嬢で、幼い頃から第一王子の婚約者だ。

王子妃教育を始めとした高度な教育を受け、政務に携わり。でも、それだけでは足りなかった。

私が培ってきたすべては『上に立つ者』の目線だけで固められていたから。

市井の民から見た実感、価値観を知らなかったのだ。

（……いくつになっても学ぶ事があるものね）

マリーアさんとの話はとても楽しかった。私は彼女を『友人』だと本気で思っている。

それは申し訳ないのだけれど、シーメル様とのやり取りとは違うものだったから。

(……あれ？　シーメル様とのやり取りだと……)

素直なマリーアさんの感情表現に触れるに連れて、私は違和感を覚える。

マリーアさんに対して、ではない。……シーメル様に対して、だ。

(……今まで私とタイミングや考えが合わない事もあったけれど、これは)

表立って私に敵対するワケではない。対立するような言葉をシーメル様は使わない。

だけど彼女の言葉は、いつも私が望まない方向へ導くようなものだった事を悟る。

『比較する相手』が現れて初めて感じた、二人の違い。シーメル様への違和感。

これから私はシーメル様への対応を変える必要があるだろう。彼女は私に悪意があるようだ。

それを気付かせてくれたマリーアさんとの出会いは、本当に得難いきっかけだったのだ。

だけど、そんな風に好意的に彼女を受け入れられる時間は、あっさりと終わりを迎える。

それがハロルド様とマリーアさんの出会い、だ。奇《く》しくも二人を出会わせたのは私だった。

あっという間に打ち解けていく二人に、私は言葉を失う事しか出来なかった。

「……でも」

マリーアさんの優秀さなら、いずれ『側妃』に据えられるだろうか。

王子妃教育を、今から。足りない部分を私が補って。

(……厳しいわ。いくらなんでも)

そもそもハロルド様やマリーアさんがどうしたいのか。私だけで考える事ではない。

もしもハロルド様がマリーアさんを『側妃』や『愛妾』に据えたいと考えているならば。

きっと私に相談してくださるだろう。王家からの動きは今のところは無い。

そうして。改めて私とハロルド様との関係を、彼女との関係と比べて考えて。

（……私って。もしかして。ハロルド様に……）

恥ずかしい事なのだけど。今更になって気付いて、思い知った事がある。

私とハロルド様は、あまり良好な関係を築けているとは言えなかったみたいなのだ。

上手くやれていると思っていたのは私だけだった。なんて事だろう、今更。

（……ああ、でもこれが政略結婚と……恋愛の違い、なのね）

ここに来て私は、マリーアさんの姿に気付かされた。

ハロルド様とマリーアさんが出会う前。彼女は私に『政略結婚が嫌だ』と言った。

あの時、私は『ひゅっ』と息を呑《の》んでしまった。

そういう考え方は今までしてこなかった。……私は、あの時に衝撃を受けたのだ。

何故《なぜ》、私はあの時に息を呑んでしまったのか。なぜ、彼女の言葉に衝撃を受けたのか。

（……私には、そんな恋愛なんて許されないのに、って。あの時、そう思った）

それは嫉妬、なのだろうか。何もかも持っているはずの私が。

すべてを手に出来るはずの私は、マリーアさんの素直な心に当てられた。

あろう事か、私は『恋愛』が出来なかった事に……彼女に嫉妬などしている。

今まで侯爵領の民の税で暮らして来たというのに。

国民の税で王子妃教育という高等教育を受け、育ってきたというのに。

自由がないのは仕方がない。国のため、民のために尽くす事は仕方ない事なのに。

『恋愛』が……出来なかったことに、嫉妬しているなんて。

この身は、私の力は、レノク王国に還元されなければならない。

レノクの民を守るためにこそ発揮されなければならない。育まれた恩を返す義務がある。

それこそがシャーロット・グウィンズの人生だ。

……お母様には返せなかった。私を産み、育て、愛情を与えてくれた恩を。

だから、せめて国に、民には、返さなければならない。ならば恋愛なんて。愛なんて。

「……私には、許されていない、のに」

そう思っている私は異端なのだろうか。望むことすら我慢するのが当然ではないのか。

では、どうして私の隣で、ハロルド様は自らの恋愛を謳歌《おうか》しているのか。

(いえ。国益に反しているワケではない。彼には『愛妾』を娶る事も許されている……)

私は一体、誰に嫉妬をしている？　マリーアさん？　それともハロルド様？


いつしか私の悪評が立ち始めていた。

私がマリーアさんを虐《いじ》めている、と。そんな事はしていない。なのに。

(……どうしてマリーアさんは噂を否定してくださらないの？)

そして、どうしてハロルド様は私を庇《かば》ってくださらないのだろう。
王家は何をしている？　私の周りには今も王家の影が付いているはずだ。
ハロルド様の周りにだって。であれば、私がそのような事をしていない証拠はある。
（……なぜ、この噂に対して王家は沈黙を選ぶの？）
追い詰められていく、私。辛い。苦しい。誰か、誰か。
『助けて』と……そういう言葉が頭に浮かんで。はた、と私は気付いた。
——私は一体、誰に助けを求めればいい？
そんな心を預けられる相手は誰だ？
ハロルド様ではない。だって彼は問題の渦中の人間だ。
それに……どうしてだろう。私は彼に頼る、縋《すが》る、という選択肢を持っていなかった。
（ハロルド様を、私は……信頼……して、いない？）
将来の伴侶、婚約者だというのに。
私はハロルド様の事を愛している。愛している。愛していなければならない、のに。
「ハ……」
何を言っている？　愛していると思った事なんて、ほんの少ししかない癖に。
私は何をしていたのだろう。一体、誰を信じて生きてきた？
（……ひとり、だわ。誰にも頼れない。頼っていい相手が分からない。……いない）
私は、いつも私の中で自己完結してきた。

教えられてきた事を、投げつけられてきた事を、何でも出来てきたから。

シーメル様にだって、お話はしたけれど頼った事はなかった。

ハロルド様が相手でも……彼から押し付けられた仕事をこなしても、彼に私の仕事を押し付けるような真似はしなかった。頼るような真似をしなかった。

したのは、せいぜい彼が仕事をサボらないように、勉強をするように、と諫言《かんげん》することだけ。

（その結果が今、なのね。……なんて無様。これから私はどうしたらいい……）

私は上手くこなせていると思っていたけれど、その実、誰の心だって摑んではいなかった。

何が未来の王妃。何が筆頭侯爵家の令嬢。私の正体は……頭でっかちな、空っぽの女のまま。

お母様を見殺しにした賢しい子供の頃から、何も変わってはいなかったのだ。

「……シャーロット様」

「……なに？」

そして悪評が立ち、孤立し始めた私に接触してきた人物が居た。

ピンクブロンドの髪に、ワインレッドの瞳の色をした女性だ。

綺麗だけれど、レノク王国の民とは顔立ちが違う、異国の女性だった。

「……あなたは誰？」

今、彼女はどこから現れただろうか。何か異様な気配を感じた。

「お迎えに上がりました。姫様。いいえ、シャーロット様」

「……誰？　何を言っているの？」

突然現れた目の前の謎の女に問いかける。

「私は【鏡の魔女】。我が主の命により、貴方様を救いにやって来た者です」

……彼女は、私に向かってそう告げた。


妙な女性と出会ってしまった。彼女は、何か匂わせるだけの事を言うだけ言って。

それから私に、小さな『手鏡』を渡して去っていった。

(私の事を救いたい？　何から？　それに【鏡の魔女】だなんて、ふざけているの？)

救いたい。それは今の状況から？……私が今、孤立しているから？

ハロルド様はマリーアさんを連れ回し、彼女と親密な関係を築いている。

一方で私の事は……お世辞にも良く扱っているとは言い難い。

側近であるゼンク様やクロード様も、ハロルド様をお諫《いさ》めしているみたいだけれど。

その効果はまったくない。ゼンク様に至っては、むしろ逆効果ですらあった。

マリーアさんを引き離すためか、はたまた本心かは知らないけれど。

結果としてゼンク様のした事はハロルド様を焚《た》き付けることになって。……役立たずだ。

『貴方の状況は、もっと悪くなるばかりです』

(……あの女性。魔女を名乗った彼女は、そう言ったわ)

彼女の口調には独特の訛《なま》りがあった。隣国の言葉のイントネーションだ。

レノク王国と、隣国であるベルファス王国では同じ言語を使っている。

だが、その発音には差異がある。偶《たま》に些細《ささい》な発音の違いで大きな誤解を生む事もあるぐらいだ。

王族や外交に携わる者は、その違いをきちんと把握しておく必要がある。

ハロルド様が外国語を少し苦手にされているため、任されている政務の内、私が外交関係を担う事も多かった。なので、私は隣国の訛りも把握している。だから気付いた。

（ベルファス王国の手の者。それも魔女を名乗るからには魔法を使う？　『壁』の気配ほど、顕著ではなかったけど、確かに何か特別な感覚も……あれは彼女の魔力か）

ならば、あの魔女は、ベルファス王国でも重要な立ち位置である可能性が高い。

（……そんな人間が秘密裏に私に接触を試みる、ですって？）

いくらハロルド様に冷遇されていようと、私の立場が『第一王子の婚約者』である事は変わりない。

そんな私に隣国の者が接触するなんて。王家に報告を入れなければならない事だろう。

……だけど私は、彼女の言葉を思い出して。

『私たちは貴方を救いたいのです。シャーロット様。我が主は貴方の幸せを第一に考えています』

（私の幸せ、を……）

『シャーロット様には別の道が、未来もあるのだと。心に留めておいて欲しいのです』

魔女に掛けられた言葉のいくつかを私は何度も思い返す。

『市井に下るつもりなら私がお供致しましょう。どこまでも、シャーロット様に付いていきます。

どうか貴方様はお一人ではない事を……忘れないでください』

（……何を言っているの？）

市井に下る？　私が？　侯爵令嬢であり、王子の婚約者である私が？

それで彼女が付いて来る？　何のために。

『シャーロット様が幸せになれる未来を……私たちは守りたいのです』

私の幸せ。それは……ハロルド様の隣に立って。

いずれ王妃になって、国を守り、民のために。それが私の。私の……。

……意地、だ。

私は、個人的な幸せのために生きてきたワケではない。

そんな生き方を私は許されていないのだ。必要なものは、愛ではなく、私の幸せではない。

何のための貴族。何によって生かされてきたか。

貴族として受けてきた恩恵を、生かされた今までの恩を、国に還元する事こそが。義務こそが。

ハロルド様の隣で。……私を見ない、彼の、隣で……？

……ゾクッ、と。背筋に寒気が走る。

私は、本当にずっとこのままで生きていけるのだろうか。

国母として立ちながら、王となるハロルド様から向けられる目は冷たいものだけで。

その未来に耐えられる程、私は……強い……だろうか。

思い出すのは幼い頃の思い出。ハロルド様はあの頃、私に笑顔をくださると言ってくれたのに。

そんな約束など忘れてしまったように、なかったことのように今の彼は振る舞う。

もう彼の前で笑みなど浮かべられなかった。そんな関係のまま、私は……生きていくのか。

（……だけど私には出来て、しまうのかもしれない）

きっと私は、私の心を殺せるだろう。彼からの愛がなくとも『国母』という人間になって。

国に尽くす人生を選び、歩んで……しまえるのだろう。誰からの愛も与えられずとも。

そうしてマリーアさんの言葉を思い出した。

『私は、結婚するなら好きな人とがいい。これだけは』

マリーアさんが私に漏らした、その言葉。……甘ったれた台詞《せりふ》だ。

政略結婚が当たり前の貴族令嬢には許されるはずがない台詞だ。

……いいえ。私には許されない台詞だ。……だけど。だけど！

『私だって、そうなのに』

あの時の彼女の言葉を思い出して……私は、そう悲鳴を上げたくなった。

政略結婚だろうとハロルド様の親愛が、或《ある》いは信頼があればいい。それさえあれば、まだ。

それならば黙って、この叫びを私は呑み込む事が出来た。でも。

（それすらも……ない、という事を、ハロルド様は今、証明なさっている）

最低限の信頼。最低限の愛情。最低限の……。笑顔なんて、彼はもうくれなかった。

ハロルド様から私へのそんな感情は……ない。彼はマリーアさんに夢中なのだから。

「ハ……。あはは……。どうして私には」

マリーアさんが私に助けを求めるように漏らした言葉が、ぐるぐると頭の中をかき乱す。

空虚なままでいれば今のままでも立っていられる。

己のすべてを国に捧げて。愛のない妃の座に座って。

（一人ぼっちの……私）

私は、鏡の魔女から手渡された小さな手鏡を握り締めた。

私の味方はどこに居る？　妙な噂を止めさせようと頑張っても空回り。

鏡の魔女について、私は陛下に報告できずにいる。だって今の私の、味方は。

シーメル様たちだって、私から離れていった。

（苦しい時に離れていく『友人』なんて、ね……）

私が勝手に彼女たちを『友人』だと思っていただけだったのか。一方的に。

彼女たちは私を捨て置き、今やマリーアさんの周りに侍《はべ》っている。

私のことを『悪役』にして、まるで彼女を守《も》り立てる者たちのように。

私のことを嘲笑《あざわら》って……。離れて、寄り添ってはくれず。

ふと。その姿に。私は大きな勘違いをしている事を突きつけられた。

「……ああ。そうなのね」

私が『ハロルド様の妃』になる事は、本当に確かな未来だろうか、と。

シーメル様を始めとした友人たちは、今や『マリーアさんの友人』として振る舞っている。

きっと元より『ハロルド様の妃』に侍っているつもりだったのだろう。

つまり彼女たちは今、未来の王妃を、マリーアさんだと考えているのだ。

(私の未来は……決まっていない。王妃になるなんて、決まっていなかったのよ)

それが大きな、大きな勘違いだった。何が国のために尽くす？　何が国母？

王家の血を継いでいるのは私ではない。ハロルド・レノックス第一王子だ。

だから確定しているのは彼が王に、或いはそれに近い立場に立つという事だけ。

(彼女たちの姿は……未来の光景なのかもしれない)

私を『悪役』にして盛り上がっている彼女たち。

そして、ここに居るのは希代の悪女、シャーロット・グウィンズ。

対するは灰色の乙女。マリーア・レント。

誰もが悪し様《あざま》に私を罵る。そうして語る。

『あの女よりも、マリーア様の方が、よっぽど愛らしくてハロルド殿下に相応しい』と。

いいえ、今の私にだって味方は居るのだろう。

その味方とは王家に携わる者たちだけ。王家の影もそう。クロード・シェルベルクも、そう。

彼らは『私個人』を大事にしたいワケではないだろう。

『政務をこなせる者』としてのシャーロットを重視している。

だから、私の立場を守ろうとしている。ただ、それだけの人間たち。

(それが私でもある必要は……ない)

王子妃教育にかけた時間と費用が惜しまれているだけ。或いは家門の力が必要で、それだけの、女。

「ハ……」

(どうしたの？　どうしたのかしら、シャーロット。それでいいのだと考えていたはずよ？)

それこそが貴族の義務だと、矜持を持っていたはずだ。

だけど、その矜持すらも果たせないなら？……私は一体、何のために、今まで。

では、ゼンク様の気持ちに応えるのか。彼は『私個人』を望んでいるはずだろう。

……未来の王妃として立とうと頑張ってきた私を。彼は、個人の感情で、求めて、そして。

マリーアさんへの偽りの告白。ハロルド様を焚き付けるような状況と、タイミングで。

「彼は……」

結局、私のことを助けるよりも、己の気持ちを優先したんじゃあないのか。

私とハロルド様の仲が拗《こじ》れればいい、と。

だって、ゼンク様があの時、ああ行動しなければ、ハロルド様はマリーアさんを、まだ……。

こうしている今だってゼンク様は、まるで静観するように、庇ってはくれないではないか。

彼は待っているのだ。私が追い詰められることを。ハロルド様と破局することを……。

「……誰も、信じられない」

私は、鏡の魔女に渡された手鏡を強く握り締めた。

来る日も、来る日も、私は悩み、苦しんだ。苦しんで、悩んで、足掻《あが》いて、訴えて。

だけど願うような答えは出ない。王家に訴える程ではないから？
もうすぐ噂は収まるだろうから？
だけど私は……私は、もうハロルド様を……信じられて、いない……。
嫌だ。嫌。このままだなんて、嫌。叫び出したい。心が悲鳴を上げている。
だけど誇りがある。矜持がある。意地が……あるのだ。
こんな状況に陥れられたのだとしても、未来で私が国母として立つのなら。
ハロルド・レノックスの裏切りも。マリーア・レントの愚かな恋情も。
シーメル・クトゥンの手の平返しも。ゼンク・ロセルの浅はかな企《たくら》みも。
クロード・シェルベルクの怠惰も。王家の、貴族たちの至らなさも、無責任さも。
すべてを呑み下して、立ってみせる。
それが私の意地。私のノブレス・オブリージュ。
それが今までの私を生かしてくれたレノク王国への恩返し――

「シャーロット・グウィンズ侯爵令嬢！　私は今日、お前との婚約を破棄する！」

…………その言葉を聞いた瞬間。
私の中にあった何かにヒビが入り、そして砕けてしまった。
……ふふふ。

「あはは……。あはははははははははははははは!!」

私は笑った。ええ、本当に。心の底から。

だって、もう。ここに立っているのは……求められているのは。

優等生の、貞淑な侯爵令嬢、シャーロット・グウィンズじゃあ、ない。

彼らが求め、彼らが言葉を交わし、彼らが嘲笑い、彼らの視界に立つ女は。

希代の悪女、シャーロット。……なのだから。

望むのだ。彼らが。望んだのだ。彼女らが。私に。そうあれ、と!

私の大事にしていたもの、今まで保ってきた在り方も、何もかも、すべて否定された。

王子の婚約者も、侯爵令嬢としての在り方も、彼らにとっては無意味だった。不要だったのだ。

彼らが望んだのは『悪女であるシャーロット・グウィンズ』!

ならば、そういう姿を本当に見せてやればいい。それがいいのだろう?

……これは自暴自棄と諦めを含めた、私の矜持。

悪女であろう。悪女となろう。悪女として振る舞おう。だって望むのだ。彼らが!

（……貴方たちの、その目、その表情を、私は許せない）

私を悪女だと罵っておきながら……。それでいて、今までと同じような穏やかな対応を、彼らが私に求めているのを感じる。そんな願いまで叶えてやる筋合いがない。道理がない。

『私が本当に悪女であること』を彼らはどこかで理解し切れていない。そう思ってすらいない。

……ああ、どこかで『お優しいシャーロット様』が自分たちのすべてを受け入れてくれるだろうと考えている。そういう傲慢さを彼らに感じた。

彼らは、私が優秀な令嬢らしく、この場から大人しく引き下がるだろうと考えている節がある。

『善人』が、或いはお人好《ひとよ》しが、いつまでも利用され続けるような感覚。

私を痛めつけ、利用し尽くし、都合よく何もかもを押し付けてやろうと。

……なぜ、そう思うかって？

実際に『悪女のシャーロット』の姿なんて誰も見ていないはずだからだ。

だって、これは冤罪《えんざい》だ。噂しかない話。誰もが、その噂だけで私を貶《おとし》め続けた。

彼らは、私を今まで通りの優しいシャーロットだと思いながら、その上で悪女だと罵ってきた。

だからこそ『本当に悪女になったシャーロット』として振る舞って見せるのが……。

彼ら全員への意趣返し。

冤罪で貶められ、誰にも庇われなかった私は、押し付けられた役の姿で笑って見せよう。

『悪役』として彼らに報復して見せよう。だから、ここにいるのは悪女、シャーロット。

……シャーロット・グウィンズを希代の悪女にしたのは、彼らなのだから。

「……ふふふ」

ハロルド様から突きつけられたのは、私と彼との婚約破棄だった。

婚約破棄。婚約破棄、婚約破棄！　なんて言葉だろう。

「何がおかしい！　シャーロット！　貴様の悪事の数々を反省しているのか！」

悪事など何もしていない。王家の影が私を見ていただろう。

王子の婚約者だったのだからハロルド様が声を掛ければ、すぐに証言しただろう。

記録だって残しているはず。ならば私の無実など、とうに証明できている。

弁明するまでもなく。語るまでもなく。

それにも拘《かか》わらず、多くの貴族子女たちが集まったこのパーティーで『私の悪事』とやらを突きつけ、悪女と罵り、婚約を破棄して見せた。私の弁明すら聞かず、言わせず！

そうする彼の目的は何だ？　マリーア・レントを己《おの》が『妃』に据えることか？

たとえ努力によって能力が足りるまでに至ろうと、彼女を『正妃』に据えるには、きっと時間が掛かる事だろう。そして何よりも私が居た。……だから私が邪魔だったのか？

私を『悪女』と罵れば、それだけ彼女を『清らかな乙女』として持ち上げられる、と。

（……ああ、そうだったわね。学園でもそうだった）

皆が、こぞって私を悪女と噂し、嫌味のようにマリーアさんを持ち上げる。

『相対的』な聖女様。灰色の乙女マリーア・レント。なんて滑稽な話。

シャーロットよりもマシだから綺麗で、素晴らしいのだと評価する。

（それでいいのね？　マリーア・レント。貴方は、そんな事すらも見えていないの……）

だって、貴方の恋心には打算などないのだから。

（……私を貶めたかったワケではないのでしょう？　マリーアさん）

そこには積極的な悪意などなかった。あったのは消極的な肯定と、願望。

『もしも、このままシャーロット・グウィンズの悪評が広まったなら、もしかしたらハロルド様と私は結ばれるかもしれない』という、愚かで愚直な、恋心。

……ねぇ。マリーアさん。数少ない『友人』だと思っていた貴方。

その願望の果てで私がどうなるのか、どう扱われるか、どう思われるか、どう見られるか。

少しでも考えてくださった？　私は貴方を友人だと思っていたのに。

それとも『シャーロット様なら許してくださるわ』とでも思っていた？

ええ、きっと……それでも私が『妃』として立つのなら。レノク王国の『国母』となるのならば。

矜持と意地とで、貴方の願望を私は呑み下してあげられただろう。

されど、婚約破棄。婚約破棄だ。その意味が貴方に分かる？

……令嬢として婚約破棄は瑕疵《かし》がつく？　違う。

……次の縁談が望めなくなり、もうまともな結婚ができなくなるかも？　違う。

……愛する男にフラれて可哀想《かわいそう》？　違う。

結婚や愛など二の次。どうでもいい事。大切な事は……『王の妃になれない事』だ。

であれば何だった？　今までの私の努力は。私の人生の大半は。何だったと言うのだ。

十歳の頃から始まった王子妃教育。それに費やした時間。政務を請け負った時間、努力、労力。

それらをすべて踏みにじる言葉。私の七年間をすべて踏みつけ、唾を吐く言葉！

（それが婚約破棄という『意味』だッ‼）

恋が問題なのではない。愛が問題なのではない。結婚が問題なのではない。

彼は、彼女は、私の『人生』を踏みにじったのだ。

（……これから先、私はどうなる？）

大勢の前で第一王子の口から『婚約破棄』と明言された。その言葉は取り消せない。

そもそも『ハロルド王子の心はシャーロットにはない』という事が知らしめられた。

王の言葉ではない。だから『なかった事』として私との婚約関係が続く場合もあるだろう。

そして、その場合の私は『貴族すべてに侮られる王妃』となる。

どんなに優れた実績を残そうと言葉を発そうと『王に愛されていない王妃』だと罵られるのだ。

すべての貴族に、臣下に、宰相に侮られる王妃となるだろう。

（……そんな王妃になど、誰がなりたい？）

その癖、政務だけは私が数多くこなさなければならない未来が予測できた。

これほどの醜聞を経てまで、私を『妃』に据え置く決断の意味は『そこ』に違いないからだ。

ノブレス・オブリージュ。妃としての仕事を全うするのであれば、それで構わないだろう、と。

だって、そうしなければ民草はどうなる？

……いや、そう悩む事が『自惚れ』に過ぎないのか？

私が国の中枢に関わらずとも、きっと彼らは国を回すのだろう。そうでなければならない。

ハロルド様には『王子』という立場がある。その彼が私との婚約を破棄したのだから。

そう判断したのだから。私が果たすべき『義務』は、そも『妃』の仕事ではない。

そういう事に違いない。貴族の義務は、何も妃だけが果たすものではないのだから。

（……では、このままグウィンズ侯爵家に帰った私はどうなる？）

お父様が野心で政治の道具として見込んでいて、それを果たせなかった私を許容するのか？

しないに決まっている。では実子として『グウィンズ侯爵』を私が継承するのだろうか。

そうして女侯爵として『義務』を果たせと言われる？……そんなワケがない。

あの男が実子ではなくセシルという養子を取ったのは、己の爵位を譲らないためだ。

いつまでも己が筆頭侯爵という多くの貴族の上に立つ存在であらんがためだ。

そして、そのための『王子の婚約者』の私だった。だから私は侯爵など継げないだろう。

……つまり、私が家に帰ろうとも、果たす『義務』はないのだ。

では、どこぞの家に都合よく妻として押し付けられるか。

政略結婚もまた『義務』なのだから。

たとえ、それがどのような相手であろうとも。

（……それが今まで私の積み重ねてきた人生に対する、果たすべき『義務』なの？）

義務と権利は表裏一体。私は領民の税によって衣食住を満たし、生かされてきた。

王国の民の税によって王子妃教育を受けてきた。

そうして支えられたからこそ、民の生活を良くし、支え、守る義務があったのだ。

（……だけど、おかしいじゃない）

もし、私の未来がそういう結末だったなら。……今までの人生は何だった？

突然そのように失うリスクがある立場な事もまた、義務の内なのか。

どこぞの家の気に入らぬ夫の『慰み者』として、ただ子を生す事が私の『義務』でしかなかったのなら。……王子妃教育とは何だった？　請け負った政務とは何だった。

侯爵令嬢として課せられた教育は一体、何だったのだ。

（……もっと『自由』で良かったのではないの？　今までの私の人生は）

だって『要らなかった』のだから。王妃に仕えて教育を受けるよりも、娼館《しょうかん》で閨《ねや》を学んだ方が、余程に『義務』を果たせていたのではなくて？

……あはは。何もかもみな、どうでもいい。要らない。すべて。気持ち悪い。

（王家が私をただ手放すとは……思えない。それは客観的な事実。自惚れではない）

一人の女としての私の『名誉』を守らずとも、実務的な問題があり、また家門の後ろ盾という問題もあるはず。だから、お父様がこの件で私に怒りを覚えたとして……。

（……修道院行きか。すぐに他家との婚約を押し付ける事はしないでしょう）

妃に据えることができなくなった役立たずでも、通常の政略として最大限に使い潰そうとするはず。だから一旦、家を出し、修道院に押し込められる。

そこでなら私はまだ『淑女』のままだと思われるから。そして交渉を開始する。

私の人生であるにも拘わらず、私を抜きにして勝手に。

（……ハロルド様も両陛下から、この件を叱責されるはずだわ。だって冤罪だもの）

だけど、その処罰は軽い。そして、その『愛』だけは認められるのだ。

マリーア・レントは『側妃』か……いや『愛妾』か。

……ああ。この事態まで放置した王家だ。彼女を『正妃』に据えながら、私を『側妃』に据え、実務のすべてを私に負担させる可能性も大いにある。

（……王家の影にこの場で前に出るように言おうか）

私の無実は証明できるだろう。この茶番を仕組んだのが国王や王妃でさえなければ。だけど。

（……結局、私が『王に愛されない妃』となる未来は変えられなくなった）

……そう。手遅れなのだ。もう、この時点で。

私が生涯、数多《あまた》の人間に見下され続ける未来が決まってしまった。

人が人を見下すという事は恐ろしい事。見下している相手の言葉など人間は聞かない。

正論かどうかではない。理論が正しいかどうかでもない。見下しているか、否か。

敬意を払っている相手の言葉なら、まだ『会話』が成り立つもの。

そうでない相手とは『会話』さえ成り立たないものなのだ。

それを是正するには、もはや『善なる在り方』では無理だ。

『悪』か『力』を示す必要があるだろう。

見下している人間の言葉を聞かずとも、殴りつけられ、歯でも折られ、腕でも折られた相手ならば、きっと『会話』が成り立つだろう。国同士のソレであれば、それは武力だ。

『会話』を成り立たせるために必要な武力。

今の私はもう『敬意』によって対話する事は不可能となった。

善良なる淑女など彼らは求めていないのだから。

（……それは、とても『つらい』わ）

対話のために武力を常にちらつかせる。脅威を有する事によって初めて会話が成り立つ関係。

こうなった私にあるのは『文官』として政務に関わるぐらいが適当な『価値』しかない。

妃などになれば見下される方が上回る。彼らが私に求めたのは『悪女』だった。

悪女となれば、まだ人は畏怖によって話を聞く余地があるだろう……。

（……だけど、それらは一体、何のために？）

そう。私が『悪女』とされた理由は。

マリーア・レント。彼女を聖なる者、相応しき者として飾り、持ち上げるため。

だからこそ私という『悪』を必要としたのだから。

……ぐるぐるぐると思考が高速で巡る。

微笑みを絶やさないまま、未来の事を考え続ける私。

お母様の時と同じ。無意味に賢しい私は、この先の自分を、そのリスクを考察して。

やはり婚約破棄という言葉に衝突する。私の『義務』は否定された。この国の王子に。

……だから、どうしても思ってしまう。

たとえ、この先、私が『妃』として王家に迎えられようとも。

ここまで侮辱されてまで、生涯に渡って見下されてまで。

何故、民に尽くさねばならないのか、と。

……敬意が払われるならばいい。名誉が保たれるならばいい。

民のために私がしてきた事が、きちんと評価され、認められるならばいい。

ならば呑み込める。呑み込めた。

これが私の果たすべき義務なのだ、と。無辜《むこ》の民草のために。

だけど大事な、大事な、その部分がハロルド・レノックスの手によって破壊された。

未来の私に敬意は払われない。

未来の私の名誉は踏みつけられる。

未来の私の評価は常に真っ当なものではない。

人間は義務だけでは身体を動かせない。今まで受けた恩を返せ、と言うのなら。

（……私は、既に、このレノク王国に、『恩』を返しているのではなくて？）

ハロルド・レノックスが請け負うべき政務の大半を既に肩代わりしてきた実績がある。

きっと通常よりも多くのモノを、私は国に返してきたはずだ。

王国の民の暮らし向きを良きものに変えられた面はあるはず。

幼い頃から不自由なく暮らしてきた、貴族の子として受けることが出来ていた豊かな生活。

それに対する立場や恩恵にだって、既にその義務を果たし終えているはずなのだ。

私は王子妃候補として政務をこなし、また令嬢の身でありながら、亡き母の代わりにグウィンズ家の侯爵夫人としての役割すらも担ってきた。お父様を支えてきたのは私だ。

私は、今まで生きてきた間の分だけ、領民に対する義務を果たしてきた……。

それでは不十分だと……そう判断する権利があるのは誰？　民だろうか。

その民は、きちんと私のしてきた事を、これからする事を評価してくれる？

悪女の噂を立てられているのに。

（……あはは。やっぱりダメよ。もうおしまい。どう考えたって無理なの。もう手遅れなのよ）

ハロルド様のこの暴挙を諫められない、野放しにした王家が、この先の私をどうする？

使い潰される。誰からの尊敬もないまま。名誉もないまま。ただ消費していい『悪女』として。

そんな未来を、このパーティーに集まった貴族子女たちのすべてが『証明』している。

未来の私を、今この時のように嘲笑い、見下し、悪女だと罵るぞ、と。

彼らがそうならば民草もまた同じ。

果たす『義務』に見合う対価は二度と得られる事はない。

ああ、ならば。いっそのこと、もう。すべてを投げ出してしまおうか。

私にはそれが出来る。その『手段』があるじゃないか。

それにこのまま……そう。お父様が私を修道院に入れるのなら。

王家との話し合いが終わるまでに逃げ出してしまおう。

魔法を使えば逃げられる。

【記憶魔法】に支払う代価は……『王子妃教育』だ。

（……ねぇ？　だって私には必要ない記憶でしょう？　ハロルド様）

だからこその婚約破棄。

私が受けた『王子妃教育』はすべて無意味だと断じる言葉。

なら、それを燃料に黄金の天秤に焚べてしまおう。

要らない。要らない。まったく不要だ。

（魔法を使って、逃げるのよ。この先の、不幸な未来から）

そして貴族としての義務をかなぐり捨てて、市井に――

（――え？）

……そこで。

怒りと嘆き、諦念に塗《まみ》れた私の思考に、ビシャリと冷や水が掛けられた。

市井に下る。その未来を私は想像した。そこに引っ掛かるものなんてあるはずがない。

普通なら。だけど。私の脳裏に『あの女』の台詞が思い浮かんだ。

（何故、あの【鏡の魔女】は……『市井に下るつもりなら』と、そう言った？）

そのつもりならば供をする、などと。

私は結局、王家には言えなかった魔女とのやり取りの記憶を、脳裏から引っ張り出した。

そしてドレスの端に忍ばせている、彼女から貰った『手鏡』に触れる。

（あの時は……疑問に思いながらも……それが『救い』のようにも感じていた）

どこかに私の味方が居るかもしれない、と。今この時のような苦境に立たされた私。

そこに手が差し伸べられるのなら、きっとその手を私は取っていただろう。

（だけど……『順番』が……おかしいのではなくて？）

私が逃げると決めた『後《あと》』で【鏡の魔女】が声を掛けてくるならば分かる。

市井に下るつもりなのよ、と。私がそう発言した『後』でならば何もおかしくはない。

『ならば私もお供します、シャーロット様』と言ってくれたなら私は彼女を頼っただろう。

――だが、何故、それを私よりも『先』に言う？

「ひゅっ……」

息を呑んだ。まさか。まさか。まさか。

この茶番のすべては『誰か』が仕組んだ事？

(彼女の言葉使いはベルファスの訛りがあった。この婚約破棄劇は……隣国の企《くわだ》て？)

……そう言えば。あまりにも私の悪評が、すみやかに広まった。

これまでの私の功績も、実績も、人格も、すべて無視するように。

……たしかに多くの者に私に対する悪意があったのかもしれない。

私が認識していなかっただけで嫌われていたのかもしれない。

だが、それらが表面化するに至った時間は……あまりにも短過《みじかす》ぎた。

ドクン、ドクンと心臓が脈打つ。また、あの運命の『壁』を感じ始めた。

そして同時に『恐怖』を感じた。

長年の婚約者からの、王子からの婚約破棄。友人だと思っていた彼女たちの裏切り。

その事に絶望していた。自暴自棄になっていた。

だから、己の持つ力を駆使して、すべてから逃げる計画を頭の中で組み立てた。

すべてを捨てて、逃げる選択肢を選んだ、その先に。

……変わらない『運命』が待っているような気がした。

まるで逃げる事すらも『予定調和』だと言うように。それが私の感じていた『壁』だった。

私の嘆きも、私の苦しみも、私の怒りも、私の憎悪も。

すべて、すべて、すべてが……予定調和に過ぎないと突きつける、運命そのもの。

（……ダメよ）

この選択は、きっとダメなのだ。穏便に、隠れて逃げて、ひっそりと市井に。

義務から逃げて。そうさせたのはハロルド様やマリーアさんでしょう？　なんて。

そう思って。そう思いながら、民草の事を気に掛けて。後悔しながら生きて。

逃げた先に。自由があると思った先に見えた……暗い、暗い『壁』の存在。

（ダメ。ダメ。ダメ……）

違う。ダメだ。読まれている。私の行動のすべてが。私の思考のすべてが予測されている。

今までの私ではいけない。『このまま』は、すべて予定調和なのだ。

もしも、そうならば。そうであったならば。……レノク王国に待つ未来は？

『私が居なくなった後』の彼らについて、賢しい頭で予測を立てる。

その時、最も苦しい思いをするのは一体誰だろうか。私？　本当に？　違う。

苦しむのは、きっと民たちだ。だって、この件に関わっているのがベルファス王国ならば。

そこには国と国との諍《いさか》いが、思惑がある。他国の王族の婚約に干渉してくる、その理由は？

……戦争。侵略。それ以外の『理由』などあるはずがない。

私は、私を睨む彼らに改めて視線を向けた。

誰も彼もが私を疎んでいる。多くの者が私に悪意を向けている。

……さっきまでは彼らに対して憎しみがあって。

それは、なくなってはいないけれど。だが、すべてが仕組まれた茶番なのだとしたら？

「……ふぅ」

すべてだ。すべての『予定』を壊さなければならない。

そのすべてに含まれるのは……『私』さえもだ。私の感情、私の思い、私の願い、私の矜持。

それらすらも、すべて『破壊』する必要がある。

だって、これは『壁』なのだ。未来を閉ざす『壁』なのだ。ならば破壊しなくては。

（――私の嘆きも、怒りも、すべてが予定調和の内なのだとしたら）

踊らされてなど、やるものか。

『大きな事』を、してやろう。それは私の原初の願い。

義務ではない。矜持ではない。彼に対する愛でもない。

……ただ、あの時、お母様を救えなかった私の、心を慰めるために。

（……ああ。どれだけの事が出来るの、私の【記憶魔法】は）

黄金の天秤に乗せるモノの重さを、あの時の私は恐れた。だから、ずっと後悔している。

その後悔を覆す時を……ずっと願っていた。

己を捧げる。捧げて、捧げて、『誰か』を救いたい。誰だっていいのだ、相手なんて、もう。

……だって、もう本当に救いたかった命は返らないのだから。

だからこそ、これが私の、最後に果たすべき『義務』。ノブレス・オブリージュ。

自己を捧げて、民のために、国のために、尽くす矜持。

……だけど、それは私を裏切った彼らのためじゃあない。すべては民のため。国のため。

無辜の民草まで、私たちの辿《たど》る運命に傷つけられないために。

(その先の『義務』は……貴方たちが果たしてね？　ねぇ、ハロルド様、マリーアさん)

それが私に出来る、ほんの小さな意趣返し。それでも、最低の結末までは望まない。

(……どうか貴方たちは、『義務』を果たせるだけの人生を歩んで)

そうして、そこに『私』が居る必要なんて、ないでしょう？　だって。だって。

私は、もう、貴方たちのことが……大嫌いだから。

◇◆◇

「いえね。王子殿下。ひとつお伺いしたいのですけれど」

微笑みを絶やさぬまま、私を睨みつける『元』婚約者を見据えて問いかけた。

取り乱した態度は見せない。もう彼を『名』で呼ぶことも二度とないだろう。

政務に携わるすべてを忘れる。マナーも忘れるだろう。淑女らしい振る舞いもすべて。

言い訳すらもしない私の返事に殿下は眉を顰《ひそ》めた。

或いは、彼への呼称の変化に反応したのか。もはや、どうでもいいことだった。

(私が、これから使う【記憶魔法】は……二《ふた》つ)

一つは、すべてを壊す魔法。私自身さえも。すべての『予定』を覆すための魔法。

(……だけど、それだけじゃ足りない)

その魔法を使うのは、私を取り巻く何者かの思惑を裏切るためだ。

私自身さえも予測の範囲外に置くために。そして無辜の民草を救うための布石。

だから使う魔法は、もうひとつ必要だ。そちらの魔法は私自身のためのもの。

「私がいなくても、貴方は彼女を愛したかしら?」

「……なに?」

視線は、殿下だけでなくマリーアさんへも向ける。睨みなどしない。ただ、微笑んで。

「希代の悪女シャーロット。最近ではそんな噂で皆様、大層盛り上がっていましたわね」

たとえ、その裏に何者かの思惑があろうとも。

こうして私を罵る貴方たちは、結局それらの噂に乗って、私を憎み、疎んでいる。

その事実は変わらない。その責任は変わらない。

だから『何者か』が悪いなんて言い訳、私は絶対に聞かない。許さない。

「つまり、それだけ貴方たちの話題は、私の事ばかりだったの。お分かりかしら?」

「……は?」

「彼女が愛らしく見えているい理由は、悪女シャーロットが居たから。そうでございましょう?」

だから。そんな私が居なくても。私の記憶がなくなったとしても。

貴方は彼女を愛したかしら？

……ねぇ、ハロルド様。私に敬意を払うべきだった貴方。

互いに言葉を尽くし、信頼を築き上げなければならなかった殿下。

そして私を裏切った友人たち……。

今も私を『悪女』だと信じている、そう思った方が『楽しい』だけの……貴方たち。

「高貴な女が落ちぶれる様が、皆様の退屈凌《しの》ぎに良かったのでしょう。悪漢からではなく悪女から可憐《かれん》な乙女を守る事こそ男の本懐と酔いしれる美酒になったのでしょう」

その浅ましさを指摘し、笑う。私は悪女シャーロット。

希代の悪女、シャーロット・グウィンズだ。

どうぞ貴方たちの望む私を、その目に焼き付けて？

貴方たちに捧げる『淑女の私』など、もうこの世にはいない。

微笑んで、すべてを許容してあげるなんて事、私はもうしないのだから。許しはしない。

許す必要などないのでしょう？　だって私は悪女なのだから。

ねぇ、マリーアさん。このような立場に私が追い詰められるのを、黙って見ていた貴方。

（……貴方は、私が貴方を許すと信じていたの？）

貴方の恋のために悪女と罵られ、人生を踏みにじられてもなお、貴方に微笑んであげるのだと。

本当……大っ嫌い。

「……!?」

私が悪女として微笑むと、殿下は驚いて見せた。

何の権利があって驚くのだろう。貴方が私を悪女にしたというのに。

「シャーロット！　貴様はやはり悪辣な！」

「あら。表情ひとつで悪か否かを語るのですか？　浅はかなこと。貴方の快・不快は、罪も悪も定めるものではありませんわ、殿下。勿論《もちろん》、顔の造作もね？」

浅はか。愚劣。愚鈍な王子。私に政務を投げていた事もお忘れなのか。

その義務を果たさなかった怠惰な人。微笑み一つで他人を『悪』と決めつける傲慢さ。

それが王子の特権だとでも？　なんて度し難い男。

「私には【記憶魔法】がありますわ、殿下」

「なんだと？」

突然、魔法について持ち出され、殿下は訝《いぶか》しそうに眉を顰めた。

ここで魔法を持ち出すなど思い至らなかったのだろう。

どれだけ私が自分の魔法について思い悩んできたかなど、彼は知らないのだ。

私が何故、二つの魔法を使うのか。

その理由は私の一人の人間としての意地と、感情。

（……義務は果たすわ。ええ、果たして見せる。だけど、それだけじゃ足りない）

せめて、精一杯、貴方たちを嫌いだと伝えたい。ええ。ほんの一時かもしれない。

一瞬かもしれない。私自身によって、すぐにすべてを壊すのだから。

だけど、そのほんの短い時間でも。私は伝えたい。

貴方たちの事が大嫌いだって。そう伝えたいのだ。

悪女とされ、罵られて、蔑まれて。それでも笑って、ただ国に尽くすだけ、なんて。

民の事を考えたとしても、私を裏切った人たちの事まで……。

すべてを許容して、幸せを願うなんて……『嫌』なのだ。

(……だって私は聖女なんかじゃないのだから)

だからこその二つの魔法。一つは王国の民に捧げる魔法で。

もう一つは……私の感情を彼らに伝える魔法だ。

「まず私がこれまで受けてきた『王子妃教育』についての記憶。それも王家に入る場合のみ、必要だったはずの記憶を代償にして『断絶の結界』を張りますわね?」

「……は?」

焚《く》べる。焚べる。私の記憶を薪《たきぎ》にして燃やす。

黄金の天秤が私の前に現れ、片方の秤《はかり》の上に私の記憶を乗せた。

これが婚約破棄という宣言をした『意味』。

ハロルド・レノックス。貴方が踏みにじった私の『人生』の重さ。

「これが私の王子妃教育を受けた記憶。ハロルド・レノックス第一王子の妃となるためには覚えておかなければならない記憶、ですわね？　ふふふ」

「まっ、待て！」

今更になって、私がその記憶を失う事を止めようとする彼。あまりにも浅ましい。

（婚約破棄したのだから『不要』という事でしょうに）

何を止める事がある？　それとも引き起こす事象が怖い？　私が誰かを傷付けると？

（ハ……。貴方にとっての私は、そうなのでしょうね？　なにせ悪女なのだもの）

天秤の片方。引き起こす事象に願うのは彼らの拒絶。

明確に意識するのは私の前に立つ数人。

（……それだけじゃない。私は、私を裏切った人たち、すべてを拒絶する）

『シャーロット・グウィンズを悪女に仕立て上げた人間』たちが二度と私に近寄れませんように。

そんな『願い』を私は天秤に込めた。そう、願い、だ。

私の魔法は、引き起こす事象は重要ではない。記憶を失う事こそがこの魔法の肝。

だから起きる事象は『願い』に過ぎない。至極、具体的で現実に作用する『願い』の魔法。

「――【記憶魔法】」

『我が叡智《えいち》を手放し、かの者らを拒絶せり』

黄金の天秤から光が迸《ほとばし》り、私を包み込む。同時に消えていく。燃えていく。

私の記憶の多くの部分が。私が、そのような人生を歩んできた事だけを残して。

学んでも、何一つ身につけられなかった哀れな女のように。

己の記憶を焼き尽くす、暗い愉悦《ゆえつ》。

(私は『妃』になど、なりはしない)

どんなに覆そうとしても、絶対に。どんな運命に翻弄されようとも、それだけは絶対にだ。

その事を、私を最も踏みにじり、裏切った者たちに知らしめた。

「あ……ああ……」

先程まで憎々し気に私を睨んでいた癖に。

あたかも私の記憶が、『妃となる資格』が失われた事を嘆くような態度を取る。

そんな表情を浮かべるハロルド・レノックス。

「ふ……」

ああ。ありがとう。

(その表情を見られただけで私、満足よ? ハロルド様)

少しだけでも、貴方が踏みにじったモノの重さを感じてくれたなら、それでいい。

ええ。その後は……もう興味すらない。だから二度と私に関わらないで欲しい。

二度と私に触れないで欲しい。二度と、私に近寄らないで、欲しい。

どこまで私の魔法が、私の『願い』を叶えてくれるかは分からないけれど。

「今、魔法によって私の身体に結界が張られました。ハロルド・レノックス第一王子。ゼンク・ロセル。クロード・シェルベルク。マリーア・レント。今言った者たちが私に触れる事の出来なくなる『断絶の結界』です。これでもう貴方たちは私に近付く事は出来ません」

なんて。私は口から出任せ半分を語る。本当は分からない。

だって失う記憶の『価値』がどれだけ尊重されるのか、私自身でさえも知らない。

確実に私を裏切ったのだと分かる彼らぐらいは、拒絶してくれると信じているだけ。

私は己の記憶を焼いた高揚感のまま、その『結果』を試してみたくて彼らに近付いてみた。

バチィ！

（たしかに彼らを拒絶する『何か』が発生した？……素敵。ああ、本当に）

それだけで私の怒りが少し晴れる。そして『安心』した。

だって、これで彼らはもう私に近寄れない。そう思えたから。それは何より嬉しい事だ。

今度は、もっと『大きな事』をして見せよう。

（……今の一度の魔法で、私はもう満足した。本当よ？）

だって二つ目の魔法を使ったら、私自身さえどうなるか分からないから。

悔いは残さないようにしておきたかった。

次に使う魔法は、私自身でさえ『予測』できない。そんな風にしなくてはいけないのだ。

『壁』は私の思考の範囲内にある。

だから私は、私自身を裏切り、その予測から抜け出して見せなければ……。

きっと『壁』の中に閉じ込められてしまうだろう。

その先にあるのはレノク王国にとって良くない未来だと確信できた。

だから壊す。だから裏切る。私自身さえも、裏切り、捨てる。

「『いなかった事』に致しましょう。シャーロット・グウィンズという女そのものを。この国から私の痕跡を消し去る事を代償にして私の存在そのものを消去する。両方の天秤に乗るものが、すべて『私』なのです。ふふふ。私の【記憶魔法】最大最強の出力を誇る、自滅の業にございます」

すべてを捧げて、願う。かつて出来なかった事をする。

（……お母様は救えなかったけれど。だけど、今度は。今度こそは）

この魔法の先で『誰か』が救われますように。私は『願い』を込めた。

「ま、待って！　シャーロット！　私、貴方のこと忘れたくないの！　だからやめて！　そんな事！」

そこでシーメルが私に言い縋《すが》ってきた、のだけど。

先に張った『断絶の結界』がシーメルを拒んでいる事を私は感じ取った。

（あはは……。そう。シーメル。貴方は、やっぱり私を裏切っていたのね）

友人だと思っていた。長い付き合いだった。けど、やっぱり、そういう事なのだと。

だから、最後にはっきりと、それを理解できただけでも良かったと思う。

同時に……彼女の事なんか、もう心底どうでもいい、と。そう思えた。

どうでもよくなってしまった、かつての友人を冷たく一瞥《いちべつ》する。それだけ。

私は、彼女にそれ以上は構わずに黄金の天秤を見た。

捧げる。捧げる。私の人生を。

黄金の天秤が、私の記憶をどう評価するかは分からない。

結局、そんな事を確かめられる程の回数、この魔法を使う事は叶わないから。

記憶の『長さ』なのか。『価値』なのか。或いは『重要さ』なのか。

その判断基準は何も分からないまま。

(……私の人生を、すべてを捧げてしまっていい)

どうせ、これは自暴自棄も含めた魔法。自滅に等しい、覚悟の魔法。その代わりに私は願う。

どうか私に最後の『義務』を果たさせて欲しい、と。

この身が今日まで生かされた事実、私が生きてきた人生に『価値』があるのなら。

その『価値』を無辜の民草の幸せにこそ捧げましょう。

(私の積み重ねてきた『価値』の分だけ……レノク王国を守る『何か』となって！)

そして私自身を消す。私自身のすべてを消去する。

シャーロット・グウィンズという記憶を、記録を、存在を焼き尽くして。

(……それでも。まだ、私の人生に……それ以上の『価値』があったのなら)

願いを叶えても、まだ私にそんな価値が残っているとするのなら。

(どうか。私自身の手で、『壁』の外側で、自らの手と足と……意思と、力で)

——幸せを摑める『未来』が、ありますように。

黄金の天秤が引き起こす、不確かな魔法に。私は、私のすべての『価値』を捧げた。

そうして、その後に待つ私の『未来』は……。

ただの身分を失った無名の亡霊か。それとも。

「——【記憶魔法】、最大解放。極大『記録』消去魔法……」

『天よ。我が名と栄誉を捧げます』
黄金の天秤から迸る光は……私のすべてを包み込んでいった。

◇◆◇

ぐらぐらと世界が揺らぐ感覚を覚えた。
思考がまとまらない。私は今、何をしていた？
「大丈夫……、気をしっかり……」
誰かに話し掛けられている。女性の声。でも聞き覚えのない声。
返事をしようにも私は、……なんと返事をすれば良かったっけ？
えっと。出てこない。自然な答えが。
そもそも認識が追いつかない。視界がぼやけたまま。
「……っ！……！」
誰かが絶えず声を掛けてくれていた。知らない誰か。出逢《であ》った事のない誰か。
きっと、当たり前にこの世界に生きてきたのに、語られる事のなかった、誰かが。
身体が引き摺《ず》られる。どこかに運ばれる。
（一体、私は……）
分からない。認識する世界と、それに対応した反応を結び付ける事が出来ない。

話し掛けられれば、なんと答えるのか。目を開けられない私は何を伝えればいいのか。

（私は……私……は）

何を考えて。何を思い浮かべて。何を願っていた？

「どう見ても、貴族の……」

「私だって……でも……」

「……助けたのはいいんだ……、どうする……」

（誰かと誰かが話している。聞こえているけれど……）

それらの言葉に理解が伴わない。意味不明の言葉群《ぐん》。

それについて思考しようにも、その思考の寄《よ》る辺《べ》が失われている。

「俺は触らない方が……だから、お前が」

「……そうね。とにかく医者……」

女性と男性が居る。何かを話している。おそらく私の事について話し合っていて。

それに口を挟もうにも何を言えばいいのか分からない。言葉が出てこない。

（歯痒《はがゆ》い……）

私は何かを失《な》くしていた。失くしていて。どうにかしたいのに、出来なくて。

もがく手足を失くして水中に放り込まれたかのよう。

「……可哀想に。心配しないでいいのよ。私が面倒見てあげるから」

その女性の言葉。そして触れる手に……私が唯一、辿り着いた言葉があった。

「……お母……様……」

そうすると彼女は、とても驚いた。私の目から熱い液体が零《こぼ》れ落ちていって。

そうして私は、また意識を失った。


「……おはよう。目が覚めたかい？」

目を覚ました私に女性が話し掛けてきた。

彼女に視線を向け、その後で周りに視線を向ける。

今、私はベッドに横たわっている。木製の家の中に居て、近くに座っているのは年上の女性。

「う……あ……」

話し掛けないと。でも、なんと言えば良かった？　出てこない。

「落ち着きな。心配しないで。ここは安全だよ。別に……そう。あんたをどうこうしようってヤツはどこにも居ないからね」

「あ……う……」

「あんたぁ！　嬢ちゃんが目を覚ましたよ！　医者先生を呼んどくれ！」

「お父さんは、もう呼びに行ったよー！」

女性が呼び掛けた先で答えたのは、また別の女性の声だった。

そうして、すぐにその声の主らしい女性が部屋にやって来る。

「ほら。お水持って来たよ」

「よしよし。アンナ、ありがとう、ね」

「あ」

……そうだった。

『ありがとう』だ。今、私が言いたかった言葉は、それだった。

とても、しっくりくる言葉だ。

「あ……り、がとう……」

あら？　それだけだった？　もっと。こう。物足りないような。

ありがとう。ありがとう。あら？

私が困っていると、彼女たちは驚いたように目を見開いてから。

「……いいんだよ。あんたが無事なら、それで良かったさ」

「そうそう。まずは命あっての、ってヤツよ」

命？　命が。そう。彼女らの会話から意味を引き出していく。

頭の中で繋がらなかった言葉があって。

引き出したいのに引き出せないような、そんなもどかしさ。

「ほら。とりあえず。水飲んで落ち着きな。今、ウチの旦那が医者を呼んで来るからね。ちょっと遠いから遅くなるけど。見たところ、怪我《けが》とかはしてなさそうだったしさ」

「あり、がとう」

「いいんだよ」

もどかしい。きっと足りないのに。でも、ありがとう、は正しいはず。

彼女に手渡されたコップには『水』が入っている。

(水……)

分かる。繋がる。意味も。うん。

「飲んでいいよ」

飲む。そう、水を飲む。

当たり前のような、そうでないような不思議な気持ちで私は水を飲む。

ゴクリ、ゴクリ、と。そうして息を吐いて。

「ありがとう……」

『ありがとう』を伝えた。でも、やっぱりもどかしい。

ありがとう、だけじゃ……何か足りないような気がする。

「私はベルって言うんだ。この子は娘のアンナ。今、うちの旦那のクラウトが医者を呼んでいるからね。あんた、名前は?」

「……名前?」

名前。私の名前は。……、……、……。

『記憶』を必死に繋げる。

己の名前を問われて、すぐに答えられない、もどかしさ。

でも、でも……私は。

――『シャーロット。貴方を愛しているわ』――

（あ……）

『その記憶』が残っていた。

優しく、温かだった、私の……お母様の記憶。お母様が私を呼んでいた。

ああ……だから。だから。私は、私の名前が分かる。呼んで、くれたから。

「……シャーロット。私、は、シャーロット……」

うん。しっくり来る。私の『名前』は……シャーロット。

「……シャーロット、ね。ええと。それで、その。家の名前、とかは？」

「家、の？　名前……？」

「ああ、うん。ええっと。話したくない、とか？」

「お母さん。あまり首、突っ込まない方がいいんじゃない？」

「いや、でもねぇ」

「え、と？」

「ああ！　そのね？　別に詮索する気じゃないんだよ」

私は意味が分からなくて首を傾げた。

「でも、ええと。そうだ。家出なのかい？」

「家、出？」

「うん？」

彼女は私に何を聞きたいのだろう。別に隠す事なんて何もなかった。

だから何でも答えるつもりだった。でも意味が分からない。家の、名は？

「えっと。あんたはシャーロット、だね？」

肯定。肯定？　えっと、そう。『頷《うなず》く』だ。

いちいち行動に考えを挟まなければいけなくて、苦労した。

今まで一瞬で繋がっていたはずの何かが、ブツリと断ち切られてしまって反応が遅れてしまう。

「シャーロットの、ほら。家の名前とか、あるんだろう？」

「家の、名前？」

家の名前って何だろう。木製の家、とか？

「家名、とか。ええと、ぶっちゃけて聞くけどね。どこの貴族様？」

「キゾク」

『貴族』……うん。意味は分かる。理解……出来る。でも、えっと？

だから。そう。『家名』。それは……、つまり、お母様と同じ名前という事で。

「……シェリル、お母様」

「うん？」

「お母様の名前、は、シェリル、よ？」

「いや、それはアンタの母ちゃんの名前だろう」

カアチャン。なんだろう。新鮮な響きだ。カアチャン。

「カアチャン。うふふ」

「あん？」

「あ……その」

彼女を笑う気はなかった。でも、その響きが楽しかったの。

「ねぇ。お母さん。なんか様子おかしいよ。お医者さん待った方がいい」

「そ、そうだね。とにかく目が覚めて良かった。とりあえず休んでおきな」

その女性、ベル、の言葉に私は『頷く』をした。

そうして、しばらくした後、『お医者さん』が来てくれたの。

その人となんとかやり取りをしてみる。

その間も私は繋がらない言葉を頭の中で必死に繋いで、意味を理解していった。

「どこの家の人か、聞いてもいいかな？　シャーロットさん」

「……家の？」

私は首を傾げたの。えっと、だから。

「私は、シェリルお母様の、娘、よ？」

「いや、えっと」

あら？　何がおかしいの。なんと答えればいいのだろう。

「あの。えっと。家、は、お母様で。お母様と私と共通の、名前。だから。家の名前はお母様の？」

「…………あんた、もしかして」

「はい」

そう『はい』よ。頷く言葉は『はい』という言葉。それが繋がった。

相変わらず頭の中は、ぐちゃぐちゃで。繋がっているはずの『糸』が切れているような感覚。

出来るはずのこと、知っているはずのことが、すぐに出て来なくて困った。

「父親の名前は？　覚えているかい？」

「『父親』」

その言葉の『意味』は理解……出来る。ええ。理解できる。のだけど？

「ええと。ええと？　『父親』は、ええと。意味は分かる……のだけど。ええと」

でも、その『父親』の顔も名前も思い浮かばない。

一生懸命、思い出そうとしているのよ？　でも出て来なくて……。

うんうんと私は声を上げて頭を抱えた。

「ああ、いい。一旦、落ち着いて。ね？」

「はい……。『落ち着く』をします……」

「します、って……」

そして『お医者さん』の彼は、私に告げた。

「……記憶喪失、だね。これは」

それからね。ええと、しばらく、この家の。

ベルさんとクラウトさん、そしてアンナさんの家族に『お世話』になったの。

私の状況も何とか伝える事が出来た。

何か言葉を掛けて貰えると、私の頭の中で『繋がる』事も沢山あって。

それはとても助かった。だから私、一から言葉を学び直しているの。

それでね？　しばらくベルさんたちと過ごした後で、会う事になった人たちが居た。

それが『エバンス子爵』よ。その人には『家名』があったの。

そこで私は、ようやく『家名』がなんであるのか、しっくりと来た。

ああ、そういう事なのって。

「何か思い出したのかな？」

エバンス子爵は、優しそうな方だった。そして彼は『貴族』らしい。

だから『家名』があるの。うん。そこまでは頭の中で繋がったの。でもね。

「えっと。『家名』が何であるかが、分かっただけで……その」

「……ふむ。君の『家名』は何かな？　申し訳ないが、君の顔を見ても分からなくてね」

「ええと？　私にも、その『家名』はある……ですか？」

エバンス子爵とベルさんたち一家。それからお医者さんが顔を見合わせるのだけど。

「うーん。なんと言おうかな。どう見ても君は、その。貴族令嬢だから」

「貴族……レイジョウ」

「ああ。最初に見つけた時は……なんだ。ドレスを着ていたんだろう？」

「はい。『真っ白』な」

真っ白の、ドレス。あら？　『白』？　あら？

何か変な感じがするけれど、今の私はアンナさんの服を貸して貰っているの。

それは、とても『ありがとう』だ。

「覚えているのは、自分の名前と母親の名前だけだそうで。捜索の依頼などは？」

「そうだな。少なくとも私は知らない。今のところ、どこかの家の令嬢が失踪したとか、誘拐された話も聞かないね」

ええと？　私は首を傾げた。

「私は、『貴族レイジョウ』ですか？」

「……それは、確証があるワケではないんだが。まぁ、おそらく」

「あの！」

と。そこでアンナさんが手を挙げて話をしてくれた。

「シャーロット、さんって。家出したんじゃないですか？　見つけた時、その。別に怪我をしていたワケでもなさそうだったし。それに……特に服だって汚れてなかったんです。だから『事故』とか、襲われた系じゃないんじゃないかな、って」

「……ふむ」

「こら、アンナ！　子爵様に失礼だろっ」

「だって！」

「いや、いいんだ。大事な情報だから。家出……環境が良くなくて、の可能性も。しかし、な」

私は『困った』をする。私は、このエバンス子爵に『迷惑』をかけているの。

それは、とても『ごめんなさい』よ。

彼らに『困った』を、させたくない。けど、どうすればいいのか。

「貴族名鑑を探してみるが。まず子爵家で引き取ろう。それからディミルトン家に相談してみる」

「えっと？」

「分かるかな？　私は子爵家。エバンス子爵だ。と言っても領地持ちの貴族ではない。高位貴族に仕える下位貴族なのだが。そういう繋がりとか、仕組みと言うべきかな。分かるかね？　もしかしたら貴族側の話の方が、君には馴染《なじ》み深いかもしれない」

「ええっと」

子爵。高位貴族。下位貴族。必死に頭の中から、途切れた糸を繋いで引っ張り出していく。

……うん。うん？　ええと。そうよ。たしかアンナさんが言っていた言葉があった。

とても、しっくりくる言葉なの。

「……『偉い人』？」

「ふっ！」

私が、そのしっくりくる言葉を告げて首を傾げると、アンナさんは笑った。

でも嫌な笑いじゃないの。思わず吹き出した。そういう感じね。

「シャーロットさん、もしかしたら本当に平民だったんじゃない？」

「平民。じゃない、の？　私」

「いや。どう見ても、その。見た目がね？　ドレスの件も。でも何も思い出せないのか……」

「『ごめんなさい』」

とても『ごめんなさい』だ。私は彼らに『迷惑』をかけたくないのに。

「シャーロットさんは『どうしたい』？　思い出せなくてもいいけど。貴方は家に帰りたい？」

「え」

「貴方の『記憶』じゃなくて『気持ち』を教えてよ。ね？　それって、きっと大事な事だわ！」

記憶じゃなくて、私の……気持ち。どう感じている？　どういう気持ちなの？　私は。

家、という言葉に真っ先に思い浮かんだのは。

「家、は……ベルさんの、家？」

「…………」

違ったらしい。でも、そうじゃない？　違う、のなら、私の気持ちは。

「帰り……たくは、ない……？」

私は首を傾げたの。それでも私は私の気持ちを口にしてみた。

「『帰りたい』が……私の気持ちに、ない。と思う？」

「……ふむ」

「やっぱり家出っぽい！」

家出。家出、ね。そうなのかな。そうなのかも。

「ふーむ……。どうするのが一番か。家に問題があるのか、はたまた。このまま帰すのも、いや、帰す家が分からないのだが」

「エバンス子爵。貴族名鑑を見れば。母親の名前と、彼女の名前は分かっているのですから……」

「まぁ、そうだな。まずは名鑑を調べてからか」

困った。どうなるのだろう。助けて貰っているのだけど、私からは何も出来ない。

私はエバンス子爵をじっと見つめた。困ったままの顔で。

「……心配しないでいい。すぐに家に突き返すような真似はしない。ただ、そうだね。もしもの時に私たちでは君を守れないかもしれないから。私たちが仕えている家に間に入って貰う。……貴族令嬢だと分かっていて不当に匿《かくま》ったと分かれば、どうなるか分からないからね。そこは……彼らのためにも納得して欲しい」

「え、と。はい……？」

私がベルさんの家に居続けるのは『ごめんなさい』なの。その事は分かった。

「私はシャーロットさんが一緒に暮らしていてもいいけどね！」

「急に人一人分、増えるのは困るだろう。一時的ならともかく。彼女の面倒は私が見るよ」

エバンス子爵がそう言うと、ベルさんたちは、なんとも言えない表情を浮かべた。

私は『楽しかった』だけど、やっぱり『ごめんなさい』でもあったの。うん。だから、そう。

「あの。えっと。私、『楽しかった』の。それで『ありがとう』だわ。だから『ごめんなさい』」

私は、ベルさんたちに何とか、私が思っている事を伝えた。

上手く伝え切れる言葉が出てこなくて、とても、もどかしい。

もっと勉強しなくちゃいけないって思ったの。

ベルさんの家から、エバンス子爵の家に『移動』をして。

それで、たくさん私の『家』を探して貰った。でもね。どうも、見つからないらしくて。

それからね。彼ら、エバンス子爵の『上』の『偉い人』のところに一緒に連れて行かれた。

その人たちは『ディミルトン家』って言うの。貴族の上下。だから。えっと。

「伯爵、と、えっと。侯爵、様？」

「……辺境伯様、だね」

「ヘンキョーハク」

「……うん。ちょっと爵位について思い出すのは……いや。もう『学ぶ』方が早いかな」

「ごめんなさい」

「いいんだよ。私も妻もシャーロットの事を悪く思っていないのだから」

「……ありがとう」

「ああ」

そうして私は、その『偉い人』に会った。エバンス子爵と同じぐらいの年齢の方だ。

「ふむ。記憶喪失のシャーロット。シェリルの娘。貴族名鑑には……」

「探したのですが該当する名前はなく」

「そうか。私も顔に見覚えはないな。令嬢の顔をすべて把握しているワケでもないが」

「捜索しているような家門は？」

「いや。耳に入っていないな」

どうもね。特に『手掛かり』はない、らしいの。

「その」

「……どうしたのかな、シャーロット」

「私、は、『平民』では、違う、ですか？」

何日も経《た》って、暮らしてきて、彼らにお世話になったけれど。どうしてもよく分からない。

「……君は『平民』がいいのかい？」

「えっと」

どう、なのだろう。それは選べるものなの？　分からない。

「私は、その。街で暮らして『楽しい』、になりました……」

「……そうか」

『偉い人』たちが目を見合わせる。

私の答えた言葉に何かを察したような、そんな雰囲気だ。

その後もやっぱり色々と『ごめんなさい』だった。

でも、どうしても私の『家』は分からないまま。そして、どの家も私を探してはいないそうで。

『貴族名鑑』というモノがあって、その『記録』にもシャーロットの名はなかったらしい。

だから。そう。だから。

「……君の後見人には私たちがなろう。でも今の君は『平民』だ。シャーロット」

エバンス夫妻がね？　私の『面倒』を見てくれる事になったの。

でも私は『平民』だって認められた。

『偉い人』のヘンキョーハク様が、色々と手を回してくれたのだけど……。

『貴族』のどこにも『シェリルの娘のシャーロット』は居ないそう。誰も探していないって。

……あはは。なんだか、それって、すごく、いい。

そうして、私は『家』で過ごさせて貰った。

もちろん『平民』なんだもの。だから私は……『働く』をする。

エバンス子爵は『土地』を持っていない『貴族』なのだけど。でも、お屋敷はとても『立派』なのよ？　そこで私は『メイド』の仕事を覚える事になったの！

メイドとして働けば『オキュウリョウ』が出るのよ？

オキュウリョウ！　とっても面白い響きだ。

「うふふ」

楽しい。とっても楽しい日々が始まった。

覚える事が人よりも多い私だったけど。そのすべてが新鮮だった。

屋敷を出たら、そこには街があって。私は、そこで『買い物』をしたりする。

お店を自分で見に行って。

それに『休み』の日はお出掛けして、外で買った食べ物を食べたりするの！

分かる。思い出した。そう。これが……『幸せ』をする、ということ！

「シェリルお母様。私、幸せ、です！」

そうして、平民の私は。

ただのシャーロットは……この街で生きていく。

9 『平民の生活』――ただのシャーロット

『ヘンキョーハク』様と会う前。

私がベルさんたちに助けられて、目を覚まして、彼らの家で数日、お世話になった後。

私は『エバンス家』へと移動する事になった。

「エバンス、……子爵？」

「ああ。改めて名乗ろう。私はレオン・エバンス。子爵を賜《たまわ》っている」

「えっと……」

エバンス子爵に『名乗る』をされた、私。なんと答えるべきだったか。分からない。

「シャーロット、です。シェリルお母様の娘、です」

名乗られたから、同じように。でも、違う答えをすべきだったような……。

「ひとまず、私の家へ来るといい、シャーロット。妻が準備をしているから」

「はい。『分かる』を……します？」

「……無理はしなくていいんだよ」

ううん。もどかしい。伝えたい言葉があるのに、出てこない。

「言葉を、もっと、知りたい、です」

「……そうだな。そうしよう。まずはそこからだ」

そうして私は、エバンス子爵に連れられ、彼の『家』へと向かった。

「貴族によって屋敷の大きさも違うものだが……どうだろう？　シャーロット」

エバンス家の前で、子爵にそう問われた私は首を傾《かし》げる。

彼の家は、街の中にあった。壁に囲われている家だ。

「……どう？」

「君にとって、この家は大きいと思うかな。それとも小さい？」

「大きい、小さい。……は」

「感じたままで答えていい。ただの私の興味だからね」

うーん。私はエバンス家をもう一度見る。感じたまま、大きいか、小さいか。

「……小さい？　です、か？」

「……はは！　そうか。小さい、か。うん。……シャーロット。君のことは私が責任を持って面倒を見るつもりだ。困ったことがあれば、なんでも言うんだよ」

「は、はい。『ありがとう』です。うぅ……」

「どうした？」

「……ありがとう、では、足りない、気がします」

何かもどかしいの。もっと、こう。それだけだと、しっくり来ない。

「もしかして……ありがとう、ございます、か？」

「……！　そ、そう、です！　ありがとう『ございます』！」

それね！　すごい、とてもしっくり来る！

「やはり、どう考えても育ちのいい……。まぁ、今は控えよう。ほぼ確信しているのだが」

「……？」

私は首を傾げる。そしてエバンス子爵に付いて、エバンス家の中へと入っていった。

家の奥から、優し気な顔をした女性が出てくる。

「貴方《あなた》。おかえりなさい」

「ああ、ただいま。リリー」

「……その子が？」

「ああ。この子がシャーロット。我が家で、しばらくは預かることになった。シャーロット、私の妻のリリー・エバンスだ。家でのことは彼女が取り仕切っている」

「は、はい。……えっと、ええと。私は、シャーロット、です」

「ええ。シャーロットさんね。記憶喪失という話を聞いたけれど……」

「ああ。まず貴族名鑑と、捜索依頼がないかを調べてから、辺境伯家にも協力を願う」

「そう。対応は分かったわ」

「ああ。……だが、家が見つからなかった時は。その時は、彼女は『平民』だ」

「……そう。見つかるといいわね、シャーロット。でも、ひとまず部屋を用意したから。今日は、もう休みなさい。メイドに案内させるわ」

エバンス子爵は『私の家』を探してくれるみたいだった。

そして、エバンス家の中に休む『部屋』を与えられて、私はお休みする。

「……平民。私、ただのシャーロット……」

とても楽しい響きだと感じる。ワクワク……そう、ワクワクするの。

もっと、動きたい。知りたい。色々なことを、したい。

「……ふふふ！」

ベッドの中で、何も分からないなりに、私はなんだか楽しかった。

そうして、いつの間にか、その日は眠っていたの。


「シャーロット。貴方、言葉ごと忘れてしまっている、みたいだけど」

「……はい。そう、みたい、です？　今は教えて貰《もら》って、学んでいる途中、です」

翌日。部屋の中で、エバンス夫人とお話をする。

一緒に女の人も付いてきたけど、その人は喋《しゃべ》らなかった。

「記憶が戻れば、それに越したことはないのだけれど。まずは言葉を一から覚えていくところからね。でも焦らなくていいのよ、シャーロット。貴方は私たちが守るから」

「マモル……？」

首を傾げる。でも、浮かぶのは。

「『嬉《うれ》しい』、を、感じます。ありがとうございます」

私は頭を下げ、礼をする。『ありがとう』の礼だ。背筋を伸ばして、スカートの端を摘まんで。

「……所作が。まぁ、そうよね。貴方から見て、どう？　リーン」

「……確実にどこかのご令嬢かと。髪の毛の手入れもされていませんか？」

「そうね。そう見えるわ。とても美しい黒髪、白い肌……」

私は首を傾げる。リーンと言われた女の人は、夫人の後ろに立っていた人だ。

「シャーロット。この子は私付きの『侍女』のリーンよ。『侍女』、分かる？」

「『侍女』は、……ええと。分からない？　です」

「そう。無理はしなくていいのよ。もしも記憶が戻らなかったら、侍女にするのは……ううん」

それから夫人と色々と話し、私は言葉を学んでいく。

すぐに覚えられる言葉もあれば、いまいち分からない言葉もあった。

「ふふふ。楽しい、です。覚えるの」

特に楽しいことは、街のことや、そこで暮らす人々のことだった。

そうしてエバンス家に来てから二日ほど。

私は子爵様と一緒に『ヘンキョーハク』様に会ったのだけど……。

結果は、やっぱり変わらなくて。私は『平民』になれるらしい。

「平民の、シャーロット。……うふふ」

それは、とても『ワクワク』することだった。楽しいわ。ふふ。


「奥様。お呼びですか？」

「メアリー。もう既に屋敷で見掛けていたでしょうけれど、改めて紹介しておくわね。この子の名前はシャーロット。今は、まだ我が家で預かっている客人、という扱いなのだけど。シャーロット、この子は『メイド』のメアリーよ」

「『メイド』のメアリー、さん」

「はい。メアリーです。よろしくお願いします、シャーロット様」

「……！　『よろしくお願いします』！」

私は声を大きくして、その言葉を口にした。

「ひゃっ……！　え、な、何ですか？」

「シャーロット？」

「あ、う。ごめんなさい。『よろしくお願いします』が、言いたかった、のです」

色々な時に、そう言いたくて、もどかしくて仕方なかったの。ようやく言えたわ。

「……ああ。それも忘れていたのね」

「はい。言えました！」

よろしくお願いします。うふふ！　もどかしかった気持ちが晴れた。

「……ええと？」

「この子ね。記憶喪失なの。それも日常の言葉まで忘れてしまっていて……」

「そ、そうなのですか」

「それで少し彼女の立場がね。はっきりしなくて。だから平民として扱うしかなさそうなの」

「……平民？」

メイドのメアリー、さんが私を上から下まで見た。そして困った顔で夫人に視線を戻す。

「分かっているわよ、言いたいことは。でも貴族名鑑に名前が見当たらなかったらしいのよね」

「……では、シャーロット様が貴族であると証明することができない、と？」

「そう。だから、これからシャーロットは平民として、自分で自分のことが出来るようにならないといけないの」

「分かりました。そういう事であれば……私も彼女を助けて、教えて？　あげればいいのですね」

「ええ。そうよ、メアリー。貴方は歳《とし》もシャーロットと近いと思うし。お願いできる？」

「かしこまりました、奥様」

「ありがとう、メアリー。シャーロット、これから生活の仕方をメアリーに教わりなさい」

「はい。『分かる』をします。奥様」

「……まず、言葉使いから覚えていきましょうね、シャーロット」

そうして私はメイドのメアリー、さんに沢山、色々なことを教えて貰うことになったわ。


「……まずは、生活周りを覚えるところから始め、ます？」

「はい。メアリーさん。『分かる』です」

「ああ、その前に言葉の修正から、ね。私のことは『メアリー』と呼び捨てていいよ」

「ええと？　メアリー、……？」

「しっくり来ない？　貴方、年頃の相手には様付けとか、さん付けしてそうだものね」

「……はい。呼び捨て……」

「そう。でも、貴方が平民でもそうでなくても、私のことはメアリーでいいからね」

メアリー、には、まず言葉使いから教えて貰った。

そして、私は彼女の生活に付いていく事になったの。

「『働く』をすると『オキュウリョウ』が貰える。オキュウリョウは『お金』……」

「そうそう。平民なんてねー。働いてなんぼだよ。あとは根性！　だから！」

「コンジョウ！　うふふ。楽しいわ、メアリー」

「……あー。絶対、お嬢様。いいとこのお嬢様過ぎる。早く思い出せればいいのにね」

「オジョウサマ」

「……うん。まぁ、仕方なく『平民の生活』を教えてあげるけど。きっと必要なくなるわよ」

「必要……。でも、『楽しい』の。メアリー。私、『平民』で、生きたい」

「生きたい、って。シャーロット……」

「だから、私に『教えて』。欲しい？」

「なんでそこで疑問形かなぁ。でもいいよ。平民の根性、貴方に教えてあげるから！」

そうしてメアリーと一緒の平民生活を始める私。

平民の生活には『コンジョウ』が大事らしいの。まずは、そこから学んでいく。

「オセンタク……」

「やらなくていい、うーん。やらなくちゃいけないのよね。一から教えてあげるから」

「はい。ありがとうございます、メアリー」

「……私に敬語はおかしいんだってば。『ありがとう』だけでいいよ、シャーロット」

「ええと？　でも」

「でもも何もなーい！　いいから、ね？」

「は、はい。では、ありがとう。メアリー」

「うわぁ……。完全にお嬢様に言われた気分。こんな子にお洗濯をって、罪悪感がすっごい……」

まだまだメアリーの言うことは分からないけど。私、頑張るわ。

だって『平民』の生活は楽しい。なんだか、すごく新鮮なことばかりだ。

「……楽しいって、もう、その時点で正体バレてるも同じなんだよねぇ」

「うふふ。ショータイ」

「くっ……。すごく綺麗《きれい》な赤ん坊に言葉を教えている気分……！」

オセンタク。オキガエ。オソウジ。ハイゼン。たくさんのことを学んでいく。

「冷たい！　うふふ」

「洗濯を楽しそうにするの、貴方ぐらいよ、シャーロット」

学ぶことは楽しい。知らないことは沢山ある。

生活が楽しいの。こんなにも、こんなにも……見えるものが明るい。

「シャーロット。どう？　あれから何か思い出したことはある？」

　しばらく生活してから、奥様が私に話し掛けてきた。

「たくさんの事を覚えました。ありがとうございます、奥様」

「……覚えたというか、思い出したというか。でもね、ごめんなさい。貴方の家については、まだ何も分かっていないそうよ。やっぱり貴族名鑑にも載っていないそうだから」

「はい。大丈夫、です。奥様」

「……このままでは貴方、ただの平民、ただのシャーロットになってしまうのだけど」

「はい！　私、ただのシャーロットです！」

「そんな嬉しそうにして。……分からなくはないのですけどね」

　奥様や、家の人。メアリーたちに助けられて、学んで。そして。

「私も働いて、お給料、を貰って。生活をしたい、わ」

「……そうねー。どうしても家が見つからないなら、そうするのが一番だよね」

　私も働くことを決めて、奥様に『相談』する。

「働くなら、この家で働いて貰うことになるわ。貴方を他所《よそ》に放り出すことは出来ないから。侍女か、メイドか、なのだけれど……」

　私は『メイド』のメアリーと『侍女』のリーンさんを見た。

　二人の仕事をすべて理解しているワケではないけれど。私の『やりたい』気持ちは……。

「メイド、として！　働きたい、です！」

「……そう。普通は侍女……いえ、いえ。そうね。貴方は、そうしたいのね、シャーロット」

奥様は、やっぱり困ったように私を見た。

「わかりました。では、メアリー。シャーロットにメイドの『仕事』を教えてあげて。メイド長にも話はしておきます」

「かしこまりました、奥様」

こうして私は『子爵家のメイド』として働くことになった。

平民のシャーロット。メイドのシャーロット。うふふ。

「……一応、言っておくけどー。働くってのは大変なことだからね？　シャーロット」

「はい！　メアリー」

「そこの返事は『うん』とかでいいよ。相手によって喋り方は変えて。あとは根性よ、根性」

「コンジョウ！　うふふ。楽しいわ」

「……ゼーッタイ、お嬢様育ちだよ、この子ぉ……」

エバンス夫妻、メアリー、それに屋敷の人々。色んな人に見守られながら、私はメイドのお仕事を覚えていく事になった。

『お洗濯』『お着替え』『お掃除』『配膳』。メアリーのお仕事は多岐に渡るみたい。

メイド全員がそうしているワケではなくて、それぞれ専門の場所で働いていたりもする。

給仕服、メイド服を支給され、私用のメイド服を……『自分で』着る私。

普段着も与えられて、働き終わると着替えるの。着やすくて動きやすい服よ。

「うふふ。メイドよ、私。メアリー」

「楽しそうにしちゃって、まぁ。シャーロット、大変なんだからね？　働くんだからね？」

「うん！　うふふ」

沢山の『お仕事』をしたかったから、私もメアリーと同じくオールワークスメイド？　にしていただいた。うん、色んなことを体験できて毎日が楽しい！

「お仕事ー、お仕事ー。うふふ」

「……これはこれでダメじゃない？　変な趣味に目覚めたお嬢様みたいな」

それから、日常生活に支障がなくなるぐらい『言葉』は覚えていけた。

一応、『思い出した』なのかな？　そこは少し分からない。

メイドとして働き始めても、以前までの『私』の記憶は戻らなかった。

「シャーロット。寂しくなったりしないの？　家族とか……」

「寂しい、は……」

私の頭の中にシェリルお母様の姿が思い浮かぶ。

他の記憶がなくなってしまった分、余計に鮮明に。

「……大丈夫。だって、お母様の姿と声は、いつだって思い出せるから」

なら、私はどこでだって生きていける。この記憶さえあるのなら。

「……恋人とか。ううん。婚約者とかかな、居たとしたら。男の人の記憶とか、ない？」

「男性？　ううん……。思い浮かばない、かなぁ」

私とメアリーは同じ部屋で暮らすことになった。

メアリーは住み込みで働いている。だからエバンスの家の中に部屋を与えられている。

この誰かと同じ部屋で生活する、というのも……とっても新鮮に感じる。

メアリーは『いい人』だと思う。優しいし。それに言葉使いが、やっぱり新鮮なの。

『小気味いい』と言えばいいのか。遠慮、容赦がなく掛けられる言葉が嬉しい。

「本当？　じっくり思い出してみて。ほら、金髪で碧眼《へきがん》の王子様とか。或《ある》いは美形の婚約者とか。そういうの居ない？」

横並びの二つのベッドの端にそれぞれ座り、寝間着に着替えて、夜遅くまでお喋りする私たち。

もう、この時点で楽しいと思う。記憶にないから？　ううん。経験にもない？

「金髪の……。コンヤクシャ？　うーん。いないと思う。だって誰も思い浮かばないもの」

「……そっかー。ていうか、居たとしても未練とかなさそうよね、シャーロット」

「『ミレン』？」

「ああ、えっと、未練っていうのは……」


屋敷の中でお仕事を覚えて、言葉を覚える日々が続いた後。

私は以前、お世話になったベルさんたちに『お礼』を言いたいと申し出た。

一応、メアリーと一緒に行くなら、ということで『外』を歩いていく。

「……街。皆が住む、街」

私は、広がっていく『世界』に目を奪われる。

それは明るく、輝いているように見えた。

行き交う人々、そこに暮らす、人々。今の私は、その一員なのだ。

「……うふふ」

外に出る時は普段着を着るのだけど。今日はメアリーと一緒にお買い物もする事になっている。

なので、メアリーと一緒にメイド服のままでのお出掛けだ。

「エバンス子爵は、この街の領主であるディミルトン辺境伯家に仕える方なのよ」

「うん。旦那様よりも『偉い人』なのが……『辺境伯』、様ね」

「そうそう。それから治安維持のために辺境伯家の騎士があぁして街を巡回しているわ」

メアリーが指差した先には、体格のいい男性二人が連れ立って歩いていた。

腰には『剣』を着けている。注意して見ると何度か彼らを見掛けた。

どうやら辺境伯の『騎士』は皆、共通の服装をしているみたい。

「あれが騎士……」

「そうよ。辺境伯家の騎士は強いことで有名ね。なにせ国境を守ってくれる騎士様たちだもの」

街を歩く騎士たちを自慢気に話すメアリー。

きっと彼女は、この街が好きなのね。私は……新鮮だけれど、まだ分からないな。

でも、嫌い、ではない。うん。それは私の確かな気持ち。

だって、ここで出会った人たちは皆、優しくて穏やかなんだもの。

「シャーロットがお世話になったっていう一家は……、果物屋さんね。アンナのとこよね」

「『クダモノヤ』？」

「うん。果物を取り扱っているお店、でぇ……果物自体は、領地の別の畑でね」

そうして話している間に、ベルさんたちの家、お店？　に着いた私たち。

「あっ！」

店先に居たのは、あの時、私を助けてくれたアンナさんだった。

「アンナさん！」

「シャーロット！　久しぶりね。元気そうで良かった！」

赤い髪をしたアンナさん。ベルさんとクラウトさんの……娘、ね。

私が、この場所で目を覚まして初めて出会った、助けてくれた家族。

「その服、メイド服？　子爵様に預けられて？　お屋敷で働くことになったの？」

「はい！　私も働くの。とても楽しい！」

「楽しいんだ。うわぁ……、でも、なんか凄《すご》い……可愛《かわい》い」

「え？」

「一段階、違った場所に居そうなメイドさんだね……」

「分かるわ、アンナ。シャーロットって、どう見てもお嬢様だもん」

「あれ？」

メアリーは、アンナさんに親し気に声を掛けていた。つまり、二人は？

「二人は……ええと、二人とも、知っている、人間？」

「『知り合い』とか『友人、友達』ねー。そういう時の言葉は」

「『シリアイ』！　そう、それなの？」

「人間って。あはは。そうだよ。私たち歳も近いから。それに子爵家はウチの果物を偶《たま》に買ってくれるの。鮮度が大事だからさ。こっちが売りに行くんじゃなくて、買いに来てくれるのよ」

「そう。よく私がお使いに来るわ。だからアンナとは知り合い。休日は偶に一緒に遊ぶのよ」

「まぁ、まぁ……。そんな、二人が」

これは、とても『驚き』だ。こういうのは、どう表現するのだろう。

「元気なのは良かったよ、シャーロット。それでメイドになって、どうなったの？」

「ええと。私は……メイドになって、メアリーと一緒に働いていて……」

「まだ何も思い出せてないみたい。言葉は段々と思い出しているみたいだけど」

「そうなんだー。ええ？　じゃあ、シャーロット。もしかして平民扱いのまま？」

「そうなのよねー」

そうして、メアリーとアンナさんは一緒になって私を見つめた。

「な、何、です？」

「……絶対、どこかのお嬢様だよね？　シャーロットって」

「分かる。絶対そう。奥様たちもそう思ってる。だから家も探しているみたいだけど……」

「でも見つからないんだ？」

「そうみたい。こんな子にメイドさせるの、凄い罪悪感あるのよ」

「うわぁ。だって、ねぇ？　この可憐《かれん》さでメイドは無理でしょ……」

「でも本人、すっごく楽しそうに働くのよ。大変で、不慣れっぽいのに。もうお仕事が楽しいって感じでさぁ。何も言えなくなるの」

「もう、その時点で元・お嬢様じゃない？　完全に新鮮な体験を楽しんでるよ」

「分かるー」

「あ、あの……」

メアリーとアンナさんは私のことで、私を……、ええと。外れて？　楽しんでいた。

でも嫌な気分は感じない。なんだか仲の良さそうな二人を見て、私は。

（あ。これが『友人』なんだ）

……って。キラキラして、輝いて見えた。だから。

「わ、私！」

「うん？」

「メアリーと、アンナさんと……『友人』！　したい、わ！」

「友人、したい？……なりたい？」

「そう！『なりたい』わ！」

「そんな決意込めて言わなくても別にいいのに。……まぁ、平民として生きていくならねぇ」

「そうね！　じゃあ、シャーロット。私のことは『アンナ』って呼び捨てでいいわ！」

「あ、アンナ……、ね！」

「うん。友達、なりましょ？　はい、握手！」

「『アクシュ』？」

「手を出して、こうして、こう！」

そして私とアンナは手を取り合って。これが『アクシュ』。

「私たち、友達？」

「で、いいんじゃないかなー。同世代っぽいし。それにエバンス家で働くなら、メアリーみたいによく会うことになるでしょ？　だったら今度、休みの日にでも一緒に遊びましょ！」

「……うん！　私、とっても嬉しい。楽しい、を待つ、わ！」

「そこは『楽しみ』ね、シャーロット」

「『タノシミ』！　うふふ」

「……うん。絶対、お嬢様スマイル。女なのにドキッとしそう……」

「分かる。凄く分かる。微笑《ほほえ》みに明るさを足して、破壊力が凄いよね」

こんな風に私には、初めての『友人』が出来た。それも二人も、だ。

とても満たされていると思う。『充実』した毎日だ。

「……『前』の私は……こんなに楽しい日々を……」

知っていたのだろうか。それとも知らなかっただろうか。

それすらも思い出せないけれど。

ただ、想《おも》うのは……。『こうなって』良かった、ということ。

私は、そう感じている。今、私は、お母様の笑顔が自然と思い出せた。

(シェリルお母様。私、私は今、とても……)

穏やかに微笑みかけてくれたお母様の記憶。

過去なんて要らない。お母様との思い出さえあれば、私は明日を向いていけるから。

だから。私には『父親』も『婚約者』とやらも、きっと必要ないのだろう。


アンナの店で果物を買って、メアリーと一緒に子爵家へ帰る途中。

街を歩く先で、騎士様の声掛けが聞こえた。

「おーい、リック!」

私にではなく、同じ騎士様相手への声掛けだ。

「どうしたんだ？　マーク」

「あっちの店で、新作のタルトが出たらしいぞ。リックの好きそうなヤツだ」

「へぇ！　でも仕事中だからな。控えろよ、マーク」

「リックは真面目だねぇ」

騎士様たちは今日もこの街を守ってくださっているようだ。大事にされている街だと思う。

「……きっと、いい街なのね、ここは」

「うん？　そうだね。国境は近いけど、治安はいいし。領主様や、仕官の貴族の方たちだって、お優しいもの。それに王都にだって負けないぐらい栄えているって話だし。行ったことないけど！」

「『オウト』……うん。そこがどんなところか、私も知らないけれど」

それでも、きっと、この街は、いい街なのだ。

分かる。いいえ、そう感じる。ああ、だから。

「メアリー。私、この街のこと、ここの人たちのこと。……『好き』だと感じるわ」

「本当？　それは良かった。どこだって住めば都！　とは言うけどね！」

「うふふ」

「シャーロット、少し走って帰りましょ」

「え、走って？」

「そう。きっと、貴方は楽しいと思うわ！」

そうして友人となったメアリーに手を引かれて、街の中を走り出す、私。

「平民は、これぐらいはしたなくても許されるのよー！」

「そ、そうなの、ね！」

「うん！……まぁ、メイド服でやる事じゃないけど！」

「ええ!?……でも、楽しいわ！　うふふ！」

そうして私は『友人』に手を引かれるまま、街の中を駆けていった。

エピローグ

そうして、新しい生活が始まってから、一年が過ぎた。

「シャーロット！　今日もおつかい？」

「ええ、アンナ。今日は、シーゲルさんの店のお野菜が安かったのよ」

「本当？　じゃあ、私も後で買いに行くわ！　また一緒に遊びましょう、シャーロット！」

「ええ、もちろん！」

あれから言葉もたくさん覚えて、私は流暢《りゅうちょう》に喋《しゃべ》れるようになったの。

アンナともメアリーとも『友人』としての時間を過ごしている。

「ふふ。今日もいい天気ね」

私は、青い空を見上げながら、そうつぶやいた。

新しい生活に慣れて、忘れてしまった生活の事なんか気にも留めなくなっていって。

毎日が楽しい。今の私の周りに居る人たちは、優しくて、いい人たちばかりだから。

私は今日も、とても平和な街の中を……軽やかに歩いていく。

そうしていると、自然と笑顔になっていった。これが、今の私。

私は……『平民』のシャーロット。

ただのシャーロットよ――

番外編『友人たちとの休日』

ディミルトン辺境伯領、領都にあるカフェ。

人通りもそこそこある通りのカフェに、シャーロットとメアリー、アンナの三人は訪れていた。

『友人』として、親交を深めるためだ。

「紅茶をお持ちしました」

「どうも、ありがとう」

シャーロットは注文したものを運んで来た店員に自然と微笑《ほほえ》み掛ける。

運ばれた三つのティーカップ。中には店特有にブレンドされた紅茶が注がれていた。

メアリーとアンナは、二人でカフェに来る時は紅茶だけを頼むなんて真似《まね》はしない。

いつも一緒にケーキを頼むのだが……その日は意図して、先に紅茶だけを頼んだ。

「ささ。シャーロット。どうぞどうぞ、先に飲んで」

「ええ。ありがとう、アンナ」

シャーロットは勧められるまま、素直にティーカップを手に取る。

洗練された所作としか言えない、凛《りん》とした振る舞いでシャーロットが紅茶を飲む姿。

シャーロットとしては、メアリーとアンナが、この紅茶の味の感想でも聞きたいのかと思って、
先に自分に飲ませたものだと思ったのだが。

「はぁ……。絶対、お嬢様の動きだわ。見惚《みほ》れちゃう」

「ねー。それも、なんていうか嫁がれたお嬢様たちよりも、ずっと……」

「メアリー？　それ以上はいけないわ。仕えている家に対して問題じゃない？」

「はい、口を慎みまーす」

「ふふふ」

（メアリーは私と部屋で二人きりの時や、アンナと居る時、つまり仕事中じゃない時だと話し方が違うのね）

　シャーロットは、そういったメアリーの砕けた話し方を気に入っていた。

（だって、とても『友人』という感じがするもの）

『前』の自分がどうであったか。シャーロットの記憶にはないが、きっと彼女にはそれが初めてで得難い、『本当の友人』と語らうような感覚だったのだ。だから。

「メアリーが話しているの、好きよ。私」

「へ」

「わぁ……。もはや口説き文句じゃない？」

「きゅ、急にどうしたのよ、シャーロット？　びっくりするじゃない。心臓に悪いからやめてよね。恥ずかしいし」

「ただ、本当にそう思っただけなのだけど……」

「うーん。そろそろ慣れた気はするけど、まだまだだって感じね！　シャーロット」

「マダマダ！　ふふふ」

「ふ……。シャーロット？　そうやって何でも楽しい時期は、やがて過ぎ去るのよ。だんだんと、『働くの辛《つら》ーい、まだ寝てたーい』って思う。それが仕事。それが平民というものよ……」

「うふふ。そうなの？」

「そうなの！」

ニコニコとシャーロットは微笑んだままだ。

ただし、その表情は繕った淑女の微笑みではなく、自然と溢《あふ》れてくるような笑顔だった。

シャーロットは心底、今が楽しいと感じている。

子爵家でメイドとして働くことも。

こうして友人たちと一緒に街へ出掛け、食事をし、他愛もないお喋《しゃべ》りに興じることも、すべて。

楽しい。充実している。満たされている。

自由で、解放されている。シャーロットは、そんな気持ちに溢れていた。

「それにしても、もう二ヶ月ねぇ」

「二ヶ月？　ああ、シャーロットがこっちに来てからね」

「そうそう。本当、色々と大変だったんじゃない？　シャーロット」

「大変。忙しい、かな。うん。でもエバンス家の人たちは、とてもお優しいから」

「いいとこで働けて良かったたねぇ」

「ええ、本当に。とても……うん。私もそう思うわ」

エバンス夫妻には、母のシェリルに近しい温かさをシャーロットは感じていた。

記憶にある母の姿。自身に向けられた愛情。それだけでなく、もっと厳格な雰囲気も。

(私は、きっとお母様の下で『何か』を学んでいたんだわ)

それが何かは残念ながら思い出せない。だが、その経験があるからこそ、今の彼女がある。

「奥様も旦那様も、本当にお優しいの。お母様みたいに。私は、きっと幸せ者ね」

「そうねー。タイミングもあるし、シャーロットのこと、本当に娘みたいに気に掛けているかも」

「あー、そうかもねー」

二人の目からもそう見えるらしい。

「お優しいけれど、きちんと働けているか心配よ。私が至らなくて迷惑を掛けていないか」

「その点は心配ないわ。シャーロットは仕事を覚えるの、早いもの。私も助かっているから」

「本当？　だとしたら嬉《うれ》しいわ」

シャーロットは、メイドとして働き始めたばかりだ。

そして、今回の三人での集まりは、初めての『給料』を受け取った記念のお祝いでもあった。

「ね、労働報酬も悪くないでしょ？　いえ、貴族であっても労働はしていると思うけど」

「うふふ。メアリー、私は『平民』だもの。働いてお金を稼ぐのは当たり前。『根性』でしょう？」

「そうね！　ふふ。まぁ、どう見てもまだお嬢様だけど！」

シャーロットは、こうして友人たちと他愛のない日常を過ごしていく。

ただのシャーロットとして。

あとがき

はじめまして、川崎悠《かわさきゆう》と申します。この度は『貴方達《あなたたち》には後悔さえもさせません！』一巻をお手に取っていただき、誠にありがとうございました！

一巻では、シャーロットが記憶を失う前、侯爵令嬢だった頃の話を中心に描かせていただきました。主人公が語り手にならない部分が半分ぐらいあるという構成です。

それでも、シャーロットの物語として、掘り下げられたと思います。

キャラクターデザインやイラスト等は、天領 寺《てんりようじ》セナ先生に担当していただきました！本当にありがとうございます！　素敵なイラストを描いていただき、感謝するばかりです。凄《すご》く綺麗《きれい》に描かれているのもいいですし、幼い頃や、ディミルトン領に来てからのシャーロットの明るい表情など、とても可愛《かわい》いですね！

パトリックも、ちゃんと表紙の奥に居るのですよ（手前の男性はハロルド）。ちょっぴり影が薄いヒーロー……。きっと二巻では活躍してくれるはず！　頑張れ！

今回の書籍で初めて読んでくださった読者様、誠にありがとうございます。

またWEB版から応援してくださり、改めて読んでくださった読者様、誠にありがとうございます。

ＷＥＢ版からの違いですが……もう、全編リニューアル！　としか言えないレベル、だったりします。描写の仕方が、がっつり変更となりました。

キャラクターの性格自体は、ＷＥＢ版から概《おおむ》ね変わっていないのですが、書籍版になって読みやすく、伝わりやすくなったかな、と思っています。

また、シャーロットと母親のシェリルとのエピソードが増えました。

そちらも注目していただけますと幸いです。


書籍の制作に当たって、オーバーラップノベルスｆの担当の方にも、たくさん力を貸していただきました。

一人では、今回の物語に至っていなかった、という事を強く感じております。

誠に感謝です。実は一度、ＷＥＢ版の、ほぼそのままで原稿を通しましたが……。

今回の形になって本当に良かったと感じています。完成度が、とても上がったのではないかと。

本当に、関係者の皆様、読者の皆様、ありがとうございます！


次巻では、記憶を失って新しい人生をディミルトン領で生きていくシャーロットの物語が始まります。侯爵令嬢でも、王子の婚約者でもなくなったシャーロット、そして彼女と出会うパトリック。

二人を中心とした物語です。この先の彼女たちを見守っていただけますと幸いです！

どうか、次巻でもお目に掛かれますよう。ありがとうございました。

作品のご感想、ファンレターをお待ちしています

あて先

〒141-0031　東京都品川区西五反田 8-1-5 五反田光和ビル4階
ライトノベル編集部
「川崎 悠」先生係／「天領寺セナ」先生係

スマホ、PCからWEBアンケートにご協力ください

アンケートにご協力いただいた方には、下記スペシャルコンテンツをプレゼントします。
★本書イラストの「無料壁紙」　★毎月10名様に抽選で「図書カード（1000円分）」

公式HPもしくは左記の二次元バーコードまたはURLよりアクセスしてください。
▶ **https://over-lap.co.jp/824008916**
※スマートフォンとPCからのアクセスにのみ対応しております。
※サイトへのアクセスや登録時に発生する通信費等はご負担ください。

オーバーラップノベルスf 公式HP ▶ **https://over-lap.co.jp/lnv/**

貴方達には後悔さえもさせません！
～可愛げのない悪女と言われたので【記憶魔法】を行使します～

発行　2024年7月25日　初版第一刷発行
著者　川崎 悠
イラスト　天領寺セナ
発行者　永田勝治
発行所　株式会社オーバーラップ
〒141-0031
東京都品川区西五反田8-1-5
校正・DTP　株式会社鷗来堂
印刷・製本　大日本印刷株式会社

ISBN　978-4-8240-0891-6 C0093

【オーバーラップ　カスタマーサポート】
電話　03-6219-0850
受付時間　10時～18時（土日祝日をのぞく）

OVERLAP NOVELS f
聖人公爵様がラスボスだということを
私だけが知っている
～転生悪女は破滅回避を模索中～
しきみ彰
ill. 桜花舞
破滅予定の悪女に転生したので……
婚約者のラスボスフラグをへし折ります！

小説「亡国の聖花」の悪女に転生したグレイス。小説ではヒロインを虐めて破滅するが、その全てはグレイスの夫リアムに仕組まれたものだった。そんな記憶を思い出し、グレイスはリアムを避けるように。しかし、その行動によってかえって目をつけられてしまい——!?

玉響なつめ
ill.
ニナハチ
二度目の人生は
大帝国の第七皇女!?
優しい家族といっしょに
幸せになります!
末っ子皇女は
幸せな結婚がお望みです!
The Youngest Princess Hopes for a Happy Marriage!
OVERLAP NOVELS f
姉を贔屓する両親のもと「幸せな家庭」へ憧れていた。そんな記憶を抱えたまま大帝国の第七皇女として転生したヴィルジニア。父帝に溺愛される日々の中、今世こそ幸せになると決意する！　しかし、異なる妃たちから生まれた六人の兄との関係は少し複雑で……？

飼育員セシルの日誌
Keeper Cecil's Diary
紺染 幸
Illust.凩はとば
OVERLAP NOVELS f
ひとりぼっちの女の子が
新天地で愛を知るまで
大好きなみんなを守るため、
秘密の力でがんばります！
コミックガルドにてコミカライズ！
天涯孤独の少女セシルの生きがいは大鳥ランフォルの飼育員として働くこと。自力で見つけた再就職先でもそれは変わらないけれど、仕事に夢中な自分をいつも見守ってくれる雇用主オスカーに「そばにいてほしい」と思うようになってきて――

OVERLAP NOVELS f
氷の令嬢ヒストリカが幸せになるまで
青季ふゆ
ill.あいるむ
コミックガルドにてコミカライズ！
笑わない令嬢の婚約者は、天才宰相の公爵様!?
『氷の令嬢』の蔑称を持つヒストリカは、理不尽に婚約破棄されてしまう。夜会を抜け出したヒストリカだったが、病気のせいで醜悪公爵と噂されるエリクを助けたことで、運命が一変!!　献身的な姿に惹かれたエリクが、彼女を溺愛しはじめて——？